imaginist

想象另一种可能

理
想
国
imaginist

富士日记

〈上〉

〔日〕武田百合子 著

田肖霞 译

北京日报出版社

FUJINIKKI <JYO> SHINPAN

by Yuriko TAKEDA

Copyright © 1977, 1981, 1997, 2019 Hana TAKEDA

Original Japanese edition published by CHUOKORON-SHINSHA, INC.

All rights reserved.

Chinese (in Simplified character only) translation copyright © 2024 by Beijing Imaginist Time Culture Co., Ltd.

Chinese (in Simplified character only) translation rights arranged with

CHUOKORON-SHINSHA, INC. through BARDON CHINESE CREATIVE AGENCY LIMITED, HONG KONG.

北京出版外国图书合同登记号：01-2024-1868

图书在版编目(CIP)数据

富士日记/（日）武田百合子著；田肖霞译 . ——北
京：北京日报出版社，2024.6
ISBN 978-7-5477-4880-0

Ⅰ . ①富… Ⅱ . ①武… ②田… Ⅲ . ①散文集－日本
－现代 Ⅳ . ① I313.65

中国国家版本馆 CIP 数据核字 (2024) 第 030507 号

策划编辑：李恒嘉
特约编辑：闫柳君
责任编辑：姜程程
装帧设计：LitShop
内文制作：李丹华
出版发行：北京日报出版社
地　　址：北京市东城区东单三条8-16号东方广场东配楼四层
邮　　编：100005
电　　话：发行部：（010）65255876
　　　　　总编室：（010）65252135
印　　刷：山东韵杰文化科技有限公司
经　　销：各地新华书店
版　　次：2024年6月第1版
　　　　　2024年6月第1次印刷
开　　本：787毫米×1092毫米　1/32
印　　张：38.875
字　　数：684千字
定　　价：148.00元（全三册）

如发现印装质量问题，影响阅读，请与印刷厂联系调换：0533-8510898

武田山庄外观，昭和五十五年（1980 年）前后
（摄影　武田花）

目 录

富士日记
（上）

—不二小大居百花庵日记—

这是山间的日记。

直到这次为了誊写而展开日记，我才发现，翻开《圣经》大小的布封面，在封二，武田用钢笔写了"不二小大居百花庵日记 武田泰淳"。建造山间小屋的时候，盖房子啦，用心设计啦，武田都不喜欢，但他还是开心的，一个人想了各种各样的山间小屋的名字。他喜欢"文章千古事，得失寸心知"的诗句，曾试着取名为"寸心亭"，又取了"百合花亭"[1]。

女儿出生的时候，武田给她取名为"花"，还吃吃笑着解释："在中国指的是要饭的。"我气坏了，后来他辩解

---

1 此处"百合花"的发音为 Yurika，和希腊语 Eureka（我发现了）在日语中的发音相同。——译者注，下同。

般说："因为把百合子和花一起念，就是 Eureka。"

山间小屋的名字，我们自家人在各种时候随意地称呼，寸心亭、寸心庵、百合花亭和百花庄等，在门牌和管理处的名牌上是武田山庄。昭和三十八年（1963年）的年底，山间小屋建成了。我们仿佛等不及一般，从圣诞节到正月[1]，头一回在山上过。我们不了解山岳地带的气候变化，只准备了和东京差不多的取暖设备，因此，在天花板很高的室内，刚拧了抹布擦桌子，抹布就冻上了，鼻涕流出来，也冻上了，在这样的寒冷中，每天夜里，脸和耳朵冷得睡不着，一家人都用两条毛巾叠在一起包住脑袋，打扮得像贼一样，钻进被窝。因为实在太冷了，我们整个人都僵了，过完松之内[2]，回到东京。

从第二年也就是昭和三十九年（1964年）的晚春，我们开始在东京和山里往返的生活，运过去或添置那边不够的家具和用品，将山间小屋的内部置办完善，也去到山下的村子、湖泊以及富士山。武田对我说："你和我交替记笔记吧。这样的话你就会写吧？"日记便开始了。只在第一册日记的这段时期，不时出现由武田记下的日子，还有

1　日本按阳历年过年。
2　在门口装饰松枝是日本过年的习俗之一，这段时间叫作松之内。门松一般到一月七日撤下。

些日子，当时是小学生的女儿模仿着代我们写了。我照原样誊写。

当地的人们喜欢武田（他们有时上山来搞工程）。他们说："老师好说话。太太很严厉。"

我作为战争时期的女学生成长起来，曾被疏散到食物匮乏的贫穷乡村生活，所以我能若无其事地抓蚯蚓，而武田生在东京长在东京，即便曾经暂住乡下或去乡下旅行，但对他来说，盖起房子，过日子的同时和当地人交往或交涉，都是生平头一遭。所以，他怀着新鲜的畏惧和好奇心，注视并享受着山居生活周遭产生的朝朝暮暮的自然变化，以及我们与当地人的聊天与交往。

文中，★的部分是泰淳的记述，☆的部分是花的。此外，在誊写这份日记时，感到有必要解释的部分，我加了方括号。

昭和三十九年
1964 年

七月四日（星期六）

★计划就我一个人在山里待一整个夏天，不回去，百合子和花在五日（星期天）回东京。一个人（即便是两周或十天）能否在山间小屋过下去，我有些不安。四日从早上就阴着，车到猿桥[1]跟前时开始下雨，过了河口湖站，雨变得很大。和往常一样，我们在大月站买了便当。花原本心情不好，便当是她喜欢的，于是她开心起来。其实，从赤坂出发的时候，让花拿着车钥匙，她把波可［狗］放进后备厢之后忘了锁，挨了百合子的训。百合子因为忘了带山间小屋的钥匙，折回公寓，发现后备厢开着。

1　位于山梨县大月市的一座木拱桥。

我带了手塚富雄的《格奥尔格和里尔克研究》、《圣经》东洋文库、《弥兰陀王问经（上下）》、《鹦鹉故事七十则》、《搜神记》、《净土三经（上）》（文库本）、《彩色花卉图鉴（上）》、三册《未完的旅程》（大塚有章）等。

——泰淳记

七月七日 阴

★阴天的斗笠云。山上两处有雪，像刷了一抹油漆。富士山顶着斗笠云。斗笠云罩住整个山顶，让富士山显得矮了一截，云以相当快的速度不断向左手边移动。虽然在移动，但斗笠的形状一直不变。就是说，云的一部分不断离开山，消失了，又有别的云追加过来，保持着一定的量。因为是个无风的阴天，要是不仔细盯着看，会以为云保持不变，一动不动。但是，当斗笠云的下方往下落时，仿佛有一绺白发垂下来，富士山就化作一张古怪的白发老人的脸。斗笠云的白和背后的天空的白几乎同色，两者都混了极少的一点淡墨晕开的颜色。因此，斗笠云的边缘消失的时候，也很难确认。为什么这朵云就像吸附在上面一般，不离开山顶呢？云笼罩在山顶上很常见，可它真的像是故意盖在上面。等我睡过午觉，下午三点爬上坡一看，它不再是斗笠云，而是变成了头发云。感觉像稀疏的白发被风吹开，露出额头。相应地，富士山变成了平日的模样。

——泰淳记

七月十八日（星期六）

早上六点，从东京出发，九点多抵达。在大月买了三个便当。在管理处申请订报纸和牛奶。

傍晚，捡熔岩。

夜，刮风下雨。半夜有树莺鸣叫。大雨，刮着风，树莺却在叫。

七月十九日（星期天）

早上，刮风下雨一直到十点。

午饭　松饼。

下午，到河口湖购物。马肉（给波可），猪肉，番茄，茄子。

河口湖的马路上有许多的人和车尾气，闻起来和东京一个味儿。湖上有小船、游船和汽艇。湖畔充斥着纸屑、人们吃剩下的食物堆成的垃圾山、旅游大巴和车辆，能走的地方不多。

晚饭是炸猪排。

傍晚去散步，富士山的山顶缠绕着帽子模样的白云，云缓缓转动着。山的左边，从山脚到差不多七合目 [1] 的位置，灯光的队列一闪一闪地绵延着。是登山的灯吗？我想让花子 [2] 看，下坡回到家，将她带来，结果富士山整个儿被云遮住了，连山在哪里都看不清。也看不到灯光。真的是在一瞬间，云落了下来。

七月二十日（星期一）阴

下午，和花子去河口湖买东西。星期一是湖畔的商店一齐休息的日子，所以没买成。

我们刚在湖畔停车，两个做快艇生意的过来紧挨着我们的车，说是一千五百元坐一次，优惠到一千，来坐吧。一个男的声音嘶哑，晒得黝黑，另一个男的是兔唇。两人都戴着船员戴的那种有帽檐的白帽子。有辆车在我们之后抵达，车上的男人拒绝坐船，那两人就骂道："你是得了花柳病，昨天刚从医院出来吧？你这个神经病！"

我们去了富士景乐园 [3]，爬了做成真正的富士山的百分之一（？）的小富士山，看了富士山内部的熔岩，还有很

1　登山行程单位，从下往上是一合目到十合目。
2　武田泰淳和百合子的女儿武田花，家人有时称其为"花子"。此时武田花即将满十三岁。
3　1961 年，富士五湖国际溜冰中心开业。1964 年，在溜冰中心的基础上开设富士景乐园。1969 年扩建为富士急乐园。

久以前的富士山全景，然后回家。是个古怪的地方。一瓶斯卡德汽水竟然要七十元[1]。

回程，修了车尾灯，之前石头弹起来砸坏了。四百元。

汽油加满，一千三百元。加油站给了我们两只水蜜桃。

回到家，停着一辆租用车[2]。读卖的松田来送应征的稿件。

晚上，之前睡迷糊了撞在门上的嘴唇肿了起来，一直疼到鼻子，我醒了，睡不着。啄木鸟在深夜也一直一直在工作。它是在啄电线杆吗？还是我们的门柱呢？像火车信号音一样回响到远方。

凌晨，我终于睡着了，梦见自己成了圣歌队的修女，头上裹着灰色的布，唱着歌。椎名 [麟三][3] 也裹着布，唱着歌。我们在上野站唱歌。

七月二十二日 晴朗无云

带着饭团，我们仨一起去精进湖和冰洞。在精进湖，我看到一个女的独自一人以自由泳朝着对岸的熔岩游去。看起来水藻很多，是个墨绿色的暗色的湖。

---

1 明治制果的碳酸饮料，现已停产。当时的可口可乐、芬达等的价格为30~35 元，市售斯卡德的价格应该也类似。此外，当时大学毕业生的起薪为两万多。

2 完全预约制的出租车，价格比普通出租车贵。

3 椎名麟三（1911—1973），小说家，信仰基督教，其作品常有宗教色彩。

冰洞里面零下 3 度[1]，密密麻麻地排列和堆积着冰柱，每个有冰店卖的三贯[2]那么大，很冷。外面在卖味噌关东煮。有许多从身延山[3]回来的爷爷奶奶。冰洞里的冰不是有人排列堆积在那儿的，而是自然冻成的吧。

　　傍晚，种下大朵的月见草。

七月二十三日

　　丈夫割草。

　　我和花子去西湖。有风，湖上有浪。没有人游泳。据说因为今年是干黄梅，水位下去二十米，一下子就到了深处，危险。找了一处水藻少水清的地方，花子游了五分钟。冷，所以她很快上来了。有两个男的在熔岩上弹吉他，四下空旷，所以听不清他们在弹什么。一个胖叔叔穿着松垮垮的四角短裤，下去游泳，他喊了一声"好冷"，很快上来了。三个年轻人背着露营的装备，在湖畔低着头走，说着："好无聊啊，都看不见女人。早知道就去河口湖或山中湖了。"

1　文中提到温度均为摄氏度。
2　一贯大约 3.75 千克。冰店的一贯冰是个 11 厘米 ×13 厘米 ×26 厘米的长方体。
3　位于山梨县，山脚下的久远寺是日莲宗的总本山。身延山离精进湖冰洞四十多公里。

据说五湖[1]当中，西湖最安静（河口湖加油站的人说的）。

回程，听鸣泽村加油站的大叔说，本栖湖最适合游泳。其他的湖有危险。西湖最危险。他说西湖夏天必定会死人，于是我想，还好五分钟就上来了。

在河口湖找到一家不错的肉店。

七月二十四日

早上四点半，去东京。富士山呈玫瑰色，上面有灯在动，大概是有人在登山吧。

在相模湖大垂水峠[2]爆胎了。是个转角，因为正在上坡，所以只是方向盘一歪，如果是下坡，也许会坠落进谷底。就算死了也无可奈何。因为我好端端地开着车却爆胎了。

东京供水不足，正处于炖煮一般的炎热之中。

我叫了信贩[3]公司的人，把集齐的山间小屋的登记文件给了他。

买了要带到山上的杂志架和杯子。把食材、铁椅、藤椅、壁炉围栏和锅等物品装进车里。丈夫一个人留在山上。

1　富士五湖分别是本栖湖、精进湖、西湖、河口湖和山中湖。

2　日文汉字，汉语读作 [qiǎ]，登山道到了顶部开始下坡的位置。

3　信用贩卖的缩写。信用贩卖公司先替消费者垫付，过后收取费用，也发行信用卡。

七月二十五日

早上八点，从赤坂出发。途中，在河口湖城区买了花子的游泳圈。到了山上，凉风吹拂，喝了水，水冰凉。这地方可真好。我装饰在壁炉上的红熔岩不见了，散落在工作间的窗户底下。好像是丈夫干的。

七月二十六日

到河口湖买东西。加了油。买了洒水的水管、和果子[1]（大福）、水蜜桃和西瓜等。花子喝了冰柠檬水。河口湖大街上满是人和车。车站也满是排队的人，是去程和返程的登山客。各家店里也满是吃拉面、喝冰水和吃便当的人，还有休憩的人。

在管理处买了米。好像价格有点贵。

七月二十七日

报纸上登了，昨天山中湖死了一个人，河口湖一人，田贯湖一人。报上还登了在富士山八合目登山的人们的照片，看起来像要掉下去似的。人们的队列如同道路高峰的时候一样，一直绵延到山顶。

1　日本传统甜点的总称。

傍晚，用篝火烤了红薯。

在管理处买了啤酒，价格之贵，**再也不买了**。

七月三十日

早上三点半起床。四点出发去东京。富士山有些暗淡，显得很大，只能望见五合目附近的灯光。丈夫来到大门外的马路上，车开走的时候，他说"走好"，挥了挥手。在大月到藤野之间，我目睹了让人毛骨悚然的卡车相撞事故，顿时睡意全消。

七点到东京。下午，花子去游泳池。IBM 的稿费来了。去角川书店拿版税。存进银行。

在纪之国屋买了面包、奶酪、毛豆、萝卜、海苔、茶和零食。毛豆、萝卜和其他蔬菜，还是东京卖的又新鲜又好。价格反正一样。给文艺春秋的青木打了电话。

东京入夜后依然闷热。我喝了好几次温乎乎的自来水。

七月三十一日

早上，天色昏暗的时候，我把瓷砖贴面的桌子、铁椅和镜子装上车。桌子放在车顶的行李架上。

一点到山上。途中的河口湖来了很多人，似乎是小学生的夏令营开始了。

我在河口湖休息，喝了冰水。这款冰柠檬水有股化妆水的味道，难喝。

八月一日 晴朗无云

晴朗无云。晴朗无云。像全景照片一样，能完整看见像阿尔卑斯山一样的山峦，不知道是南阿尔卑斯、中央阿尔卑斯还是日本阿尔卑斯[1]。从早晨到黄昏，一阵阵地吹着凉风，天空湛蓝，空中有雪白的一动不动的云。暑假的天气。因为安静，能清楚地听见远远的远远的人声。打开咖啡罐，有股好闻的气味。我连续喝了三杯咖啡。

八月七日

厕所的臭气变得强烈。丈夫从五六天前就一直说，好臭好臭。到了昨天，院子里还有臭气飘来，于是关上工作间的遮光窗，一整天开着灯，但臭气还会从家里的厕所冒出来，拐过走廊，飘上台阶，所以没区别。从早到晚都臭。不是大便本身的臭味，而是有点粉尘感，像是混合了阴沟臭，是一种发生化学反应之后的大便的臭味。丈夫说："这

---

1 "日本阿尔卑斯"大概是"北阿尔卑斯"的笔误。日本阿尔卑斯又称中部山岳，是位于本州中部的三处山脉的总称：飞驒山脉（北阿尔卑斯）、木曾山脉（中央阿尔卑斯）和赤石山脉（南阿尔卑斯）。

个臭味钻进脑袋，感觉脑子要不好使了。"所以我今天去管理处。我蹲下来，把脑袋凑近便器一闻，便器周围也是臭的。

"有股让脑子不好使的臭味。我们家的营生，要是脑子不好使，就做不成，所以请立即帮忙修一下。"我说道，让管理处给工务店打电话。电话那头的工务店的人像是听岔了，管理处的人发火道："不是电路坏了，是厕所。电路坏了可不会臭啊！你动动脑子！"尽管发火，却是用悠长又安静的声音讲的。我顺便提了其他的故障，让他们修一下西面漏雨的地方。

八月八日

我和花子去本栖湖游泳。我们不在家的时候，做净化槽工程的工人来看过。说是污物从管道接口的混凝土漏出来，渗进土里，散发出臭味。有三个人来查看。听说他们当中个子最大的一个，皮肤黝黑长得像铜佛像的那人，在另外两人搞不清原因放弃工作抽着烟开始闲聊之后，仍旧独自默默地挖土，用手摸索，闻气味，终于找到了原因。

丈夫不停地说："那个男的真是个了不起的男人。"

八月九日

修了净化槽。把散臭味的烟囱加长。烟囱顶上的风车原先位于二楼窗口的高度，伸到了屋顶上。

关井 [管理处的人] 来了，让他给我们一个报价，从净化槽旁边到院子，围着房子建一堵石墙。石材店的大叔来了。我问他，六万七千能便宜点吗，他转过去背对着我，舔舔铅笔，往本子上写些什么，发出像叹气又像说话的声音："嗯嗯嗯，嗯嗯嗯。"思索良久，他转过来说："六万五千。"那就六万五千。他说山下的村子在盂兰盆节之后还有庆典，所以要在那之前做完。

八月十日

石材店的大叔在下午带了三个女工和一个男的来了。他们马上开始挖土，运到院子的西面扔弃。

K 开发公司 [建造山间小屋的公司] 的人和木匠来了。让他们修一下我不满意的玻璃门的开合。接着，让他们把我第二不满意的西面墙的板材从两层板改为三层。

雷雨。三点吃点心的时候，建造石墙的工人和木匠们全部在餐厅吃着笑着大声说话。

八月十一日

岩波[1]的海老原来了。建造石墙的工人们和两个贴板材的木匠正在干活，他飘然而至。这里的本地人当中有个人的声音跟海老原一模一样呢，说话方式也一模一样——我感慨地想着，一扭头，只见海老原呆呆地站在木匠和石匠们中间。

海老原给我们带了东京的饼干，女工和木匠们叽叽喳喳地工作，他喝啤酒。我也喝了啤酒，喝醉了，说："有车的人才是真朋友。不开车的人，在单行道逆行的方向若无其事地说'从那里穿过去'，或者让我开到不知道怎么回家的地方，说声'再见'就下车了，而我连自己在哪里都搞不清楚。只有开车的人才是真朋友！"海老原有车。

傍晚，木匠修了板材，给玻璃门的缝隙加了胶条，结束工作。

我把海老原送到富士豪景酒店。经过夜晚的湖畔回家。

1　岩波书店，创立于 1913 年的日本出版社。武田泰淳 1959—1960 年在岩波书店的《世界》杂志连载《政治家的文章》，1960 年由岩波书店结集出版。

八月十二日

　　文艺春秋[1]的青木和竹内实[2]在上午十点左右来。竹内带了相机，所以石材店的大叔、女工们还有我们所有人站在一起，让他拍了纪念照。竹内向石材店的人打招呼，着实沉静又有礼貌，石材店的女工们都有些出神。

　　我送他俩去精进湖畔的旅馆。之后绕到本栖湖游泳。回程，特别大的雷雨，我开着车，前方什么也看不清，就像潜在水中跑步。要是掉进树海[3]里，车和我的脑袋一定都会变得坑坑洼洼。我让副驾驶的花子盯着左边的马路的边。我对她说，看起来雾蒙蒙的地方就是长草的地方，那里是马路的边缘，要是车往那边去了，你就敲我的膝盖。来到鸣泽村加油站跟前的时候，像假的一样，一下子放晴了，马路是干的。

　　竹内实和青木住的是一座粉色的旅馆，建在精进湖岸边一处草木不生的平地上。我把他们送到旅馆门口，两人露出无奈又羞涩的笑容，像在说，是间奇怪的旅馆吧。

1　1923 年作家菊池宽创办《文艺春秋》杂志，同时成立文艺春秋出版社。1946 年解散。同年佐佐木茂索等人创立株式会社文艺春秋新社。1966 年改名为株式会社文艺春秋。

2　竹内实（1923—2013），现代中国研究的代表性学者。

3　青木原树海，位于富士山麓西北角，跨越河口湖町和鸣泽村，约三十平方公里。

他们今天是来商量出一本与毛泽东的诗有关的书[1]，每个人喝了一杯啤酒。没怎么聊毛泽东，谈了战争时期。

我："要是再打仗，我就做一大堆黑市生意。之前我还是个女学生嘛。那时候我什么也做不了，但我见识过黑市的经营手法，所以下次我就能做了。我要做跟政府说的相反的事。战败后，我做过一点黑市生意，不过不怎么成功。下次我要好好做。"

丈夫："呵呵，你不知道有氢弹吗？"

竹内以沉稳又缓慢的语调说："我出生在中国嘛。我长在中国，日本这边在之前的战争期间，物资不足啦，没吃的啦，买东西啦，这些经验我都没有。我能去黑市买到东西吗？感觉不太行。真担心啊。要是那样，我都不知道怎么买，可就糟啦。"竹内真是有格调。

八月十三日

石墙基本完成。石台阶也做好了两级。计划明天上午完工。

我买了西瓜给工人们，餐后端出来。工人们在上午十

1　武田泰淳与竹内实在 1965 年合著出版《毛泽东：他的诗与人生》（文艺春秋新社）。

点、餐后，还有三点，必定休息一次。休息的时候，他们把报纸铺在大松树的根部或屋檐下，仰面躺着，或是将手绢盖在脸上，所有人睡得像尸体一样。二十分钟后，他们忽然起身，马上就开始干活。

在工作间窗户底下，厨房侧面的屋檐下，除了休息的时候，一整天都能听到女工们搬石头和挖土的粗重鼻息。丈夫吐着烟圈喃喃道："让人折服啊。"

要说工人们喜欢什么，他们喜欢含有水分的东西——西瓜、水果罐头和果冻等。工人们带来的饭盒里满满地塞着米饭，简直要压成了年糕，另一个差不多同样大小的饭盒里是高汤浸蔬菜，像是菠菜或鸡毛菜，同样塞得满满的，他们从袋子里拿出日本水产的香肠之类，一边啃香肠，一边十分香甜地吃着饭。女工们大声聊黄段子，讲村里的近邻的坏话，有时朝着天空大笑。男人们安静地小声地说着话。

今天，一个女人的食指夹在石头之间压破了，她从院子的草丛中找了片什么草，把叶子裹在指头上，戴上手套，又开始麻利地干活。昨天，男工当中的一个，负责切割石材的大叔当中年纪较大的那个，好像是前一晚喝多了，工作的时候吐了点血，我丈夫给了他胃药，他吃了，说"好了"，又开始砸石头和切割。他说"是胃溃疡"。

八月十四日 热 晴朗无云

今天他们比平时早到一个小时，开始砌石墙。今天没怎么开玩笑，不闲聊，脚步也快。喘气也激烈。一直不停歇地做到下午四点，完工。

我们用当地的葡萄酒、花生、炸仙贝和水果罐头庆祝完工。女工们说，她们不是从明天开始休假，从这里回去，而是今晚就开始盂兰盆节假期，要尽情地休息。

三名女工是山下的 N 村人，说是一个是理发店的，两个是农户的主妇。女工们把一升装的葡萄酒倒了满满的一杯。"啊，好喝。"她们说。老板 [就是石材店的大叔] 给了她们每人一幅红梅花纹的单衣和服面料，让她们在盂兰盆节穿。老板用又胖又圆的指尖一圈圈地剥开奶酪的锡纸，一边吃奶酪，一边吱吱作响地小口啜着啤酒，显得心满意足。他像那种去酒馆请女招待喝酒，被她们围在中间而兴高采烈的大叔。他雇了不少女工，说不定他在工作中也有这样的心情。

因为要过盂兰盆节了，我当即付了六万五千元。

晚上，我按女工们告诉我的，去湖畔的船津小学的校园里看盂兰盆舞。扩音器里的声音把盂兰盆舞叫作"盂兰盆 dance"，想要炒热气氛，反倒使得人们跳舞的圈子显得昏暗、缓慢和寂寥。花子说没劲。

八月十五日 晴朗无云

去本栖湖游泳。据说盂兰盆节游泳会溺死，但天气实在晴朗，让人沉醉，就去游了。游泳的人只有我和花子。

八月十七日 晴

早上三点半起床。丈夫轻轻地过来，拍我的头。接着，他像讨好我似的摩挲我的身体，而我犯困，心情恶劣。四点半出发去东京。明天就回来，所以把波可留在家里。七点半到。东京的水管不出水。上午去银行。花子去游泳池。下午四点，中央公论有车来接。丈夫去了座谈会。

晚上十点，加油，检修车。

今天早上，佐田启二[1]从蓼科的别墅回东京的路上，在韭崎死于交通事故。

六本木加油站的人说："有辆车翻进相模湖里，一人死亡，两人重伤。"

八月十八日

早上四点半从东京出发。六点半在大月站买车站便当。

1　佐田启二（1926—1964），演员。原名中井宽一，曾出演《不死鸟》《秋刀鱼之味》等。他的孩子中井贵惠和中井贵一后来也成了演员。

在桂川边上停下，吃了便当。八点以前到山里。

十点，从管理处给信贩公司打电话。得知他们把我的登记资料放进保险箱后就忘了，我生气了。我实在太光火，管理处的人一声不吭，进了里屋，似乎在竖着耳朵听电话。

晚上九点左右，从东京来了两名信贩公司的职员，带着蜜瓜。

他们说明天早上会带着登记资料去富士吉田的法务局。我对他们说起登记、净化槽、重做浴室燃气管道口、厨房下水等建筑工程的潦草之处，说着说着，我又开始生气。

河口湖的城区今天有庆典。

八月十九日 晴

上午十点，这次是管理事务所总公司的两个人来登记。我又把昨天的话从头讲了一遍。看起来信贩公司和他们之间的沟通不畅，两人一脸讶异。我正在跟他们说，要明确负责人，你们自己要经常沟通——今天我丈夫突然光火了，他这一光火就火气很大，连声音都颤抖起来，总公司的人脸色苍白。我今天笑眯眯的。

晴朗无云。我把读完的周刊和杂志给了管理处。吃晚饭的时候，我起了念头去登富士山，打算今晚爬山，早上在山顶看日出，我和花子八点半就睡了。十一点起来，高原上起了雾霭，没有一颗星，像要下雨，就不去了，又睡了。

八月二十日 阴

今天什么事也没有。发呆过了一天。

八月二十三日 阴转雨

下午两点左右，去河口湖钓鱼，下起雨来，改去富士吉田买东西。雨渐渐大了，我一直开到忍野温泉入口，然后折返。有一大片赤松林，让人有种置身于轻井泽的摩登感。在吉田[1]买了银鱼和鲑鱼。在河口湖给奶奶[武田的母亲]买了甲州印传[2]钱包和当地有名的点心。给真矢[武田的侄女]买了甲斐驹[3]纪念品和毛巾。邮寄给她们。

走了新建成的昴公路[4]收费路回家。从收费口到御胎内[5]入口，单程要二百元。真贵。

在管理处遇到市川[做下水工程的]，于是催他修冲

---

1 富士吉田市，文中常简称为吉田。武田家购物的商店街在月光寺站附近。
2 山梨县的传统工艺，鹿皮染色，其上放置镂空花纹纸版，刷漆，形成纹样。
3 甲斐驹之岳，跨越山梨县北杜市和长野县伊那市，海拔 2967 米。
4 Subaru Line，从山梨县南都留郡河口湖町到富士山五合目附近的收费公路。
5 富士山喷发的熔岩形成的洞窟，常被称作"御胎内"，在日本传说中是某些神的诞生地。河口湖町也有一处作为景点，昴公路的收费口就在那附近。

水式厕所。市川给了我一根他带的萝卜。

八月二十四日 雨

昨天回程经过无户室浅间神社（旧御胎内），没进去，今天上午，我们仨去那里。荒凉的神社一角摆着张桌子，有个穿沙滩裤的大叔坐在那里看着，他的左臂骨折，打着石膏。我问他："您是神主吗？"他说不是，是山下村子的人。"想看守这里的人来守。想来的人多的时候，就抽签。"门票一人五十元，他给了两张版画护身符，说"随喜"，于是我给了一百元。御胎内闪闪发光。到处闪着紫红色的光。让人想到，人体内的颜色或许就是这样的。到了深处，有些地方需要给双手和膝盖套上稻草垫，爬着通过。这地方奇形怪状，有种因果感，还有些下流。让人不舒服。看守的大叔也不像神主或经营者，感觉像为展览小屋揽客的人。

下午，雨变大了。傍晚，雾气一直落到房前，打开玻璃门，雾气便涌进屋。

菅原寄来快信。

大概是夏天的住客们开始回去了，管理处静悄悄的，工作人员也显得百无聊赖。在售的茄子什么的都蔫了。

八月二十五日 阴

毛毛雨一整天下下停停。

八月二十六日 晴

丈夫说他在家看家，我和花子两个人在晚饭后下山，去看吉田的火祭[1]。七点半左右，我们把车停在河口湖站前的原野上，乘山麓电车[2]去吉田。我穿着毛衣，被大火把的火烤得很热。家家户户都把朝向马路的玻璃门和移门大开着，能看到屋子的最里面。人家的客厅里排列着啤酒瓶，人们吃着生鱼片、蚕豆和手撕鱿鱼片，有的笑眯眯的，有的醉得满脸通红仿佛要死了一样。每一家都必定有生鱼片。我买了棉花糖和葡萄。

坐十点半的火车回家。走在燃着大火把的坡道上，管理处的年轻男孩向我们打招呼。男孩带着个女孩。乘上火车，有个穿和服的女人朝我们鞠躬，笑着。是我总去买啤酒之类的食品店老板的女儿。

---

1 在北口本宫富士浅间神社举办，意味着攀登和参拜富士山的夏天结束，开始封山。从前在阴历七月二十一，从大正初期改为八月二十六或二十七。

2 由富士山麓电气铁道株式会社运营的富士急行线，现在仍在运行。

八月二十七日

　　和关井还有外川[石材店的大叔，也是石材店的老板]商量，要在入口造一道石门。丈夫画画说明了他想造的石门的模样，他俩立即都懂了。

八月二十八日

　　上午，下山去管理事务所总公司，对他们讲了净化槽还没彻底修好，还有厕所，要尽快更换。回程，我去了K开发公司位于胜山村的员工宿舍，拜托石井调整厨房橱柜的安装，以及让他看一下雨水飘进工作间的情况。宿舍外开满了鸡冠花、向日葵和秋英，不见人影。

　　下午四点，K开发的木匠来修橱柜。做工程的人来了，市川和其他人，一共四个，换便器一直换到晚上十点。四个人当中有两个女的。后来一男一女提前走了，剩下市川和一个女的留下来工作到十点。女人四十岁左右，小个子，是个安静的人。她蹲在市川旁边，和他一起查看便器、闻臭味，又抱着卸下的便器运到院子里，利索地干活。从话语间听出，她是农户的主妇，有三个孩子，是来打工的，被市川雇用。原来市川也是工程队的老板。拆下来的便器上有裂缝。女人抱着肮脏的便器，一边往外搬，一边对我说："不是工程没做好。不是市川师傅的错。是便器的问题。"市川和女人回去的时候，我包了两个菠萝罐头给她，说给孩子吃，她摘下头上的手巾，开心地鞠躬，然后紧跟着市川爬上院子昏暗的坡道。市川的话少，只讲必须讲的。他是个高个子，留着未经修剪的掺杂了白须的胡子，大概四十五六吧。他催过那个女人两三回："你先回吧。"然而女人最后还是和他一道工作到十点才回。

八月二十九日 雨

继续昨天的工作，市川和管理处的 F 来修厕所。

雨到了下午也没停，雾很重，所以我没去买菜，晚餐吃了方便炒面。

厕所的臭气姑且止住了。

今天早上，吃着早饭，我讲了昨晚那个女人和市川的情形，说："那两个人在山上谈恋爱呢。"

九月三日

回东京。暑假结束。

九月三十日（星期三）

傍晚七点半，出东京。小雨，从东京都出来花了一个小时。在相模湖，有辆装载木材的卡车打滑侧翻，交通中断。车辆绵延排列。从大月到富士吉田的路上，睡意浓极了，像魔鬼一样袭来。想过要么停下来睡个十分钟再走，但我就这么踩着油门开在笔直的公路上。途中有三次，冷不丁回过神，只见大卡车在我的正前方，我把方向盘向左打。不时做梦，而我仍然踩着油门。梦见我到家坐在房间里，从茶柜拿出点心，沏了茶喝。我家明明没有茶柜。我感到自己理解了翻斗车司机的心情。原因是我在出门前吃了深泽[七郎][1]的药[2]。那个药吃下去过了一会儿，眼睑背后和肚子里就热起来，感觉像有一堆蚯蚓涌出来并蠕动着，接着会拉肚子。那个药必须开车到家后再吃。十一点，到山里。台风过后，家里笼罩着湿气。榔头生锈了。

十月一日（星期四）晴

　　把屋子敞开，让阳光进来。整理厨房，晾晒霉斑。黄昏散步的时候，石材店的老板在村有林[3]里采蘑菇。他说

---

1 深泽七郎（1914—1987），吉他手，作家。1956年，他以《楢山节考》应征第一届中央公论新人奖并获奖，从此成为作家。武田泰淳是评委之一。1960年底，深泽七郎发表于《中央公论》的《风流梦谭》涉及对皇室的描写。翌年，中央公论社长家遭右翼袭击，导致家政工死亡。此后，深泽七郎在日本各地流浪三年。1965年在埼玉县开设"爱我农场"。
2 武田百合子在多年后与深泽七郎的对谈中提及，是减肥药（《武田百合子对谈集》，中央公论新社，2019）。
3 属于村产，林业收益归村庄共同所有，通常在村有林采摘需要经过村长许可并付费。此处可能是偷采。

能采到蟹味菇和白玉菇。

十月二日（星期五）晴朗无云

十一点，开车上富士山。丈夫也一起。我打算从御胎内的检票处上富士山，平时没有人的检票处坐了两个人，说："不能从这里上富士山。你下到收费站，在入口把到五合目的费用付了，再上来。"我回道："呀，你这话可就奇怪了。"丈夫摇头，小声说："百合子。"我们下到入口，付了一千二百元，上山。到了大泽崩[1]一带，本栖湖、精进湖和田贯湖一览无余。台风过后，有些大树开裂或折断。我们捡了三桶红熔岩。我们从五合目折回，在御庭停车。爬了御庭里面的一段。有三四辆警察的吉普车和调查队的吉普车开进来，停在茶屋[2]旁。茶屋的人说，吹一点东风的晴朗日子，是爬富士山的理想天气。还说，今天就是这种理想的天气，所以能完整地望见山顶，还有底下的村庄、树海和湖。从御庭爬了不成路的熔岩，往下看，有些可怕。山顶看起来很近，感觉再爬半个小时就能到顶上。我说："我想跑到顶上去看看。"丈夫说："不行。"

---

1 富士山正西侧的侵蚀谷。
2 提供小吃和饮品的店。

十一月七日（星期六）晴朗无云

早上五点不到，从东京出发。八点到山里。在大月站买了车站便当。在桂川边上我们每次休息吃东西的地方吃了便当。好像最近报上登过，有人吃了这个车站便当，差点死了。

富士山一直到八合目都有雪。整座山到山脚都清晰可见。

邻居的空地上开始堆砌石基的工程。

带着面包，中午，我们仨一起去本栖湖。途中的树海的红叶很美。车的左右都是红叶。在那当中笔直地慢慢地行驶。一辆卡车都没有，它们平时总是咆哮着飞驰，迎面驶过。静悄悄的，晴朗无云。我们的车开得就像天皇陛下的车。在本栖湖吃了鸡肉鸡蛋盖饭（丈夫）和乌冬面（我和花）。想要坐船，到了湖边，只见游船小屋的门用钉子钉上了。看起来只有夏天开业。只有两艘快艇拴在码头的桩子上，湖上看不到一艘钓鱼的船和游船。丈夫捡了三大块熔岩，说要带回家。我们顺着湖岸开车，一直到通往下部町[1]的隧道跟前。参加公路长途接力赛的人从隧道里跑出来，头上绑着白带子。隧道前摆着竖条旗，写着"欢迎参加山梨一周长途接力赛"。绑着白带子的人从昏暗的隧

1　山梨县西八代郡的町。该地有下部温泉。

道深处不断地跑出来。要是撞到接力赛的人就糟了，所以在这里折返。回程的路上也遇到了接力赛的人和白摩托车[1]。在鸣泽的加油站加了油。加油站的玻璃门内，穿着和服短外褂的大叔晒着太阳，在等接力赛的人到来。

两点过后回家。早早吃了晚饭。静悄悄的，真的很静。高兴。

天黑下来之后，我试着用壁炉烧了松树的小树枝。稍微有点烟气，不过烟囱是通畅的。屋檐下飘雨的地方装了镀锌钢板。不光是那里，整个屋檐加了一圈钢板。窗帘还没来。水管总阀的位置抬高了，加了盖子。

今天在大月到吉田之间的郡内[2]公路上两次被拦停，检查我有没有带驾照。

十一月二十一日（星期六）晴

早上五点半，出赤坂。

白菜，卷心菜，萝卜，黄瓜，家里剩下的蔬菜，维也纳香肠，培根，鸡蛋，海苔，年糕，面包。往车上装了菜，为的是到了山上不用立即下山买菜。

---

1 警车。
2 山梨县东半边的古称，包含富士吉田市、都留市、大月市。

院子起了厚厚的一层霜柱，富士山一直到四合目都有雪。水管总阀关了，于是我去管理处，要了一根用来开关阀门的铁棍（前面分双叉，卡在阀门把手上拧动）。外川在白天来了。他一直没给出石门的报价。他拿出本子，写了数字，发出像叹气又像说话的声音，就是不说价格："嗯嗯嗯，嗯嗯嗯，哦。"我想要看本子，他用手遮挡，最后背过身去写。外川把平方米说成"平米"，把土或泥说成"土"[1]。外川回去后，丈夫感慨地说："乡下人说的是汉语啊。"

　　三点左右，邻居的石基工程结束，我让他们把剩下的五六块能在院子里铺路的大石头运来。让来邻居家做事的石材店的工人们（四男二女）进了我们家，拿出家里现成的啤酒、葡萄酒和糖，犒劳他们帮忙运石头。关井从管理处来了。又有一些地方要修，我对他说了，请他修。

　　越往冬天走，晚霞越美！

十一月二十二日　晴

　　早上五点半，载了花子前往东京。去做星期日的礼拜。星期日的礼拜算课时，会影响《圣经》教育课的分数。我

1　日语的"土"通常读作つち（tsuchi），外川念作ど（do）。下文的汉语指的就是中国传来的这部分语言体系。

想着星期日不妨休息，让她歇着，结果花子和我都被老师叫去训话："星期日礼拜才是重要的课，不能总休息。"朝着东面驱车而行，日出前的天空从紫色转为淡紫色、淡蓝色、橙色、玫瑰色，然后太阳出来了。太阳刚出来的时候从正前方直射眼睛，所以我用左手挡住眼睛，单手开车，直到太阳升高一些。下午两点多，出东京。将新潮社红色封面的日本文学全集剩下的部分、两张坐垫、绿色的墩子[陶制的凳子]、威士忌和一打啤酒装进车里。在天黑前到大月。六点以前抵达山上。丈夫已经在被窝里。

十二月二十六日

★上午六点，出东京。阴天，被子放在行李架上，所以担心下雨。在大月站买了便当。

开始下起小雨，往车顶上盖了雨罩。在昂收费公路入口的加油站加了汽油和机油。加油站那家的男孩戴着"巨X"[1]的帽子。加油站老板穿着长棉袄。买了防滑链的挂扣。又订了三罐当燃料的煤油，让他们送货。开到半路上，昂公路变白了，不知是雪还是霜。过了高尔夫球场的会员俱

---

1 《巨X》，手冢治虫的漫画，1963—1966年在集英社《少年Book》连载。同名动画片1964—1965年在电视台放映。

乐部，斜坡上的白色更重，车可能随时会开不过去。到了家门口，松了口气。展望台和门柱完成得漂亮。虽然花了五万六千元，这样的成品，我觉得便宜。我立即爬上展望台去看，因为有雾，看不远。S[1]来了，说："石材店的老板抱怨说，这回的活儿干得可费劲了。"不过合同上明确写了金额，我是放心的。我请S送来三打啤酒、一草包袋煤炭、燃气罐。

　　和以往一样，水是关着的，于是我把铁棍插在外面的总阀上，和百合子两个人一起往左转，但怎么也转不动。后来叫管理处的人来，原来要向右转。S说，有一户别墅的住客冷得受不了，回了东京。去年年底，头一回住在山上，冷得脸都冻歪了，我们也感到没辙，不过今年习惯了，不担心。傍晚，啤酒和液化气来了。总公司的年轻人像是没事做，运货来了一大伙人。燃料科的青年说："为什么燃料科的人要搬啤酒啊？让总务科的人搬就好了。"晚餐是放了鸡肉的年糕汤[2]。

——泰淳记

1　关井。武田夫妻写日记时对人名的处理不同。
2　日式高汤煮年糕，年糕通常预先烤过。汤里可加蔬菜和肉。日本过年的习惯是一月一日早上吃年糕汤。

防滑链挂扣四百五十元。

白煤油[1]一罐三百三十元，三罐九百九十元。

付给关井石门工程费五万六千元。

关井帮忙修了厨房的门锁。

新发生故障的位置——洗脸池的水管，竖着的管道接口处漏水。是冻结造成的。

十二月二十七日（星期日）阴

★上午，S和石材店老板来了。老板把煤炭送来，立即放进壁炉烧起来。他一边烧炭，一边说，他在中国东北当兵的时候，为了点燃俄式炉子的煤炭，去通讯队偷木材，逃走的时候掉进沟里，归队后被上等兵扇了耳光。太阳光一点也没照进来。倒是暖和。石材店老板吞吞吐吐地说："今天想办个派对。"我说那你去买吧，给了他一千元，让他买八百克肉回来。我们这边备上深泽七郎给的整只烤鸡、水果罐头和炸土豆块。两点过后，老板和三名劳动妇女来了。老板带了鲤鱼水洗生鱼片[2]和味噌炖鲤鱼。还带了装在塑料袋里的醋味噌。还有一箱橘子。百合子用猪肉做了

1　家庭燃料煤油根据品质分为1号煤油和2号煤油。1号煤油精度高，无色透明，所以叫作白煤油。

2　将鱼切薄片，洗去脂肪和腥气，浸在冷水或冰水里。

肉串，把电锅放在桌上，边炸串边吃。我们录了磁带，想要了解派对实况的人，可以听磁带。大伙儿愉快极了。老板在临走前说："下回我们来买磁带，等过年的时候再办一场。"

——泰淳记

草包袋煤炭（上等）五百元。八百克猪肉六百四十元。派对时的事。

磁带一开始转，老板就把录音机附带的小麦克风凑在嘴边，站起来唱歌。"落在富士的高岭上的雪和落在京都先斗町的雪，同样是雪。同样融化流淌。"[1] 他发出一种可爱的声音，比平时更像低语，边微微晃着脑袋，边唱歌。第一小节唱完，女工们立即鼓掌打着节拍，唱了间奏的部分："斯呛恰啦郎嘎，斯呛恰啦郎嘎。"我也一起唱了。其中一名女工唱道："一吹就飞走了，象棋的棋子。"[2] 中间穿插了"什么什么老婆小春"，好像浪花节[3]的歌词，

1　1964 年的热门歌曲《包间小歌》，演唱者是组合"和田弘和月亮星星"与松尾和子。歌词是以先斗町艺伎的口吻向男客人抒发感情。

2　1961 年的热门演歌《王将》，演唱者是村田英雄。第二小节歌词："这般那般的主意藏在心中，在破旧的平房，今年也快过完了。从不抱怨的老婆小春，挤出的笑容带着倔强。"

3　又叫浪曲。由曲师弹三弦伴奏，表演者演唱并讲故事，和中国的评弹相似。

她继续唱了第二小节。那名女工唱个不停，进了厕所还在唱。我试着把磁带倒回去，听了老板唱歌的部分，声音很好听，老板因此满脸通红。老板开心极了，说"我再唱一首别的"，唱了其他歌。接着，他录了"我对泥鳅〔吃的泥鳅〕的看法"。后来关井来了，混在一群人中间喝着果汁（关井不喝酒），他说"我也来一首"，把麦克风举在嘴边，同样站起身，唱了"寂寥的山下的湖边，一个人到来，心情悲伤"[1]。最后，老板和关井一直在抢麦克风，交替唱歌。

今天长时间地细看之下，老板的脸长得与《猿蟹合战》中的栗子武士一模一样。那是友好书系[2]还是讲谈社的绘本呢？我在许久以前见到过。

十二月二十八日（星期一）雪

☆难得下雪了。二十六日也下过雪，不过没下这么多。早上，我刚听爸爸说了个"雪"字，脸也没洗就拿着滑雪板出去了。波可和爸爸也一起来了。雪没有预想的那么多。波可一个劲儿地跑来跑去。一开始全是往下滑，很愉快，

---

1 1940 年的热门歌曲《湖畔旅馆》，演唱者是高峰三枝子。

2 Kinder book，由童书出版社弗勒贝尔馆于 1927 年创立的绘本杂志，至今仍在发行。

可是搬着滑雪板往上爬很累。只有波可很轻松。妈妈终于起来准备早饭。味噌炖鲤鱼和维也纳香肠。维也纳香肠像漫画里的那样连在一起，很有趣。吃了早饭，又去外面滑雪。爸爸玩到一半，说"我去叫你妈"，和波可一起回去了。我一个人玩了一会儿，妈妈实在太慢了，我拼尽全力回去接她，结果她还在慢慢穿袜子，我觉得她讨厌，自己在院子里滑。妈妈终于出来了。波可也一起出来了。比起之前和爸爸一起滑的时候，我滑得好些了。妈妈想要穿着长雨靴扣上滑雪板，但不像去年，扣不上。到午饭时间了。妈妈和波可回去了，我在院子里滑雪。速度快极了，可怕。之后堆了雪人，吃了午饭。午饭后，听了昨天忘年会宴会的磁带。外川叔叔可好玩了。关井叔叔的声音好玩，爸妈笑着说，关井平时一本正经的，却那么爱唱歌。听完磁带，我们拉着塑料布，像雪橇那样在院子里滑，可好玩了，我和妈妈玩了半个小时左右，想着有没有其他好滑的斜坡，到外面的坡道上找的时候，遇到了关井叔叔。我们又回去在院子里滑了两三次，接着妈妈和波可进了屋。只有我又滑了一会儿，滑厌了，就进了屋。

波可在狗屋里睡着。晚饭是酱汁烤肉、汤和"江户紫"[1]。

---

1 佃煮的品牌。佃煮是把小鱼干、贝类、海带等用酱油和糖煮成的保存食品，风味较浓。

饭后过了一段时间，我写了日记。

——花记

十二月二十九日（星期二）晴 气温 0.5 度

☆早饭前，在院子里用席子滑雪。

早饭　面包，香肠，鸡肉汤，蜂蜜，黄油，红茶。

饭后又在院子里滑席子、堆雪球。雪比昨天冻得硬，滑席子的速度很快，有点吓人。妈妈拉着塑料布滑到一半，摔倒了，就那么躺着滑到底，差点受了伤。塑料布比席子的速度更快。

午饭　乌冬面。

饭后堆雪球。然后给车做清洁，又堆雪球。

晚饭　酒粕腌鲑鱼[1]，金山寺味噌，腌乌贼内脏，酒粕腌山葵。

之后，我今天也写了日记（六点）。

——花记

万里无云。能清晰地看见富士山和整座南阿尔卑斯山

1　酒粕是日本酒过滤后剩下的白色固体，与其他调料混合，成为腌制食品的粕床。粕床腌制的蔬菜和鱼有特殊的风味。腌过的鱼一般烤着吃。

脉（我得知，从我们家能望见的西面的山是南阿尔卑斯）。有阳光的露台的温度是8度。太阳下山前（三点半左右）不用煤油暖炉。把波可的小屋放在太阳下晒干。木匠来修锁。下午，给车打蜡。时隔三个月打蜡。引擎很难打着。登上门柱上的展望台，四面八方清晰可见，显得很近，河口湖，还有三峠山。打开车载收音机，收音机里说，久违的万里无云，昴公路的除雪作业进行顺畅，道路通畅。攀登富士山过年的人有三百人。这也是广播里说的。

差不多三天用完一罐煤油。

十二月三十日（星期三）晴

上午十一点半，下山去河口湖。前往鸣泽的林间路上的雪几乎化光了，从鸣泽往河口湖的路，雪彻底化了，路面干了，看起来像没下过雪。

在河口湖。

一袋黑豆（塑料袋）六十元，五百克白芸豆金团[1]一百五十元，一袋海带卷[2]六十元。伊达卷[3]，鱼糕，两根竹

---

1 金团是一种和果子，过年的年菜。豆、栗子或红薯炖煮加糖，过滤去除水分，整形。白芸豆金团可看作是浓郁的白芸豆豆沙。
2 海带卷上切成条的鲑鱼或其他鱼，扎起来，加调料炖煮。过年的年菜。
3 形如蛋糕卷的鱼糕，甜口。

轮，三块炸鱼糕[1]，腌白菜，千枚渍[2]，一条开片青花鱼，三条冷冻秋刀鱼，葱等。三根用来做醋浸章鱼的章鱼脚。

在富士吉田。

长雨靴（百合子）九百八十元，防寒赫本鞋[3]一百八十元。面包，零食。四百克猪肉（靠近后腿的小里脊）三百六十元，两个鸡翅膀。土豆，鸭儿芹。六块盐腌油甘鱼三百六十元，六块盐腌鳟鱼一百八十元。发油，曼秀雷敦。松下电炉三千七百元，一只手电筒等。

购物抽签全都是六等奖。富士吉田及其周边，有些东西又便宜又丰富，让我讶异：长雨靴、长靴和防寒赫本鞋这一类。想买了带回东京。洗衣店洗了衣服挂在屋檐下晾晒，还有和服短外褂之类。整备工厂和机修店都在擦玻璃。这一带像是有在过年时做牛蒡炒胡萝卜丝的习惯，蔬果店和食材店都把牛蒡切成细丝，装进袋子或堆成小山售卖。三点半，我们开回外川家。拿了外川给我们的西太公鱼，上山。一整天都是好天气。在吉田走路买东西，朝着大鸟居方向的上坡日照强烈，正对面富士山的雪的反射让眼睛

1　原料除了鱼肉泥，一般还有打碎的蔬菜，如胡萝卜、牛蒡等。
2　切成薄片的芜菁，用醋泡。
3　室内穿的皮拖鞋。名字的由来是奥黛丽·赫本在《罗马假日》中穿的皮凉鞋。

都痛起来。

在管理处买了一袋米，借了《朝日新闻》回家。

在东京的时候，报纸上登了三木露风[1]因交通事故生命垂危，今天的《朝日新闻》，他死了。没有其他的新闻。

早饭　咖喱乌冬面，红茶。

午饭　河口湖畔的富重。丈夫点了鳗鱼盖饭，二百五十元，我和花子是拉面，一百四十元。

在富重门口遇见了外川。他在去给人送年礼的路上，开着一辆小面包车，载了两个孩子。我们在餐厅的时候，他又来了，说是在隧道那边的湖边有渔船去打西太公鱼，要不要去。约好我丈夫一个人去。

晚饭　外川给的西太公鱼，做了天妇罗。好吃极了。泰淳十条，百合子二十条，花吃了八条。波可一条（尾巴剩下了）。

夜里，西风变强了。我去看车罩有没有被风吹走。在车罩上放了两三块熔岩。不泡澡了。

三十日补记

★搭乘外川的小面包车去西太公鱼的渔场。我们吃饭

1　三木露风（1889—1964），诗人、歌人、童谣和随笔作家。

的富重，里面冷飕飕的，没有阳光，水槽里游着虹鳟鱼、鲤鱼和鲫鱼等，其中有些死了，沉在底下，还有些被捞出来扔在旁边，感觉既寒冷，又有种腥气。外川的车里有两个男孩。两个人的毛衣胳膊肘和裤子膝盖都是破的。下到湖边，寒风凛冽，浪很高。篝火的烟飘过，西太公鱼在黑乎乎的锅里闪着光，有人往锅里胡乱倒了酱油。一组差不多有十个人。人们系着橡胶围裙，穿着长筒胶靴，戴着橡胶手套，显得强大，像中亚的士兵。跳上船，很冷，腥气越发浓。收起来堆在船里的渔网被水打湿了，缠绕着水草，把渔网放下去时，腥气的水沫吹在脸上。打鱼在夜里，这两三天因为下雨一直休息，所以今天白天也打鱼。船兜了一圈，把网放下去，然后扔下涂成红色的汽油桶。船一靠岸，立即开始拉网。做事很迅速。外川也把"拉手"挂在网上，边帮忙边说："哎，没扣紧。"这张网的组长是外川太太的哥哥。他的脸和外川的妻子很像，所以一看就知道是他。略长的有特征的脸。个子也高。长着枯草的斜坡上阳光照耀，我和两个男孩在那上面兜圈子。

渔夫们把挂在网眼上的小鱼弄下来扔在地上，在外川的命令下，男孩们捡起鱼，扔进篓子。男女游客也停车过来张望。不久便捕了一大篓西太公鱼。外川的妻舅开心地说："都是因为老师上了我们的船。"我答道："谢谢你这么说。"我打算出钱买，可外川说"这些给老师"，用纸包起来递给我，不肯收钱。一只不怕人的白狗在我们停车的马路上玩，过来蹭我们。"怎么样，把狗带走吧？把它放车上吧。"外川命令孩子们，但孩子们没法把它弄上车。我心想，肯定是谁家养的狗，他太乱来了。约好和老婆在外川家会合，我觉得再去他家太麻烦他，打算兜去餐厅，他用很大的力气拽住我的手，把我带进他家。他今天要给雇工们付工钱，给一堆人送东西，其实他真的很忙。我吃着他请的生鱼片，喝着啤酒，焦虑地想，老婆早点来就好了。男孩抱着猫的肚子说："有几个奶头？一个吗？""人也有两个，不会就一个。"我让他再看看，他说"有两个"，不肯再查看，我提醒道："肯定还有。""这是只小猫，所以只有两个。"男孩说着，抱起另一只老猫。那只猫一直吐着桃红色的舌头，我有些讶异，男孩说："这家伙吃了有毒的老鼠，后来就不对劲了。"我也搭了把手，于是男孩确认，老猫有六个奶头。外川太太悠然地问："今天您来是？"我解释说，其实是这般这般。家里吊着三条去掉内脏的盐腌鲑鱼，还堆着清酒和啤酒，很有种过年的富足气氛。外川家是不拘小节的，陈旧又杂乱。S说外川太太"不收拾"，就我所见，她十分忙碌，一点也不是"不收拾"。只是她无暇做表面功夫、打扫和整理。她说话慢悠悠的，完全没有神经质的表现，所以我喜欢她。外川命令太太："把那只吃过毒老鼠的猫放到外面。把那里关上。那边也关上。你看，你又说'啊？'。"太太慢悠悠地问："买多少荞麦面？一向买一百五十元的。就买这么多行吧？"外川不耐烦地说："买两百的。"太太毫不动摇地慢声问："章鱼要不要切好？乌冬面要不要煮好？"外川不再回答。"老师，北海道你是行家。"接着，他开始说起阿伊努族和鲑鱼，后来又说起他们住在网代温泉，雇了船。说这些，是因为外川盼着妻舅的买卖也就是渔业旅游能够顺利。如今渔业在各地都不顺遂，只能再接些旅游的活儿，但旅游也不顺。于是他把从网代的渔业女老板那里听来的话讲给我听。据女老板说，渔夫们在没有鱼的时候到岸上，他们喝酒，吃饭，闹闹腾腾地等着返工。她手下有八十个精壮汉子，他们喝个十五天，借款就不断增加。渔业老板除了付工资，还得包揽这种开销。她那里偶然捕到两千贯[1]油甘鱼，这才有了余裕。外川说，如果是旅游的船，包一艘船三千五百元，可以坐四个客人。我安慰道："鱼毕竟是生物，还是石头稳妥。"他满意地说："对，石头是物体。"他的石山订单多，所以一直工

1　7.5吨。

作到明天。

——泰淳记

十二月三十一日（星期四）晴

☆期盼已久的大年夜放晴了，真好。城区的家家户户挂了注连绳[1]，就连汽车和铁匠的机器上都挂了。

想给我们家也挂上，去买，结果卖完了。所以挂了一个我做的古怪的注连绳应景。波可瘸了，右后腿动不了。给它涂了金冠[2]和消百痛[3]，也看不出有没有效果。爸爸说没事，可我担心极了。刚才，爸爸第一个去泡了澡，出来了。他看起来心情好极了。

大年夜的快乐在于看电视，遗憾的是没有电视看。不过，可以听收音机。有许多零食。要是波可没事，会迎来更加愉快的大年夜吧。

——花记

---

1 由绳子、纸垂（连续的菱形纸片）和稻草等构成的装饰，有"迎神"的含义。与门松一样，是过年的装饰。

2 金冠镇痒消炎药。

3 佐藤制药的外用药，缓解运动造成的酸痛。

昭和四十年

1965 年

一月一日 一早小雪转多云，午后转晴

七点半起床。微微下着雪。感觉不加防滑链也能去新年参拜。

用葡萄酒庆祝新年。给每个人的年糕汤（鸡肉、银杏、红白双色鱼糕、鸭儿芹）放了三块年糕，各吃了两碗。

黑豆，多福豆[1]，海带卷，栗子金团，伊达卷，鱼糕，小丁香鱼干[2]。

波可还瘸着。

十点，下山。开始有阳光。山脚下烧炭的和石材切割厂都停了工，不见人影。

---

1 用红糖和盐煮成黑色的带皮蚕豆。名字的来源是蚕豆的形状如同狂言中高额头圆脸的"多福"面具。

2 日语写作"田作"，是新年不可少的年菜，寓意丰收。

镰仓往返路[1]上的加油站和药店基本开着。

去富士吉田浅间神社[2]。

捐功德三十元。买了护符，分别是木板、熊手[3]和祈祷交通安全的，每个一百，三百元。

发现神社的旁边建了大前辈某某翁（据说曾登了一百五十次富士山）的像，一开始我以为是只猴子的塑像，结果是人，太拙劣了，我感到震惊。

沿着河口湖畔往富士豪景酒店的方向开，从西湖入口到镰仓往返路，回到鸣泽村。途中，在茶屋买了两盒金冠。二百二十元。绕到精进湖，水量大减，黑乎乎的。没有氛围。我们没下车，直接开到本栖湖。丈夫在本栖湖岸捡了差不多十块熔岩。停着一辆车身写着某某餐厅的车，两个穿着白上衣的厨师来钓鱼。岸边停了大概十辆车。

在鸣泽的加油站加油，买了两罐蜡。汽油一千一百元，蜡七百五十元。车载天线出不来，请加油站的人弄出来了，进到山背后也能听到收音机广播。三点左右，到家。

午饭　青花鱼，米饭，萝卜泥（丈夫），面包，蜂蜜，

1　以镰仓为起点的网状道路，在镰仓时代就已存在。

2　北口本宫富士浅间神社。近年来热门的位于新仓山的浅间神社，在当时少有人去。

3　熊手是耙子形状的竹扫帚。因含有"将福气扫进来"的含义，年节的神社售卖做了装饰的熊手。

剩下的香肠，汤（百合子、花）。

晚饭　米饭，炸猪排，萝卜味噌汤。

晚上彻底晴了，星星仿佛滴滴答答地往下落。

降温了。

☆今天早上起来，波可的腿还没好，我感到沮丧。一家人商量明天是不是回去，天气看着不错，而且因为波可的缘故，决定不回。我有点想回东京，不过还是这边好。八日我就要去住寄宿舍，总有些忐忑。不过我打算好好努力（这样说也许有些夸张）。我现在最大的烦恼是波可，其次是作业。作业只要写了，就能完成，但我很快就厌烦，不写了。要是进了寄宿舍，看不了电视，大家都写作业，所以我也能完成吧。我渐渐开始喜欢看书。《一百个有名的故事》是历史，倒是很有意思。定好了下一本要读的——《东海道膝栗毛》[1]，好像很好玩。

还有，我经常听妈妈讲莎士比亚写的麦克白的故事。好像很厉害。想读。妈妈讲的故事经常是麦克白，还有四

1　应为《东海道中膝栗毛》，19世纪初出版的诙谐旅行小说，作者是十返舍一九。"道中"指旅行，"膝栗毛"指的是以自己的双腿代替骑马。武田花阅读的应该是面向青少年的普及改写本。

谷怪谈[1]的伊右卫门和阿岩。

——花记

一月二日（星期六）晴

☆今天下午去了西湖。风吹得呼呼的。妈妈给车做清洁。爸爸自己去散步。我在车里听收音机。西湖的水非常清澈，扔一颗白石头进去，看它沉在哪里，就知道有多深。回程走了经过青年旅社往本栖湖的路。从树海中穿过，所以心情好极了。开车上红叶台。坡陡得让人害怕。拐弯很险。妈妈后来说"吓死我了"。车到不了山顶，开到半道上。从半道上步行，不断往上爬。除了我们，没几个人。妈妈穿着她开车的鞋，打滑，不好爬。爸爸在我们后面慢慢爬上来。终于到了山顶。左边是西湖，右边是富士山，富士山的各个角落都清晰可见，几乎不可思议。西湖特别细长。爸爸说："就像用毛笔画出来的。"富士山的右边有三个瘤子，脑袋上顶着大大的白帽子，看不见脚，像个端坐在那里的人。我莫名地这样想着，觉得富士山可爱。底下有个机场。非常小。我想再去红叶台。下次想去今天爬

1　日本怪谈故事，发生在江户（东京）杂司谷四谷町，讲的是丈夫伊右卫门有外遇，妻子阿岩化作幽灵作祟。较为著名的改编作品有鹤屋南北的歌舞伎和三游亭圆朝的落语。

的山旁边那座山。

今天非常愉快。晚饭是意面肉圆和面包。

现在正好九点五十分。妈妈在弹吉他。爸爸在睡。爸爸喜欢的名叫"波波"的煤油炉正在劲头十足地发出"波——波——波咯波咯"的声响。

——花记

昨晚冷极了，今天早上，浴室的窗户冻住了，打不开。昨晚洗的衣服晾在厨房，今天早上也冻住了。等阳光照过来，我把衣服晾在露台，不过露台的温度计还指在零下。

我烧了水，把变得像板一样的衣服泡在里面，用力拧干，但刚拧干的衣服稍微冒了会儿热气，又冻起来。在这样的地方不需要洗衣机，想要脱水机和室内移动晾衣架。

露台的阳光变得强烈，温度计升到 10 度。

早饭　年糕汤。

午饭　米饭，酒粕腌油甘鱼等。

下午去西湖南岸兜了一圈，爬了红叶台。

一月三日（星期日）晴

早饭　糯米饭，竹轮，炸鱼糕，味噌汤。

午饭　米饭，酒粕腌油甘鱼。

晚饭 米饭，油浸金枪鱼，萝卜泥，佃煮。花子又吃了酒粕腌油甘鱼。

波可的腿还没好。不再给它涂金冠看看。

打扫车厢，打扫后备厢。波可拖着瘸腿跟过来。打扫车厢的时候，出来一堆十元硬币。

三点，我下山去买两脚插座。兜了三间电器行，终于找到仅有一个的插座。在我找到插座的那家电器行，有个爷爷像是从遥远的山上下来的，买了收音机，他拿出一万元纸钞，慢悠悠地抽奖，抽到头奖，一箱洗衣粉。给浴缸烧水。

寄信 给竹内好[1]、大冈升平[2]（丈夫）。

买插座时顺路看了看乐园溜冰场。溜冰场全是人，他们在强风中逆时针兜圈子，像小耗子一样拼命地滑行。有六十多岁的人，还有四岁左右的孩子。不停地滑。售票处在排队，停车场也几乎满了。地上胡乱扔着橘子皮。橘子皮为什么是那种特别的让人心烦意乱的橙色？乐园溜冰场的票价是大人四百，小孩二百。从下午两点开始。

1　竹内好（1910—1977），中国文学专家，评论家，思想家。大学时代与武田泰淳等人共同创办"中国文学研究会"，该会于1943年解散。竹内好长年译介并研究鲁迅。

2　大冈升平（1909—1988），小说家，评论家，法语文学译者，代表作《俘房记》《小说家：夏目漱石》。

☆去河口湖买插座，起先是我去买，妈妈把插座说成"灯座"，说"两脚灯座[1]"，所以店家拿出三个两脚灯座。一个九十元。我当时只带了二百五十元，所以缺二十元。于是店家给打了折。回到车里，因为我买的是灯座，所以妈妈又去替换。但那家店里没有插座。每次给波可涂金冠，它就有些刺痛，好像反而糟糕。因此就不涂了。寒假后第一次学习了很久。因为作业攒了一堆。家庭课的毛线编织和手工很难。

爸爸误以为柜子的把手被虫啃了，大笑。预定后天回去。明天是最后一天。今天好好学习，明天好好玩。

——花记

一月四日（星期一）晴 强风

早　西式炖牛肉，面包，红茶。

中　咖喱饭，福神渍[2]。

晚　鳕鱼子，鲑鱼罐头，萝卜泥，汤，米饭。

1　松下电器于1918年创业，最初风靡一时的产品是转换头，当时每户仅有一个灯座（灯泡卡口），没有电源插口，转换头可以将灯座变为电源插口。其后松下又推出两脚灯座，配合转换头，可同时使用灯泡和其他家电，或同时开两盏灯。两脚灯座成了松下的又一畅销产品。

2　非发酵类泡菜。萝卜、茄子、刀豆、莲藕等七种蔬菜切细丝，用盐轻腌去水分，再用酱油、糖、醋的混合液浸泡。

一整天不停地刮风。丈夫和花子去给大门的门柱刻"武田山庄"，因为太冷，很快回来了。

没下山，混过了一天。到了傍晚，十分晴朗，看了夕照。

晚餐后，为明天早上回家做准备，开始一点点收拾。换了所有人的被套和枕套。

打算在东京洗衣服。

波可恢复精神了。但瘸腿没好。它惬意地睡着。

这之后下的雪不会化，雪往上再往上堆积，一直积到胸口那么高。到春分之前都没法来吧。

☆最后一天，我做着作业就过完了。

也因为今年就要去住寄宿舍，作业没有像去年冬天那样堆积，是个好假期。今天波可也有精神，没发生特别的事。或许因为今天哪儿也没去，一天很快过完了。明天就要回去了，感觉难以置信。我想到，说不定，后面如果没有长假，我就不能来这里了。感到遗憾的是只滑了一天雪。以及波可瘸了。还有，大年夜没能看电视。是个非常愉快的寒假。

——花记

三月三十一日（星期三）晴 强风

☆今天，终于来了。迄今为止，因为爸爸的工作，一直没能来。回寄宿舍之前能过来，我高兴极了。原本明早就得回东京，改成明天下午或者后天早上回。这些都由爸爸定。爸爸在车里喝着啤酒，忽然开口决定，或是看看天空和风的状态，忽然开口决定。

抵达是在早上九点半左右。之后妈妈整理带来的东西，我在有残雪的地方玩儿，爸爸在露台的"折叠躺椅"上喝啤酒。稍后，妈妈和我把深泽七郎叔叔送的十七株梅树种在院子里。吃午饭前挖了差不多六个坑，饭后挖了剩下的坑，种下。之后浇水，把作为标记的红布系在每株梅树上。土被霜冻硬了，最后我们拿出榔头和砍刀，挖坑挖成了大工程，所以累坏了，不过很有意思。因此，吃完晚饭九点了。

妈妈（总是）最勤劳地干活，她乐在其中，像是累了。一旦开始挖坑，或是弹起吉他，妈妈哪怕做一整天都不厌倦。饭都不做了。爸爸一整天写小说，不厌倦。我做什么都做不长，我是别人让我做什么我才做的类型。

——花记

早上，六点从赤坂出发。把两天份的食物、在六本木旧货店找到的躺椅、深泽送我们的梅树苗装上车。往来的卡车很少。在大垂水峠，梅花盛开。途中，在大月站买了车站便当。推开便当店的门，传来比平时浓得多的蒸大鲨鱼或鲨鱼的类似氨水的气味，觉得不正常。在河口湖的加油站加了汽油和机油。二千零三十五元。

在露台晾晒被子和毯子，大致打扫。我们不在的时候，餐厅的高窗的窗玻璃加了横档。

想在太阳还没下山的时候把梅树种下，在院子里到处挖坑。即便是乍看柔软的土地，挖个十厘米就冻住了，再往下硬得像混凝土一样，用铁锹挖不动。我挥起砍刀，或是用榔头敲螺丝刀的头，一厘米一厘米、五毫米五毫米地往下刨，用砸混凝土的手法挖坑。贞造［深泽七郎的弟弟］送到我们在赤坂的家的梅树苗，等待丈夫完成工作的时间里，它们在赤坂家中的浴室出了些芽。太阳下山的时候，终于挖完十七个坑，然后赶紧种树。天色暗下来，风变强了。我打开手电筒，给种好的树苗浇了一圈水。八点左右，风中开始夹着雨点。

早　吃了车站便当。

午　拉面。

晚　米饭，蛋花汤，酱汁烤肉，卷心菜炒土豆。

右手肿起来了，硬硬的。干活干太多了吧。不过，晚上下雨了，还好今天一天种完了。疏散到外地那会儿的农活儿更辛苦，而且是别人的田，一点也不愉快，今天挖坑就像公爵夫人打理庭院。

◎屋顶的雪掉落的时候，用来固定净化槽烟囱上部的五金件被打落了，烟囱断了一半。

◎西侧没铺地板的房间[1]，只要有雨飘过来，玻璃门和门套[2]的边缘就会漏进雨滴。

四月一日

中午，忽然飘来黑云，落下大颗的冰霰，之后下起雨夹雪。后来不时放一会儿晴。天气不好，所以傍晚回东京。我打算从剑丸尾那边下山，半路上，富士山转播塔前的路泥泞不通。掉头从鸣泽下山回东京。

关于工作日会费（高尔夫球场）和年费，我和关井谈了一下。在这里盖房子就自带工作日的会员权，我说，我们家不打高尔夫球，所以不需要，同样，我们也不想付年费。关井说："东京人都打高尔夫吧。我一直以为没人会

1　日语"土间"，地面是三和土或水泥。从文前照片看，应是武田家的餐厅，水泥地嵌鹅卵石。
2　日式房屋在玻璃门窗外设有遮光门窗（钢板百叶或木板门窗），既遮光，也阻挡风雨。门窗套固定在侧面，遮光门窗向侧面拉开后收纳在门窗套里。

说不需要。都说我们这儿的高尔夫球场很好。山本富士子[1]也是会员，经常来。如果老师不打，太太您打一下？"我呢，如果能给我工钱，我倒是愿意当球童。

四月八日（星期四）阴 微弱阳光照射

早上五点半出东京。

从鸣泽口上山。从管理处门口一直到坡上的公交车站，为了铺设水管，在挖巨大的沟。

或许因为冷，梅树苗的芽缩了起来。太阳刚开始照在大门口的石板路上，我们在车里边晒太阳边吃早饭。昨晚河出书房送给我们的箱寿司[2]。

下午，停水了，我去了管理处，说是挖沟的工程打穿了管道，正在紧急抢修。从管理处回来，过了一会儿，来水了。

晚 长崎汤面，盐腌京都水菜。

晚上，风雨变大了。发现餐厅的天花板和壁炉的烟囱有漏雨处。

风大，没法给浴缸烧水，试着用了从赤坂拿来的桑拿

---

1 山本富士子（1931—），女演员。

2 语源是葡萄牙语的"小船"（bateira）。醋饭、白板海带和整条青花鱼叠合，形如小船，然后切成块。

罩。丈夫战战兢兢地进去，接着他像是很舒服，心情愉悦。他说想要待在桑拿罩里喝啤酒。在桑拿罩里的模样仿佛枭首示众。

四月九日（星期五）阴转晴朗无云

早　面包，汤，培根炒蛋，夏橙[1]。

午　赤豆糯米饭，炖生利节[2]，盐腌京都水菜。

晚　又吃了糯米饭。炸肉串，腌芥菜，沙拉，夏橙。

天逐渐转晴，后来万里无云。在露台做日光浴。晒被子。

下午，给车打蜡。明天一早出发，所以准备了在车里吃的便当和白煮蛋。

梅树苗有两三株不大好，其他的树枝泛起光泽，芽头也变长了。越是冻土层厚的地方，树苗越是精神地扎了根，不可思议。也许因为获得了水分。我每天去看好几次梅树。

★波可想要我擤过鼻涕的纸。它只要听到我把纸按在鼻子上的声响，就会立即望向这边，奔过来。今天早上，

1　日本夏橙是酸橙与其他柑橘类的杂交后代，酸味重，微苦。

2　新鲜的鲣鱼削成三片，煮熟、放凉、日晒、熏制、培养霉菌，重复这一过程后做成的，便是日料高汤不可缺少的柴鱼干。使用时一般用刨子刨成柴鱼花。煮过晒干不做熏制的叫作生利节。

我从被炉往黄色和红色的两个垃圾桶扔团成球的纸，没扔进去，纸团滚落在房间的角落。这间被炉房间比有壁炉那间的混凝土地高出一截，我们不许波可上来。然而，它试图想办法上来，只要隔断的纸门开着，它就来到门槛这边，等待机会。有时它忍不住，上了榻榻米，挨了训，又乖乖下去。今天早上，它的两条后腿在混凝土地上，抬起上半身撑在边上，试图去够房间角落的纸团。它的前腿短，所以怎么也够不到。光是发出脚爪和榻榻米摩擦的吱吱声，无论它怎么焦灼，都够不到纸团。并不是需要那么拼尽全力去获得的东西，它不顾一切想用前爪够的样子很可爱。有时，它长时间地咬着被我的鼻涕沾湿的纸（大概因为有盐分吧），玩那团纸，最后把纸吃掉大半，大多数时候，它叼着纸跑开，马上就不玩了。我经常想，倘若神在眺望人拼尽全力的行为，其心情，大概就像我对波可的举动感到好笑一样吧。

——泰淳记

四月十九日

★昨晚是中学同学的寿喜烧聚会，一直闹腾到很晚。当时我讲了此地山庄生活的情况，人人都露出想来的表情。十九日是阴天。百合子稀里糊涂开到涩谷方向去了，所以我们从御殿场兜了一圈过来。百合子有时会突然陷入恍惚状态。对此我已经习惯了，但想到她在开车的时候也会这样，我有些不安。樱花几乎落光了，油菜花依旧（这么说是和上次回东京时一样）在各处田间盛开成明黄色。百合子和我聊到，她或者我，上回看见这么多大片的黄色油菜花，是二十年或三十年前了。

——泰淳记

完全就像幕布刚刚拉开的《阿夏狂乱》[1]的舞台。一整面静悄悄的、让人睁大眼睛的油菜花田。比起上次经过的时候，像是已经过了盛期，一打开车窗，便有种类似堆肥的气味，有点粉尘气，让人犯晕。

五月二日（星期日）

★五点半左右（早上）离开家。过了河口湖，在富士山上山口的第一家加油站买了白煤油（四百五十元）。行李装得满满的，花蜷着腿坐着。别墅区的水管工程没做完，

1　宽文二年（1662 年），旅馆老板的女儿阿夏与恋人清十郎私奔后被抓，清十郎被斩首，阿夏疯了，其后失踪。后来这一事件被改编为歌舞伎等剧目。其中有一出歌舞伎舞剧就叫《阿夏狂乱》，描述阿夏和恋人死别后徜徉在田野中。

沿路堆着土，很难看到路。我们稍微往前开了一点，打算兜过去，结果开到另一个地方迷了路，那里停着其他别墅的车。我们开心地七嘴八舌地说话。

——泰淳记

☆到家之后，搬行李，天气很好，于是把折叠椅搬到露台上，晒太阳。辛苦种下的梅树基本都出芽了。另外，我种下的洋葱也在长。这边似乎樱花开得晚，河口湖的樱花开了，我们家院子里的樱花才刚开了一点儿。下午云出来了，天气转阴。

爸爸和波可去散步。我和妈妈过了一会儿追上去，不知道他们去了哪里，想着或许是高尔夫球场那边，过去一看，果然。有许多人在高尔夫球场打高尔夫。回家后，爸爸和我睡了午觉。妈妈看书。起床后，我和妈妈玩牌比大小。妈妈出手特别快，就算一起掀开牌，也总是妈妈那边快一秒。妈妈渐渐高兴起来，说着："再玩一次。再玩一次。"又说："阿花，你有多少钱？我们赌钱吧。"结果妈妈被爸爸训了。于是妈妈说："那就用作业赌吧。阿花要是输了，就自己做。我如果输了，就帮你做。这一来就有动力了。"波可像是累了，在椅子（波可专用）上睡觉。

晚饭是面包和汉堡肉饼和腌黄瓜，卷心菜，五个烧卖

（这是爸爸吃的）。

午饭是一人一碗半拉面（爸爸和我），五目寿司[1]（妈妈）。

爸爸八点半睡，妈妈和我九点半睡。

——花记

有三株梅树不大好，不过底下长了一寸的芽，所以还有希望。其他梅树很有精神。富士樱看起来再过一周就会盛开。

五月三日（星期一）

☆早上下了雪。我在九点半过后起床。十点左右，雪变成了雨。爸爸早上三点半起床，喝着啤酒看书。

早饭

爸爸：茄汁肉，两个白煮蛋，烤竹荚鱼干，一碗米饭，味噌汤。

妈妈：味噌汤，两碗米饭，银鱼，两个莺饼[2]。

花：味噌汤（放了鸡蛋），两碗米饭，银鱼。

波可：两个烧卖，两片茄汁肉，一个芋头。

1　香菇（干货泡发）、胡萝卜、莲藕和牛蒡等切成细丝，加高汤、糖、酱油和酒等炖煮，放凉后与醋饭混合。
2　和果子，豆沙馅糯米皮，通常做成近似树莺的椭圆形，撒上双青豆粉。

鞋打湿了，用煤油炉烘干。

——花记

下午两点回东京。风雨变大了。把花子放在立教[1]的寄宿舍然后回家。

五月八日（星期六）晴

早上五点四十分，出赤坂。花子在宿舍。带了筑摩文学全集的一部分、滨烧鲷鱼[2]、蔬菜、面包、煮好的牛肉。今天试着走了从沟口到御殿场的河野公路（据说是河野一郎[3]催着建好的，所以这么叫）。从大桥到三轩茶屋的路变宽了，像是换了一条路。到沟口的路上，问了两次路。一次在派出所，一次问了骑摩托的大叔。

过了沟口，一直到松田，都是像收费公路一样的好路。我以时速一百公里开着，也没有白摩托跟过来。途中也没什么人家。在山北、御殿场一带，重型卡车变多了。听说这条路叫国道二四六号线。我原先完全不知道。山北、御

1　武田花从1963年4月起就读立教女学院中学。
2　鲷鱼去掉内脏，抹上盐，用稻草包裹，文火慢慢蒸熟。
3　河野一郎（1898—1965），日本政治家。曾任农林大臣、建设大臣等，后担任副总理。

殿场一带有种温泉地的感觉。河里有流水，周围有许多大树，如今嫩叶正佳。在笼坂峠停车，在辽阔的风景之中，丈夫尿了尿（我没有）。下到富士吉田，从鸣泽村上山。到处是嫩叶，像铺了一层绿塑料布。高原上的富士樱在开花。水管工程还没做完。隔着小溪的对面的别墅来了三四个人。那边好像开始建造石墙。

梅树的叶子长大了。院子斜坡上的樱花开始开花，从二楼可以俯瞰的北边的老樱树的花全开了。花开得正好的时候来了。

午　汤面，上面放了一大堆炒蔬菜。

在储物间装了两块吊板搁架，整理东西。

我从三点左右开始午睡。没管晚饭，一直睡到第二天早上。丈夫说，他想着我是不是死了，来摸了摸我。

★樱花晃动，于是知道了小鸟的所在。

站在大门口往下看底下的院子时，我嘀咕了一句"像个传说"。我觉得我的说法并不夸张。无论是谁，看见自己的院子里开了这么多的樱花，肯定都会这样想。

为什么樱花还有其他的花会存在于地球上，这是件不可思议的事，就像为什么人类会栖息在地球上。

——泰淳记

五月九日 多云

早　豆腐和裙带菜味噌汤，米饭，西京味噌腌马鲛鱼。

我从昨天下午起一直睡了差不多十九个小时。就像死了一样。今天早上，我仿佛变成了一只骨头融化的猫。

丈夫架起梯子，砍下松树的两根大枝干。他把被雪压伤的各处枝条砍下。割掉枯萎的茅草。堇菜带着花蕾。日本海棠缀着朱红色的花。我在餐厅能看到的位置设了让鸟吃食和洗澡的钵子。大山雀来到露台附近，一下下啄土。昨天和今天，樱花开了许多。算是开了六七分吧。树莺时常鸣叫。

午　面包和红茶。

晚　粥，鲷鱼松，鸡蛋炒蔬菜。

夜里，天黑之后，院子里的樱花开得就像玻璃工艺品。南边也开着，北边也开着。上面的院子也开着，下面的院子也开着。静悄悄地开着。我把吃剩的饭菜埋在梅树旁。

五月某日〔日期不明〕

★由于这两天的风雨，樱花落了许多。果然正如"夜半风吹落"[1]的诗句。日本海棠的花越发岿然不动、强健。不知何时，它们从伏倒的茅草间露出脸庞。

那天夜里，雨声激烈，不过我没怎么惊讶。因为S说过："要是赏樱，最好今天去。明天天气又变糟了。"他来修绝缘子松脱垂下来的电线。我说："一直到大月，现在樱花开得正好呢。""嗯，现在是开得好，可能今天就结束了。发电站那边开得好，您方便的话去看吧。"

从东京来山里的那天，经过那一带的时候，发电站下水管道周遭，就那一处有一抹樱粉色，很显眼，于是百合子问："那地方从哪里进去？那里有寺院吧。是从那边？"

睡下的时候想着明天或许下雨，怀着惬意的心情在床上听着雨打屋顶的声响，我担心的是会不会下雪。我把狗从狗屋放出来，打开厨房门[2]，外面没有变白，土和树还是原来的颜色，我因此放心了。过了一个小时，被炉房间的

---

1 据说是日本净土真宗的开山祖师亲鸾（1173—1263）所作。亲鸾原名日野范宴，九岁那年，叔父带他到京都青莲院，由后来的天台座主慈圆剃度。听说慈圆打算将剃度推到第二天，日野范宴作和歌："心道有明日，樱易散，夜半风吹落。"他借此句比喻人生的无常：以为第二天可以看到樱花，但樱花夜半被风吹落，自己的生命也未必能延续到明日。

2 日式房屋通常有两道门通往户外，分别是玄关外的正门和厨房门（后门）。

上方（那里嵌了玻璃窗，又贴了特别的半透明的化学用纸）开始泛白，于是我把那个房间的门开了一扇，又打开厨房的一扇门。雨声停了，过了一会儿，又响起不同于雨声的声响，我张望了一下，像是冰霰。"冰霰溅落，那须的篠原。[1]"我心想，那可真是荒凉啊。只见院子里的泥地和石头上，还有露台的木地板上，都积起少许冰霰。

接着，下雪了。并非分明的雪，落下的时候微微泛白，一到地面就化了。接着变成静静的雨，聚集在枯枝上的水滴开始发光，这时小鸟来了，开始啄我预先撒在那儿的食物。只有一只鸟，他（或者她）没有把这个好地方告诉同伴吗？它没有鸣叫，独自满足地啄食。之前，波可发现在那地方，在箱子的盖子上，摆着对自己来说不产生食欲的谷物颗粒和面包屑，它很介意，想要主张自己的所有权，去尿了尿。我把经过一说，百合子像是生了气，说："真是的，波可的心情！总觉得跟我有点像！"

阳光普照，我就有种安心。几乎可以说是感到幸福。下过一整天的雨，院子的石缝间和树下还有白雪留存。一只小鸟（脑袋是灰色和黑色，像绅士的礼服，身体是茶褐

1　镰仓幕府三代将军源实朝（1192—1219）的和歌。"武士整箭矢，手甲上，冰霰溅落，那须的篠原。"描写了猎场的情景。那须的篠原指的是栃木县那须野长着细竹丛的原野。

色）带来一只同伴。新来的那只（不知是雄还是雌）慢吞吞的，不怎么吃鸟食，身子瘦，先来的那只悠然来了好几回，而且胖得圆溜溜的。

我们打算去三合目附近兜风，朝着昴公路驶去。天仍然阴着，不过心情还是很好。落叶松林一带，蜂斗菜冒头了，所以打算在那附近玩。结果有辆车在御胎内跟前抛锚，一名青年求我们帮忙，于是我们去帮他。他的车从混凝土路向左拐进泥土路，开不动了。不知道他为什么把车开进那样的小路。他往泥里埋了石块，煞费苦心的痕迹一目了然。我和百合子两个人在后面推，让车往前，然后开车的女人发动车子，我们两男一女推着，终于让车回到硬的路面上。穿紫藤色西装的女子和穿毛衣的健壮青年都溅了一身泥点子。

第二天早上，我们在雾霭中去看其他别墅。雾或霭或云遮蔽了许多肮脏的或是不必要的事物，路上只有白白的霭，朦胧一片，我喜欢走在这样的路上。有片凹地上的杂树林，平时看着不起眼，这时也显得意味深长，变得复杂。

——泰淳记

五月十七日（星期一）晴

早上五点半从赤坂出发。绕到吉祥寺的竹内 [好] 家。

我们进屋在餐厅喝咖啡，等竹内收拾停当。丈夫昨天突然提出要带竹内去山间小屋，竹内同意了，所以丈夫得意地高声说话，喝着咖啡。

我准备了肉派和鳟鱼寿司，可以在车里吃，往保温瓶装了红茶，照子[竹内好太太]又把她做的三明治和切好的萨拉米[1]一样样展示给大家并讲解，然后装进盒子包好，让我们带上。竹内摆出"我其实不太想去，没办法，我就去吧"的表情，换了裤子。照子送我们到门外。她像是无语地笑道："武田你可真是的，突然说什么要带他去。你总是急匆匆的。百合，路上小心。"

在大月站，竹内带了照相机，说要买胶卷，去了小卖部。在谷村[2]的城区，找到一间又旧又小的香烟店在卖金蝙蝠烟，停车，竹内去买了。我们驶入富士吉田的上坡，来到一处以大鸟居为前景、可以从正面看见整座富士山的地方，竹内说"这里的景色好"，他想要从车里把大鸟居和富士山一起收进取景框，为了找角度，他举着相机，一会儿拧着身子，一会儿扭动脖子。丈夫喝喝啤酒，自个儿吃吃三明治和其他的吃食。真讨厌。

1　发源自意大利的一种风干肉肠。

2　山梨县南都留郡谷村町，离大月十公里左右。

十点过后到了山上。稍作休息，前往本栖湖。穿过树海到了西湖，然后绕过河口湖的北岸。

在本栖湖，把车一直开到水边，下车。丈夫对竹内说了句"这是本栖湖"。竹内没称赞，也没说什么。他沉默着站在水边，眺望湖面，让我们站在一起给我们拍照。他指着地上的大块熔岩说"适合放在院子里"。丈夫捡了四五块小熔岩，自顾忙着拿进车里，他自己先坐上车，叫道："竹内，你看完了吧？走吧！"竹内震惊道："我这不是刚到吗？才过了差不多五分钟。这就要回去了吗？我还没怎么看呢。""我看够了。""武田，你当然看够了，你都来了好几回了。是当然的。可我今天第一次来。我还想再看看。""多看也是一样的。回去了。去别处。"丈夫不听。竹内最后没辙了，苦笑着上车。他一上车，丈夫倒了啤酒给他，说："还有更好的地方。还有很多比这里更好的地方呢。"竹内一味苦笑，没作答。

在西湖，我们进了西湖庄吃饭。山野菜和西太公鱼。竹内说他喜欢西湖的湖畔，那是熔岩涌流而成的，堆积成黑乎乎的岬角模样。他说像中国的景色。我们从收费公路上了富士五合目。底下虽然是晴的，来到五合目，或许因为下面有云，看不清下方的景色。在五合目买了斗笠和羊羹。还去了奥庭。在这里，丈夫仍旧是走在前面，迈着大步。"好了，这里就是五合目。竹内，你看过了？看过了？好了，那我们去下一处！"他是在兴奋吗？这个人。

我们在还有太阳的时候回了家。我们仁沐浴着从西面照过来的长长的阳光，在露台喝威士忌。丈夫一会儿去拿杯子，一会儿让竹内铺上坐垫，忙得很。

竹内从长椅上眺望四周，对丈夫说："喂，武田，你一个劲儿地说让我来，我想着是个怎样的地方呢，就来了，什么嘛，这不就是个普通的地方吗？这里是个普通的地方呀。普通。"

我们都泡了澡，然后吃晚饭。用从东京带来的牛肉、葱、魔芋丝、烤豆腐和香菇等，在被炉房间吃寿喜烧。我在厨房备好材料端过去，竹内调味。丈夫动手调味，竹内马上说"太咸了"，重新加了糖。刚煮好，他就说："好了，这个能吃了。那个还要煮。不行。"他指定吃的时机，告诉我们。竹内调味调得好。比我们平时吃的寿喜烧好吃。我们家的吃法一直是错的吧。牛肉带了一点紫色，煮出了泡，吃了会不会有人死掉？我这样一边想一边吃，味道并无异常。"这个肉在带来的过程中有点陈了，喝了酒吃就能消毒，喝酒吧。"丈夫告诉我和竹内。我们慢慢喝着酒，把寿喜烧吃完了，还说了别人的一堆坏话。丈夫在被炉房间睡下后，竹内在餐厅和我一起喝了威士忌，然后他进了丈夫在二楼的卧室。我端水过去，竹内在被窝里说："百合，你累了吧。早些休息。武田是个主公啊。""他可闹腾了是吧。因为竹内来了。"我小声笑了。

五月十八日（星期二）

昨天酒喝多了，睡了懒觉。我起来的时候，他俩在露台上喝着啤酒。树莺颤抖着嗓子悠长地叫着。树莺在东邻和西面的平原，以及在我们的院子里鸣叫。竹内夸树莺："大有进步啊。你就快要回到更深的山里了，是吧？"

早饭是蚕豆土豆味噌汤和酒粕腌马鲛鱼。竹内吃了米饭，又吃了一片面包。竹内家早上大概是吃烤吐司和咖啡。

在阳光开始照耀的露台上，竹内俯瞰着下方的高原，说："昨天我觉得这地方不怎么样，渐渐觉出好了。今天早上觉得相当好。"看到丈夫忽然进了被炉房间，开始关遮光窗，竹内揶揄般说："武田，你做什么？你怎么这么勤快啊？"丈夫说："要回去了。"竹内再一次吃了一惊，说："什么，要回去了？再待一阵不好吗？我可不想回去。"丈夫一言不发，独自转了一圈关了遮光窗，啪嗒啪嗒走上台阶，又兜了一圈把二楼的窗户关上了。我虽然知道今天要回去，却也没想到吃完早饭立即就回。"再待一会儿不好吗？"我劝道，可他不听。我和竹内笑了。"他总是这样。""他从以前就是这样。这方面一点也没变。以前人们都叫他'非常识'。"

九点半出发。丈夫在回程的车里睡着了。途中绕到竹内家，把竹内放下。

六月一日（星期二）阴，有时小雨，转晴

上午五点半从赤坂出发。在相模湖一带有大雾。

下午，关井来了。天花板漏雨，还要在厨房门外的地上铺混凝土，让他报价。

杜鹃花盛开。堇菜和日本海棠盛开。蕨菜、高山植物、杂草，全都长了出来。松树也在开花。关井告诉我，现在最适合移栽草木。此地有两栋别墅动工。

午　米饭，茄子味噌汤，酒粕腌马鲛鱼，烧卖，沙拉。

六月二日（星期三）晴

★凌晨两点半起床。波可在狗屋里哼唧，把它放到外面。过了一会儿，它又想进屋，又哼唧。把它关进狗屋。它又开始叫，于是我给露台的碗加了水，放它到露台。结果它又开始哼唧，我不知该怎么办。凌晨四点。小鸟开始热闹地鸣叫。天空还没变亮。为了看看将亮未亮的时刻，我打算接下来去散步。那样波可也跟着散步，就不会

哼唧了吧。

　　我割下枯萎变白的芒草。为了通风。看来得把我家房子下方的树干砍掉，光砍树枝不行。我穿过带刺的铁丝网，把旁边的树也砍了一些。要是不把房子上方的树的低枝砍掉，房子下方吹来的风就不畅通。

　　我采了蕨菜。可以采自家院子的，但百合子反对，于是我去东邻那边采。我还没采的时候，她就威胁地瞪着我："不准在我们的院子采。我们的要让它留着。采其他地方的吃。你要是采了我们的，我可不原谅你！"

　　好像来做工的人已经采过了，没有多少蕨菜。波可也跟来了，我没管它，不断穿过草丛往下走，享受着阳光照耀的斜坡。百合子也来过一次东邻这边，等我走上去，她立即从西邻那边过来，拿着一把蕨菜。有着蕨菜的形状的，并不是只有蕨菜，也可能是其他植物的芽，不过只要觉得像是蕨菜的，采回来大抵没错。

　　晚饭后，周遭暗下来之后，在屋外待着的百合子说："有只大鸟朝我这边飞来。特别大。可怕。"她张开双臂，比出大小。我说："是鼯鼠吧？是蝙蝠吧？"我怀疑这一带是不是真的有那么大的鸟。或许是看着大。

　　百合子做出用双手抓的动作，说："有些鸟会把羊抓走吧？波可也会像这样被抓走。"又说："要是鸟把我抓走，等它回到巢里，会吓一跳吧。"

我给波可梳了毛，立即来了差不多十只大山雀，衔起毛球，又是抖又是揪地很快运走了。

百合子自从傍晚见到大鸟之后，便陷入一种说不清是恍惚还是兴奋的状态，一直到入睡，她都在自言自语一般东拉西扯地讲关于大鸟的事。

——泰淳记

六月三日（星期四）晴

★日本阿尔卑斯山脉的雪线一点点变得分明，让人以为是白云。仔细一看，悠然横亘的白云没什么变化，有种柔和感。雪山的褶皱则是坚硬的、细密的。不过，云的峰峦和山的雪线都浮在树林的曲线的远方，因此不管是色泽，还是距离或形象，看起来都像是一种东西。在天空以及远山的蓝色中，它们浮现、融合，就更有这种感觉。树木和草原则是切近的存在。

——泰淳记

早上八点半，正打算回去，外川来了，说，我有几块长着树的石头，你们拿回东京吧。我们一起坐车下山，到外川家，拿了长着树的熔岩。他原本想要给我们更大的，上面长着两三株松树的，太重了，我拒绝了。外川说他今天开始给转角的高山家砌石头。他因为要种田，到昨天为止一直没上山。说是今天也剩下种田的活儿没做完。

六月六日 阴，有时晴

花子去轻井泽集训。开车送她到上野站。八点。

十点半左右，出赤坂，进山。从厚木绕到御殿场的途中，我在大和与厚木的分岔路开错了路，问了两回路，回到原来的路上。从座间的进驻军军营的正中间穿过去。两点抵达。

我打开厨房的遮光窗，过了一会儿，一只大山雀飞来，嘴里满满地衔着有它的脑袋那么大的苔藓，因为有人类（我）在，它慌忙回到松树上停住，在枝条间跳跃，观望窗套周遭的情形，一段时间后飞走了。窗套里的巢看起来变得比之前更大，遮光窗没法完全收进去的部分变多了。厨房有些昏暗，白天也开着灯。

晚　米饭，蚕豆味噌汤，酒粕腌马鲛鱼，腌黄瓜。

六月七日（星期一）晴

从早上起，惬意的风从底下吹上来。

早　粥，东坡肉，沙拉。

午　汤面。

在窗套筑巢的大山雀今天跟我熟了些，我在厨房用水，它们依旧往窗套里运送苔藓。一只在窗套前方的松枝上放哨，一只钻进窗套，窸窸窣窣地理一会儿鸟巢，随后出来，一道飞去采集苔藓。有时，它们衔着苔藓，伸长脖子窥探窗内的我，我不与它们对视。我找来波可的毛和苔藓，夹在门缝里，它们仿佛理所当然地将其衔进窗套内。

上午，外川来了，在露台喝威士忌聊天，然后离开。

外川的讲述：

〇在船津［河口湖畔的街镇］一带，一反田有八亩。本来是一反十亩，不过十亩田当中，在整顿耕地的时候有两亩挪作道路和水渠。八亩田，一亩能收一草包[1]米，所以能收八包。一亩有三十坪[2]，所以八亩就是二百四十坪。有三反田就能收二十四包。外川有三反田。插秧的时候，八男七女一天做完。管午饭、三点的茶点和晚饭。晚饭有五六道菜和酒。生鱼片，醋浸小菜（青花鱼或章鱼），炸鸡块，沙拉再加一道菜，还有汤（放了香菇和鸭儿芹等）。

1　一草包米 60 千克，与煤炭、冰一样。

2　一坪约 3.3 平方米。

三点的茶点，在富士吉田买二千元左右的生果子[1]，给大家（河口湖城区没有好吃的。用吉田的点心）。

　　○请人插秧，一天要花一万。他太太不插秧，忙着做吃的。插秧的日薪，女的差不多一千二百元。至于帮忙插秧的亲戚们，等收获了大米，给他们米。水田，一坪能赚一千二三百元，如今机械发达，除第一道、第二道草的时候，用机器转一圈，很快就做完了。之后就只有收获的时候忙，比种菜轻松多了。种菜会因为蔬菜价格的涨落损失严重，而且一整年都要动脑子琢磨。就像赌博一样。

　　他说了这些。我也想要一反田。

　　晚　面包，花生酱，奶酪，土豆炒培根，鸡汤。

六月八日（星期二）晴

　　早　米饭，蒲烧[2]秋刀鱼（罐头），味噌汤（土豆蚕豆），三杯醋[3]浸裙带菜黄瓜。

　　给厨房挡西晒的窗帘装了窗帘杆。下午，给车做清洁。

1　指水分在40%以上的点心，大多不能长期存放，包含日式点心和西式点心。例如：铜锣烧、莺饼、樱饼、蒸羊羹、华夫、泡芙、奶油蛋糕、豆沙面包。

2　去骨鱼做成串，蒸或烤之后，抹上酱油、味淋、糖和酒等调和的酱汁，重新烤制入味。

3　醋、味淋和酱油1:1:1的调味汁。

午　松饼，黄瓜菠萝沙拉，汤。

晚　米饭，海蟹蘸醋酱油，鸡肉炖萝卜，盐揉黄瓜。

笔龙胆的花谢了。

镰叶黄精开了两朵花。

外川的谈话的笔记（这是昨天，六月七日，他除了插秧还说了别的，昨晚困了，不想写了，就没写，今天，丈夫说："要把外川的话写下来啊。"所以我趁没忘记来写。真烦。手指头会疼，写字很麻烦。外川如果今后还说一大堆话，就糟了）。

○ changchang 殿的秘密（现代的传说）。（不知道 changchang 殿怎么写[1]。我问了外川，他摇摇头，只说了"changchang 殿"，他大概也不知道写法。）

船津的和光传八郎登上富士山顶，在那里干活砌石头的时候，在石室内找到装在朱漆盒子里的经卷，于是他把经卷带下山。他拿到东京请人鉴定，原来是日莲[2]上人的亲笔，由此可知，日莲上人曾在富士山修行。最厉害的是弥勒上人，第二就是日莲。

1　从富士山五合目往上走，经过里见平、泉之瀑，附近有八角形建筑常唱殿。最初由东京的日莲宗身延别院管理，后移交身延山久远寺。

2　日莲（1222—1282），日本法华宗的开山祖师。

和光传八郎给船津的盐谷平内看了经卷，盐谷花言巧语拿走经卷，不归还。盐谷平内把经卷卖给山麓（？）公司[1]。盐谷平内是个修行人。山麓公司在河口登山道五合目上面的位置建了名叫 changchang 殿的建筑，并宣传说，日莲上人在此修行的时候藏了经卷。上人的和歌"朝阳照射，夕阳璀璨，如同乳母怀抱之地"说的就是 changchang 殿的位置。

　　和光传八郎不甘心，与外川一道闯入山麓公司，说："我要把盐谷平内的事全部曝光，还要登在报纸上。"事实上，这个经卷原本在从精进口登山途经的释迦岳的石室里，那地方，地面有从内部散发的地热，顶上被岩石覆盖，在隆冬也没有雪，可以想象，在那里，上人是可以修行的。那地方的确是"朝阳照射，夕阳璀璨，如同乳母怀抱之地"（谈话间，出现过好几回这首朝阳歌，外川每次只在念这首和歌的时候换成柔和的嗓音，抑扬顿挫，闭了眼，像喝醉了一样念诵）。既然原先是在那地方的经卷，changchang殿就是编的。知道真相的只有找到经卷的和光传八郎。他说，我要把这些都说出来。

1　根据身延别院的记载，盐谷平内左卫门告诉初代住持藤井日静，富士山五合目附近埋藏有经卷。其后，住持和富士山麓电铁总经理堀内一雄共同推进常唱殿的建设计划，于1953年建成。

自从盐谷拿走经卷，和光家陆续有不幸的事，让算命的看。算命的声称："说是放在 changchang 殿的经卷和放在盐谷家的朱漆的盒子分开了，要让它们在一起。"也因为这一层缘故，和光对盐谷说"还给我"，但盐谷不还。外川陪他去公司闹，每天去，连着去了十天，他一分钱没给，也没有任何回报。如今和光死了，盐谷也死了，唯有外川掌握了 changchang 殿的秘密。

〇关于外川家的迷信的故事。

姓外川的家族有三派，各自有不同的守护神。外川家的守护神是不动明王，这一派不能种黄小米。从二月十四日晚饭到十五日中午（？），不可以在家煮米饭。可在外吃饭。另一派外川家的守护神是药师如来，这一派不能种黄瓜。还有一派我忘了。

〇每月八日如果去旅行，就回不来了。可以当日往返，但不能在旅途中住宿。有一首歌，八日去旅行的人……

〇二十九日不能舂年糕。叫作"九日饼"[1]。三十一日也不行。叫作"一夜饼""年夜饼"。只有吉田的弁天町的白洲（外川说成 sherasu[2]，听起来像法国人）一族舂年夜饼。

---

1 因为九（く）的发音是 ku，同"苦"。

2 白洲（しらす），发音是 shirasu。

是因为他们家的祖先在三十日春年糕，死于传染病。

○在石和跟前，翻过御坂峠，有个叫黑驹的地方，外川在那里买了一座产御影石的山[1]。为了卖石头，外川一直去到镰仓和横须贺。边长一尺二三寸的御影石，卖一百二十元到一百三十元。

○御胎内的神社用投标来定管理人。四年一次。直到去年，由电器行老板担任，今年是木材店。K曾经靠着当神主在这里赚了全副身家，如今当神主不那么赚钱。

○昭和二十四年[2]前后，外川曾担任开拓协会会长和劳动协会会长。大豆品评会上，T村的智和家的大豆拿了三等奖，外川也去了皇居，拜谒天皇。T村的智和拿了纯毛面料等各种各样的赏赐，一个人都拿不下了。为了能拿奖，外川把泥土和大豆装在背包里，去了神田的政府办公室，花了当时的一万元请政府的人吃饭。由于他格外热心，才拿了三等奖。从头奖到三等奖都能见到天皇陛下。

○直到不久以前，S村和Y村有六十栋左右的住家，村民轮流当村长和议员，不识字也能当上。

○S学会利用人的弱点来劝人入会。不过，该学会在

---

1 通常是花岗岩，还有一些全晶质的深成岩也被叫作御影石。

2 1949年。

此地的头头有很多钱，了不起。R 佼成会来劝说入会，外川回绝了。

谈到最后这些政治上的意见，外川的表情忽然转为沉思，而且换成演说的调子，像在表示坚决的意见。看来外川热衷于政治。

[日期不明的记载]

★傍晚的篝火。回去的时候的篝火。

天还亮着，所以火焰的颜色不起眼。接近野生日本海棠或野生杜鹃花的朱红色。只有一点儿烟，笔直地升上去（进入六月后，采了蕨菜）。

——泰淳记

[日期不明]

★那是在凌晨三点。半个小时后，响起"呜咦呖啤啊啦"的鸟叫声。咯咯咯咯咯……"呼呼咳咦哦"[1]"呜咦呖啤啊啦"，凌晨四点，各种叫声混杂在一起。

1　树莺的叫声"呼呼咳咦哦"近似日语的"法华经"，所以树莺又叫读经鸟。

★6月7日，百合子把要去轻井泽的花送到上野站，剩下我们俩，十一点左右从东京出发。万里无云。热得只穿一件绉纱衬衫。左手臂晒红了。修抽水厕所的人又来了[写成6月7日，写错了，其实是6日]。

————泰淳记

★6月8日，上街买东西。十瓶啤酒，一块黄油，四个番茄。阴天。

————泰淳记

★6月9日，散步到高尔夫球场附近。回程搭了施工队的卡车。打理院子。百合子把相邻地块下方的一株松树砍倒了，视野变得开阔。晚上，暴雨，点了煤油炉。

————泰淳记

★6月10日，早上，雨停了。

————泰淳记

六月二十五日（星期五）多云，有时转晴

早上五点二十分出东京。

今天载上家里剩下的全部东洋文库、《井伏鳟二[1]全集》、浮世绘集。从御殿场走。到笼坂峠的时候，天晴了，视野很好。好像是自卫队的上班时间，七点半左右，在山北、御殿场一带的城镇，每个公交车站都有十来个自卫队员在等车。在小山附近的上坡全是骑摩托车的自卫队员，没遇到轿车和卡车。在自卫队所在的须走[2]，人们络绎不绝地走向自卫队的学校。上到笼坂峠，正要下山，从山中湖方向骑摩托车上山的自卫队员迎面驶过。除了我的车，全都是自卫队上班的人。

花了三个小时到山里。

抬高厕所净化槽的工程做完了。厨房门口的混凝土地面铺完了。外墙加贴板材做了一半。一拧液化气的阀门，就有响动，漏气，所以我去管理处说一声。好像是在给外墙加板材的时候把液化气引进来的管子的接头松开了，然后忘了，没接回去。来了三个人，马上修好了。

有太阳，所以我晒被子，这时外川来了。为了给旁边的人家打地基以及建造车库，他正在做挖土方的活儿。

我们在露台晒太阳，外川先喝了一杯啤酒，接着我让

---

1 井伏鳟二（1898—1993），小说家。代表作为《黑雨》《太宰治》。
2 陆上自卫队富士驻屯地，位于静冈县骏东郡小山町。

他喝威士忌，他开心地聊了起来。外川不怎么肯进我们家，所以经常在露台聊天。因此，每次外川来，就晒很多太阳，我长了雀斑，所以戴着麦秆帽聊天。

外川今天的讲述：

○他之前去镰仓销售石材，好像不怎么成功，我问了他，只卖了一点点。他就说了一句："得去好些趟。"

○去镰仓的回程，看地图，有一条斜斜通过去的路，觉得从藤泽过去是条近道，便走了那条道，结果是砂石路，开不快，而且地图上画的是斜着笔直地伸出去，实际的道路有许多个弯，经常是开个一里[1]又回到原来的斜路，开了四个小时，特别惨。说到这里，他说，走那条路会经过中津溪谷的入口，然后解释了相模湖对岸的鼠坂一带的路（他的解释太长了，我听得云里雾里）。

要说他为什么熟悉那一带，是因为他在战后步行走过那一带，一天走十里左右。

要说为什么走那边，有一种叫篊竹[2]的竹子，是做笊篱的材料，他当时想要做那种竹子的批发，那一带是产地，

1　旧时的度量单位，一里约3.9公里。
2　华箬竹的亚属。

他打算从有竹山的人那里买竹子，卖给做笊篱的。购买的方法是，一个人去，看好了地方，然后去找负责该地方的老大，跟对方谈。当时，他去到名叫铃木辰雄的老大那里，说了来意，对方说："那就让你采鲇川（山梨和神奈川的分界）附近的。"篱竹高的有人那么高，矮的只有山白竹那么高。富士山二合目附近也有。批发竹子并不轻松。他只做过篱竹的批发，没做过其他的。

〇一下雨，就没法做石材的工作，所以只要下雨，雇工与朋友们就会求他去石和的温泉。开车翻过御坂峠，四十分钟就到了。一辆车坐不下所有人，所以按"下回再下雨，你去"，轮流带他们去。去石和的甲斐路庄，一个不高级的地方。这里一天二百元，包下一个小房间，二百元还包含温泉费。吃饭从外面叫拉面。也没有酒，客人可以自带，一整天就泡泡温泉，躺一躺。一百八十元是跟别人合用的大房间，不自由，所以大家都喜欢二百元的，多付二十元。早上八点打电话预约就行。只要下雨，这附近的农民就去石和，所以会遇见熟人。温泉水热而透明，有少许硫黄味儿。最近雨水多，去了好些回。有五十家旅馆。最初是国际兴业的小佐野贤治（国际出租车的员工）给自家挖喝水的井，涌出了温泉，然后在那里建了旅馆。因为是第一家，叫作"泉庄"。泉庄很大，但因为是最早的，旧了，澡堂脏，水也温暾。

最近，去甲斐路庄泡温泉，池子里有许多老年人，于是外川拜托他们给参选参议院的 H 投票。"H 可是山梨之宝，如果他不能当选，就等于空怀宝物，因此务必想让他当选。"这么一说，老人们都称赞道："你年纪轻轻的，倒是很会说话。"外川说，他们夸的年轻人就是我。

谈话途中，给外川的工程打工的石匠大叔也来了，与我们一起休息。

外川又谈起 changchang 殿的秘密。他翻来覆去地说："用了十天，我一直去山麓公司讲他们。我说'上人可没有在建 changchang 殿的地方修行，而是在阳光更和 [好] 的地方修行'。我还说'我要把事情讲出来'。结果一分钱也没拿到。"石匠大叔和我都笑了，他一脸严肃地强调："我没撒谎。没撒谎。"

早　赤豆糯米饭，红烧比目鱼，佃煮。

晚　米饭，豆腐味噌汤，山药鱼糕[1]，酒粕腌山葵，炒蔬菜。

1　日语写作"半片"，鱼糕的一种，掺了山药泥，富含气泡所以质地柔软，多为正三角形。

沿着厨房门口混凝土地面的边缘种了月见草和玉蝉花。

之前，座谈会的回程，埴谷 [雄高][1]、野间 [宏][2] 和梅崎 [春生][3] 来了我们在赤坂的家。人人都喝醉了，可就连身体不能喝酒的梅崎也说"我已经痊愈了"，喝得大醉，然后继续喝。后来他翻来覆去地小声说："为什么要在富士山里盖房子啊？那地方肯定不行。我讨厌富士山。你们要是盖在蓼科就好了。"他还说："听说大冈升平也要盖在那里。大冈今年拿了许多版税，他可能真的会盖房子。你为什么就跟大冈要好啊？我也要在那里盖房子。我可以从蓼科搬过去。我今年要从蓼科叫一辆租用车，和惠津子一起去玩。你那地方肯定不行。武田君是个不擅长盖房子的人。"所以，作为欢迎梅崎夫妇的标志，我在出入口种了月见草和玉蝉花，打算让我们家显得美观。

六月二十六日（星期六）阴，夜里有雨

早　米饭，豆腐味噌汤，玉子烧[4]，海苔，大量的萝卜泥。

1　埴谷雄高（1909—1997），评论家，作家。代表作《死灵》（未完）。

2　野间宏（1915—1991），小说家，评论家，诗人。代表作《真空地带》《青年的环》等。

3　梅崎春生（1915—1965），小说家。代表作《樱岛》《破房子的春秋》。

4　鸡蛋打散加上高汤，蛋液流入方形平底锅，凝固后卷起来，加入新的蛋液，最后成为长条，切块。调味可甜可咸，各家不同。

关井和木匠们三个人一起来了。

报价太慢了，工匠有空，便在报价单还没出来的时候先给厨房门外铺了混凝土并修整净化槽。因此他道了歉。

明天要给混凝土地的表面批地（叫作化妆），我请他们到时候把我从东京带来的彩色花纹瓷砖铺三列上去，再刷材料。他们三个开始装没装完的外墙板。

关井把露台的栏杆切掉一部分，做了一个从院子出入的入口。

给栏杆分别刷上粉色和白色（把手头的油漆刷完就算）。这个活儿我和丈夫做。

晚饭　米饭，炖肉，水果。

天色将暗，我采来没见过的珍奇花卉，种在石头台阶的旁边。之后开始下雨。

★就刷油漆的经验谈几句。从百货商场的星期天木匠[1]卖场买来的油漆，不需要混入香蕉水，可以直接刷。我们准备了白色大罐，红色和绿色的小罐，刷子也是高级的。简而言之，刷油漆分明是对"自然"的反抗。

不光是防止木材被雨水侵蚀，在众多的色彩当中主张

1　指人们在周末等业余时间干木匠活儿，也就是现在的"DIY"。

单色，似乎这就已经是一种抵抗。想要白就白，想要粉就粉，就只是刷了露台的扶手，家的存在忽然间变得明确，让人感到不可思议。好像这样一来就能声明"我存在"，并感到安心。会这么说，是因为植物的颜色、土壤的颜色，都是杂色，不存在像油漆这样的单色。S笑道："老师，这回你忘了熔岩，一心就在刷油漆呢。""刷油漆"这一行为有种特别的魅力，只要开始做就很难停下。"通过涂上颜色，给外界以变化。"这真是一桩刺激的行为。

——泰淳记

六月二十七日（星期日）阴

昨晚，暴雨。下了一整夜的大雨，无论是欢迎梅崎的月见草，还是石阶旁的不知名的花，都扎了根。我昨晚肚子疼，一夜没睡。拂晓才睡着，所以睡了懒觉，临近八点出发。今天从山中湖兜回去。笼坂峠从滑雪场附近一直到山顶，还有御殿场那边的下山路，全是雾，只能看到五米开外。开到御殿场，天渐渐变亮，放晴了。在松田附近，沿着酒匂[1]川的路上有山上下来的泥石流，有一段交替通行。总是在进山时从沟口到御殿场，今天第一次走反方向回程，因为身体习惯了去程的景色和方向，回程走这条道，

1　日文汉字。

有种奇妙的感觉，仿佛身体拧住了。以前住在高井户的公团公寓[1]时，去对面的 K 的房间，户型与我们家一模一样，因为在对面，好像反了一样，觉得身体拧住了，和那时的感觉一样。

七月六日（星期二）阴转有时晴

早上五点四十分出东京。走相模湖。在大月站买了车站便当。久违了。

正好是上学时间，有很多穿水手服或是夹克衫配短裙的女生和小学生，所以我从大月放慢了速度。从鸣泽村上山。三个小时抵达。车停在大门口，在车里吃了车站便当，然后打开家门。我从外面绕过去，混凝土地面的化妆做好了，梯子和原木等脚手架的材料放在原地。波可身上有股大便臭，所以暂时把它拴在底下的树上。我用外立面工程留下的板材和仓库里的苹果箱给波可做了窝。

高原上，野蔷薇正在盛开，走在路上，吹来带着蔷薇香气的风。我们家的院子里，野蔷薇和蚊子草正在开花。蚊子草的花有酒红色和粉色。夜里，来到院子，风停了，

---

1 昭和三四十年代（1955—1974），为解决上班族住房不足的问题由日本住宅公团建设的小区。当时由于供不应求，租户或购房者需要通过抽签获得名额。

郁积着蔷薇的香气。从五月到七月，是金无垢[1]的季节。

　　早　车站便当。

　　午　带来的鲑鱼饭团。

　　晚　面包，鸡汤，咸牛肉[2]和土豆，沙拉。

七月七日（星期三）阵雨

　　昨晚下雨。

　　今天从早上起，雨下下停停。

　　早　米饭，又是咸牛肉，汤，纳豆。

　　午　面包，牛奶，白煮蛋。

　　晚　面疙瘩汤（放了茄子、葱、竹轮）。

　　下午，讲谈社的佐久发来电报。"收到报纸连载"。

　　丈夫说明天一早回东京。只要一下雨，他马上就想回去。

　　晚上十点左右，天晴了，月亮出来了。这时，有辆车亮着灯，从鸣泽方向往高尔夫球场去。

　　我今天一直在读像个盒子那么大的伊东静雄[3]的传记，之后一直在弹吉他。我没带零食来，为了忍着馋，才做这

1　武田百合子给金色野花取的名字。可能是 1966 年的日记中出现的马掌印、狐狸的牡丹（毛茛、钩柱毛茛）。

2　罐头食品。

3　伊东静雄（1906—1953），诗人。

些。下次还是得从东京带来。我是第一次没带零食来，只带了羊角蜜瓜，大概因为一个劲儿地吃瓜，拉肚子。胸闷。

"我拉稀了。"我说。丈夫说："我最讨厌生病的女人。"他真讨厌。

昨天今天都没有传来石匠做工的响动，只有在底下平原上盖简易房的木匠们的说话声。

七月十三日（星期二）阴，有时雨，夜里也下雨

早上五点半，从东京出发。走相模湖。路上有翻斗车落下的泥，打滑得厉害。

用出门前做的烤饭团对付了早饭。吃完午睡。

关井来了，雨水从厨房门口飘进来，他做了门框。

带来的沙滩阳伞好用。

午　米饭，炖牛肉，佃煮。

晚　面包，黄油，汤，王子蜜瓜[1]，中式炒茄子。

草木愈加繁茂。

七月十四日（星期三）阴，有时转晴

八点早饭　米饭，味噌汤（豌豆土豆），醋浸裙带菜，

1　日本原产甜瓜和哈密瓜的杂交品种，表皮没有网纹，橘黄色瓤。

白煮肉。

掀开浴室的防滑木垫，底下一堆死蚂蚁。给走廊和地板打蜡。

中午，石材店的大叔提来围炉[1]里的自在钩[2]。说是从附近的人家拿来的。表面满是煤烟，像虾虎鱼佃煮。说是一千元就卖。大叔喝了一杯威士忌，回去了。

关井在十点左右带来大花马齿苋、菊花和鸡冠花的花苗，帮我种在院子里。外墙的修整也做完了，于是我付了剩下的工程款。十二万二千一百零一元。

午　米饭，酒粕腌鱼，盐揉黄瓜，夏橙。

给厨房门刷清漆。

傍晚，外川来了。早上石材店的大叔说，外川肚子痛，在做工的地方躺着，但他还是来了。

外川今天的讲述：

○问我丈夫，《十三妹》[3][报纸连载小说]的含义和大致的情节是什么。

1　日式房屋设于地面的取暖处，形似火塘，烧炭，四周有木框。
2　悬挂在围炉里上方，由支架、横档和钩子构成，将锅吊在钩子上，可烧水或炖煮食物。
3　连载于《朝日新闻》(1965.7.12—12.28)。1966 年 5 月由朝日新闻出版社出版。

○问我丈夫，都议会现在是什么情况。

○议会政治的形式，就算一个人想要将他的意见直接传达出去，因为是多数票表决，很难做到，如果大家的意见不一致，就不行。而且说是直接，并不知道哪个意见是直接的，这是个问题。

不知道是因为肚子痛所以没精打采，还是因为选举遇到问题所以没精打采，总之外川不太有精神，不过他后来吃了奶酪，还喝了些威士忌，又喝了些啤酒，回去了。

黄昏五点半，我下山买啤酒。外川说，因为下雨，从鸣泽那边下山的路很难走，我试着开车走了，不算太糟。买了二十七瓶啤酒、纳豆、白吐司，合计三千零二十元。

七月十七日（星期六）

　·☆出发去山上之前，在十六日，我和妈妈一天去买了五次东西。我们在皮考克商店买了名叫"奇利"的刨冰机，然后把买的东西在前一天夜里装上车，今天五点半出发。八点过一点抵达。搬完行李，看到厨房门口的混凝土地面，露台上刷了油漆，还有墙板上刷了清漆，我吃了一惊。

早饭是用新买的吐司机烤的面包、汤、黄瓜、菠萝罐头和香肠。没吃午饭。我睡了五个小时的午觉，起床后和爸爸还有波可一起散步。晚饭是山药鱼糕、炒卷心菜、佃煮。我和妈妈配了茶泡饭。

之后，爸爸睡了，妈妈收拾。我学习了一会儿。后来妈妈说要装窗帘，于是我和她一起装。没想到很不错。这时已经十二点了，我们在被窝里聊了一会儿，很快睡了。从今天开始放暑假。我从寄宿舍回来了。

——花记

七月十八日（星期日）阴，有时晴，傍晚雨

正在给露台刷油漆，下起雨来。

三点左右，深泽七郎飘然而至。他说，他弟弟贞造两口子来河口湖参加同学会，他借了车，过来看看梅树的情况。看了二十多分钟梅树，他走了。刚好关井把自在钩从二楼的梁吊下来装好了，坐他的车下山。他把带来的手信放下，五袋都是仙贝。

深泽一个劲儿地说："这里是富士山的山上吗？不是山上吧。还是山上吧？能看到下面有山脚。是一合目吗？"我说："是山上吧。我们的番地¹叫作字富士山。"于是他

---

1 地籍单位，一般在市町村之后，由数字构成，有时数字分段。如：四丁目 3-5。

露出担忧烦恼的神色。据说深泽一族只要攀登富士山，或是到富士山上，一定会发生不好的事。据说有人疯了，也有人得了盲肠炎死去。深泽说了这些，飞一样地回去了。他还说了这样的话："能看到富士山的地方，都没有美人。"真讨厌。

晚上，和花子一起入迷地读南条范夫[1]的残酷小说。

七月十九日（星期一）晴朗无云

天空澄澈，万里无云。一早下到河口湖去买啤酒和其他东西。二十二升汽油，一千一百元。湖畔的特产店开着，花子买了人偶和明信片，二百八十元。

在鸣泽的邮局，二十张明信片和邮票，四百元。

朝日的森田[2]打电话到管理处。"朋友有急事，我三点再打到管理处，到管理处来。"传话传错了，并不是"朋友有急事"，而是"朋友有急病"。我在说好的时间去了管理处，电话深处有个远远的声音说："梅崎，就在刚才，忽然去世了。"一开始他说"梅崎——"，因为在临近夏天

1　南条范夫（1908—2004），小说家，经济学家。作品《被虐的谱系》《残酷物语》《古城物语》等被称作残酷小说。由《被虐的谱系》改编的电影《武士道残酷物语》于1963年上映。

2　森田正治（1925—），《朝日新闻》学艺部编辑。著有《穿家居服的作家们》。

的时候，梅崎说过要从蓼科开车来玩，我想莫不是在说这件事，结果那边接着说"去世了"，我吃了一惊。

今天早上，我绕过湖岸返回鸣泽的时候，河口湖的水清极了，钓鱼的人像画一样，静静地一动不动，是个让人沉醉的晴朗夏日。我当时边开车边想，生病的人会在这样的日子死去呢，而梅崎死了。我的眼泪不听话地流了下来。下到鸣泽村，去给惠津子夫人发唁电。早上，我买了一堆明信片，顺便咨询了从东京转邮件过来以及发快信的事，刚做完这些，现在又去同一间邮局。我的眼泪流个不停，邮局的人只说了声"太太"，吃惊地看着我。我说了句"有人死了"，伸出手，对方默默地递来电报单。

我回到家，我们久久地不说话，包括吃饭的时候。丈夫、我和花子分别在不同的地方哭。丈夫在他的房间。我在厨房。花子在院子里。

[附记]

七月十九日的这一处，贴着报纸上剪下来的梅崎的死讯。已经忘了是武田剪下来的，还是我剪了贴上的。剪得很拙劣，看起来或许是武田。剪报已经变成了茶色。上面写着："十九日下午四点零五分死去，五十岁。"我想，他年纪轻轻就死了。那张照片仿佛在说"救我"，那是梅崎通常的表情。

七月二十日

早上四点半，出山。

上午，和丈夫一起去梅崎家。东京正是最热的时候。梅崎家有一处像是走廊的地方，阳光灼灼地照进来。惠津子坐在那个像走廊的地方，哭得像在呕吐。

晚上，七点半左右，只有我一个人去参加守夜。丈夫说他累了，想睡（在东京）。

七月二十三日（星期五）雨

一天里，一会儿下一点，一会儿下一点，下了雨。据说这叫倒黄梅。

五点半从赤坂出发，九点抵达。

吃了烤吐司，什么也不管，进房间睡觉。

我睡了两个小时，管理处来了辆吉普车，转述了电话。说是一点半会有电话从东京来。好像电话里说"熟人死了"。我们刚参加完梅崎的葬礼回来，紧接着又有这样的事，让人愕然。我去接了电话，原来是河出书房的社长去世，二十六日下午两点举办葬礼。打电话通知的是朝日的森田，他像是因为接连的亡故感到为难，说："这次我又不能进山了。"因为森田不来，我们决定明天用火车邮件寄出连载稿件 [《十三妹》]。

管理处的人像是感慨地说："今年是因为气候的缘故吧。底下的村子也死了很多人。东京的人和村子里的人，身体都一样啊。"

汽油费（在高尾山的山脚加的）一千六百二十元。太妃糖二十元。过路费二百元。

晚　咸粥[1]，放了鸡蛋。汉堡肉饼，沙拉。

晚上有大雾。

七月二十四日（星期六）阴转晴

早　米饭，红烧比目鱼，海苔，海胆[2]，咸牛肉。

午　发糕，红茶。

晚　炒饭（百合子、花），粥（丈夫），醋浸章鱼黄瓜。粥里放了培根。

早上，雾气浓重。

午后，我下山到河口湖站，把稿子用火车邮件寄出。

在河口湖站，不知是不是沟通有误，对方态度强硬，不肯办理，说是私铁没有火车邮件。来不及可不行，于是我开车到大月，终于搭上了六点半的火车邮件。大月站的

1　雑炊（zou-sui）和おじや（ojiya）都是用高汤煮的泡饭，有时加蔬菜、鱼、肉。后者煮成粥状，为了区别，分别译作高汤泡饭和咸粥。

2　应该是罐头。

人说，私铁也能发火车邮件，用不着开车来这么远。因此我满怀气愤，驱车返回。我要冲进河口湖站理论。我要让你们好看。我怀着这样的念头行驶，但今天似乎是交通监管的日子，有许多白摩托和交警，如果我在这时候生着气开车，遇上处罚，那就亏大了，于是我收拾心情，慢慢地开，像女神一样。我到了车站旁边的总公司事务所，给朝日的森田打了电话，说我寄了火车邮件，然后去到车站，发了一通火，出来了站长模样的人和一个中年人，不断地向我道歉，并约定，今后会收取邮件，以指定的列车（从大月出发的十二点半和六点半的两趟车是搭载稿子的车）从河口湖站发出。我生了半分钟的气就收了。

在河口湖城区，铁锹，长柄修枝剪刀，窗帘系带，一千六百六十元。

在药店，油漆，红与白。清漆，炼乳，一千六百六十元。

在胜山村，两打啤酒二千七百六十元，十个鸡蛋一百二十元，樱花虾一百五十元，六个水蜜桃一百五十元，白吐司五十元，巧克力一百元。

卖铁锹的店扩建店堂，正在把中间改成混凝土地。当地人即便不买什么，也来到这间拥塞的店里。店主必定会说："哎，随便看看。喝杯茶。"他们等着这话，然后必定踮起脚尖走进正在铺混凝土的房间的角落。接着，他们上到最里面挤满了人的客厅，喝茶，吃腌菜，观看施工，然后回去。老板娘又要卖店里的东西，又要接待来参观工程的客人，忙极了，但仍以平时的调子说着话。

胜山村的酒水店上回在办葬礼，所以那天我在农协买了啤酒。我今天问是谁死了，原来是胖老板娘的丈夫。老板娘说，他连着六七年患有高血压，闲在家里，最近天气不稳定，他病了两三天，死了。还说，为了不后悔，这六七年她做了自己能做的，好好待他，所以能接受他的去世。她对我说："不幸已经过去了，下次还是别去农协，在我们家买啤酒吧。"

在管理处拿了报纸回家。管理处有两批客人，有一个像是到公司宿舍住的人正在跟他们商量："有螃蟹罐头，买点沙拉酱浇上吃就行。"那人还问，有没有速食味噌汤。

在管理处，一盒和平烟四百元 [1]。

火车邮件邮费八十元。

七月二十五日 晴

热起来了。室内 25 度。

1　此处大概是"一罐"的笔误。和平烟罐装 50 支，根据日记的其他记载，通常二百元。

早饭是面包。

上午，花子给栏杆刷了油漆之后，又给熔岩刷上油漆做成人偶。头发是松针。

下午洗衣服。煮了厨房抹布。

换了床单和被套。

把手伸进窗套，拿出鸟巢。装外墙板的工程太久了，亲鸟像是放弃了，没有再孵蛋，去了某处。取出巢是因为关井告诉我，如果不把鸟搭建的巢拿走，明年它们不会来筑巢。

是一个大鸟巢，由波可的驼色毛、苔藓、棉屑、毛线头、格子西装布的布头等构成。里面有好几个猫眼大小的蛋，有的破了，有的开了洞。蛋里的蛋黄和鸡蛋一模一样，小一些。带着一抹血色的白蛋，上面散落着茶色的雀斑一样的斑点。可怜。

我问："孩子他爸，你要看一下鸟蛋吗？"他摇头说："不想看。"我把蛋放在巢里，从工作间的窗下给他看，他战战兢兢地来看了，然后用指头轻轻摸了摸，接着，他久久地注视着。

我去管理处拿报纸，一包喜力烟七十元，两盒太妃糖四十元。

都议员选举，社会党第一名。

傍晚，用水洗车，打扫车厢。

好像有种子飞来，今年的院子和道路都多了许多月见草。黄花败酱在开花。毛茛和北萱草在开花。

明天一早去东京，所以晚上我们都早早睡了。

七月二十七日（星期二）晴

为了参加二十六日河出孝雄[1][河出书房社长]的葬礼而返回东京。东京正值窒闷的炎热。送丈夫去青山殡仪馆。野间[宏]和太太来参加葬礼，我从候着的车里看到他们走过。

今天上午十点半出发。从御殿场进山。在厚木跟前，小田急和相铁两处火车道口塞车，沿着烈日下稻田当中的路缓慢地前进。有风，所以很舒服。在野鸟园[2]门口歇息。放波可下车跑了一圈。三点左右到。刚到家，坡上大门那边有说话声，中村光夫[3]、大冈升平和上林吾郎[4]说他们正在

1　河出孝雄（1901—1965），出版人。1933年，河出孝雄将岳父的成美堂书店改名为河出书房。后来因经营失败破产，于1957年重新创办，并改名为河出书房新社。

2　位于静冈县骏东郡小山町（原须走村），附近有溜冰场，今已不存。

3　中村光夫（1911—1988），评论家、剧作家、小说家。代表作为批判私小说的《风俗小说论》。

4　上林吾郎（1914—2002），出版人。曾任《文学界》《All 读物》《文艺春秋》《周刊文春》总编辑。1984—1988年任文艺春秋社长。

去打高尔夫球的路上，顺道来。在露台喝了啤酒，他们很快走了。

之后，外川来了。他说是扭了腰椎，没喝酒。喝了可尔必思，讲了差不多在前天，作家 G[1] 引发交通事故撞死两个人的事。外川深思熟虑地想象并谈论道，在那之后，在那种场合，要坐多久的牢，然后说："这时候小说家真好啊。就算坐牢，可以坐在那里写点什么。可以写很多东西——小说家能这样，我们农民就惨了。要是坐牢，身体就会变钝，出来以后也干不了活儿。尤其石匠活儿。虽然坐牢是惩罚来着。"丈夫沉默地笑着。我觉得他说得没错。我送给他太太一件衬衣。从东京回来，夜里凉爽极了。星空壮丽。

七月二十八日（星期三）晴朗无云

☆十二点左右，去山中湖游泳。开始游是在一点左右，游到两点。我练的是自由泳，不过还只能游两米左右，吸不了气。我让妈妈教我游。当妈妈游自由泳，岸上的大学生说："好厉害啊，那个女的。"山中湖沿岸有一大片浅水，

1　五味康祐（1921—1980），小说家。代表作为剑侠小说。1965 年 7 月 24 日，驾车发生交通事故，导致一名女子及其孙儿死亡。志贺直哉、川端康成、井上靖等作家联名上书恳求缓刑，最终，五味康祐获刑一年零六个月，缓刑五年。

底下是沙地，容易游。而且人很多，可以放心游。我想下次让爸爸和波可也一道来玩。

　　回去后，和爸爸一起割了梅树周围的杂草。之后泡澡。可舒服了。买了收音机的电池，于是听收音机，久违地做了功课。打算做五页，只做了两页就困了，听着收音机，十点不到睡了。

——花记

　　给浴缸烧水，傍晚，一家都泡了澡。之后洗衣服。

　　六点半左右，朝日新闻发来电报。说是明天森田要来。

七月二十九日（星期四）晴

　　早　　粥，蒜炒茄子，炸鱼糕，萝卜泥，味噌汤。

　　午　　米饭，一人一片里脊火腿，烤海苔，鸡蛋。

　　晚　　饭团，咸牛肉（花），凉拌豆腐，巴伐露[1]。

　　把浴缸里的水重新加热，给波可洗了澡。去管理处拿了牛奶和报纸，慢吞吞地在大太阳的路上往回走的时候，外川的车来了，于是搭了车。他说："写推理小说的叫作江户川乱步的人死了，不过这次你们不用去是吧？"外川

1　类似布丁的甜点。法语为 bavarois。牛奶煮热，加入明胶，再加上蛋黄和糖搅拌均匀，最后加上打发的淡奶油和蛋白，入模冷藏。

说，最近没有做邻居那边砌石头的工程，是因为运土的机器的皮带断了，他今天买了皮带去换。皮带要一万五千元，他说："真不划算。"

翻开报纸，上面刊载了江户川乱步的死讯。念中学的时候，他的作品一直是我最爱看的书。每当在旧书店搜寻到他的书，都会读得入迷，连正在进行的考试都忘了。封面仿佛是在黑底上涂了金粉，上面写着××××。我朝着东京的江户川乱步宅邸（？一定位于东京）的方向遥拜。

下午三点左右，森田和司机一起来了，休息到四点左右回去。司机不能喝啤酒，于是在露台的遮阳伞下静悄悄地吃番茄和其他东西。

外川一边和两个男的一起换皮带，一边观望朝日的车离开。今天的日照格外热。

正在准备晚饭，收音机在爵士乐的间隙播报道，在大和射杀警官的犯人夺车逃走，逃进东京涩谷的枪支店，把店里的人当作盾牌，与警官相互射击，在这一过程中，有四个看热闹的人受伤，山手线停驶。[1]正好是森田的车沿

1　1965 年 7 月 29 日的"少年来复魔事件"。18 岁的少年 A 在神奈川县座间的山林用空气枪射击麻雀，经过的警察进行质询，A 用来复枪射杀警察并夺取手枪，然后用枪支威胁司机，连续换车逃至涩谷的一间枪支店，将店内的人作为人质。与警方互射后，A 被催泪弹逼出店外并被捕。A 在后来的审判中被判处死刑（按日本法律 A 尚未成年）。

着犯人逃走的路线抵达涩谷的时刻。

花子看着晚霞，小声说："收音机里说'从大楼之间望见的东京黄昏的天空是紫色的，很美'。"

我听着连续射杀事件的新闻，感到东京在遥远的彼方，是个美得不可思议的地方，是个让人怀念的地方。

七月三十日（星期五）晴朗无云

早　花、百合子吃烤吐司，汤。丈夫吃咸牛肉和米饭。

十一点半，去山中湖游泳。

山上吹着风，下到湖边，正适合游泳。水很清，日照炎热。游艇大多开走了。刚把在吉田买的浮球放进水中，球就漂走了。因为有风，球滚动着，顺着湖面往深处漂去。我追啊追，球不断漂走，我便放弃了。

午饭吃烤饭团，还包了萨拉米带来，在岸边吃。游了一个小时回去。回去的时候，买了一打啤酒、奶酪、墨鱼、茄子、西瓜，二千零一十元。到了家，说是有人给管理处那边来过电话，让我们去一趟，我去了管理处。是谷崎 [润一郎] 去世的通知。告别仪式是八月三日下午两点。

晚　米饭，味噌炒茄子，银鱼萝卜泥。花子吃中式凉面。

七月三十一日（星期六）阴转晴

上午十点半下山，为了把朝日的稿子送去十一点十九分发车（大月站十二点二十八分发车）的火车邮件，去了河口湖站。车站挤满了填表申请学生旅行打折票的人。

我们直接去了山中湖，从十一点半开始游泳。虽然是阴天，但没有风，身体划着水穿过光洁如油的湖面，听着划水的声音慢慢地游泳，有种快感。夏令营的中学生在游泳，游了一会儿就走了。来了三四个修道院的修女，监督着小孩子们游泳或是在岸上玩。看起来，即便炎热，修女们仍然披着黑头巾，黑衣服一直裹到脚尖，脚上穿着黑袜子。夏令营的学生们离开后，河湾只剩下修女们和我还有花子。

中午吃饭团和奶酪。一点左右，我们正准备回去，车旁边来了四五个穿着花哨衬衫、戴着墨镜的年轻男人，纷纷揶揄道："要回去了？你们从哪里来？这不是品川的车牌吗？你从东京游过来的？再游一会儿再走吧。让我们搭车吧。"我一个个地回答了他们的问题，说"各位，再见，祝你们愉快"，挥挥手，发动车子。他们的模样吓人，其实似乎是些羸弱的混混。花子的心情糟透了，整个人没了精神，说："等我长大了开车，既然会遇到那种事，我一定要让男的坐在旁边。妈妈，你和黑道的小伙子们像朋友一样。"

回程，喝了牛奶，从鸣泽村口上山回家。

汽油和机油，一千九百九十五元。

大家一起吃了西瓜。

晚　米饭，精进炸[1]（混炸樱花虾红薯丝、茄子、青椒）。

傍晚，细细的新月旁边出现了一颗星。

八月一日（星期日）晴

十一点左右，今天也去山中湖游泳。收费道路往富士山的车道像东京的高峰时期一样，车排着队。车的队列一直延伸到收费口外很远，一直延伸到河口湖的街道的远处，从富士吉田的大鸟居附近蜿蜒绵延。相比之下，山中湖不算堵。因为大家都想去富士山。我在平时游泳的水湾游了一个小时回家。回程，这回是从收费道路往回走的车排着队，我们的车一直没法向右转。就不该在星期天下山。

我俩在湖里和车里被太阳晒黑了，变得像茶色的皮鞋。蔬果店的番茄和卷心菜都卖光了。纳豆也卖光了。买了两根玉米。在肉店买了五百元猪肉和马肉。

1　精进炸是日本佛教精进料理的一种，各种蔬菜裹面衣油炸，也可以理解为蔬菜天妇罗。这里用了虾，所以并非严格意义上的精进炸。

晚　酱汁烤肉，米饭，沙拉，三杯醋浸黄瓜墨鱼。

今晚也吃了西瓜。

八月二日（星期一）晴

今天也去山中湖游泳。夏天就快要结束了，所以珍惜寸光阴，去游泳。

明天要参加谷崎的告别仪式，一早回东京。我们出门的时候，正在割草的丈夫从草丛中说："适当游一下，早点回来。"尽管如此，我们还是游了一个半小时。花子的自由泳有进步。我也有进步。

去游泳的路上，我们去了鸣泽村政府，缴了村民税[1]和固定资产税。一共付了四千九百七十元。政府办公室看起来很闲。女职员的声音困倦。

一打啤酒，一盒奶酪，松饼粉，黄瓜，番茄，面包，两袋纳豆，合计二千八百七十元。在昴公路入口买了据说是鲜榨的果汁，两瓶六十元。这个真难喝！！以后不能买。

酒水店的大妈给了三块晒干的贝，说是含着吃。我和花子各自含了一块。在管理处，跟他们说我们要出门，明天的牛奶请留在冰箱里。

1　由村政府征收的居民税，武田家在户籍所在的东京已缴居民税，在第二居住地也要缴税，税额较低。

报纸上写道，昨天星期天到富士山的人潮汹涌。说是从五合目到山顶，登山道上满是排队的人，如果不以相同的速度走，就会影响到别人。有的人不舒服了，想要休息，走得慢吞吞的，就有人吼："快到边上去！"一个人摔倒了，后面的人也摔倒了，下一个人也摔了，最底下的人受了重伤。不小心踢到一块小石头，就砸到下面登山的人的脑袋，让人受了重伤。

车刚到大门口，波可就忙着跑上坡迎过来，于是我把酒水店送的贝肉给了它一块。

午　米饭，剩下的咸牛肉，纳豆和海苔。

在车里，花子说："下回带爸爸去他喜欢的地方吧。本栖湖，或者富士景乐园，他肯定会喜欢的。"下回载上丈夫，黎明的时候去谁也没起来的山中湖岸吧。

山中湖租马的大叔和租船的店不上前推销，是温吞又安静的人，感觉不错。

八月三日（星期二）阴

早上四点，回东京。

昨天傍晚，外川和孩子一起拿来土豆、胡萝卜、四季豆（这一带叫十六）、卷心菜和黄瓜。我说明天一早回东京，他说："我们能搭你们的车吗？"原来，他的长子将在电电公社[1]工作，他要拜托池袋的妹妹照顾儿子，为此去妹妹那里住一晚，但他的面包车的车牌被偷了，放了块木牌代替，还没拿到警察的许可，在山里能开，没法开到东京。于是定下早上四点半左右经过外川家门口的马路，让他们上车。我们经过还暗着的河口湖站前，来到外川家门口，只见外川不在外面，隔着草丛和菜地构成的前院，外川家的厨房门口亮着一盏微弱的灯。很快，外川出来上车，他套着西装，穿衬衫打领带，穿着皮鞋。我第一次见到外川的正装。

在涩谷站的八公[2]前让他下车。

八月四日（星期三）晴

上午十一点半出涩谷。三点十五分前抵达。炎热的一天。

傍晚，我打了个盹儿，就那么一直睡到早上。

八月五日（星期四）晴

傍晚六点，跟外川约好参加河口湖的湖上祭[3]，我和花子下山。丈夫突然说他留在家里。

---

1 日本电信电话公社，现在的日本电信电话株式会社（NTT）的前身。
2 涩谷站其中一个出口的广场上有忠犬八公像，常作为人们约定碰面的地点。
3 河口湖每年夏天的烟火大会。

外川一直想要我们仨一起去（尤其是老师），结果只有我和花子，他好像有些失望。

六点到外川家跟前，路上全是去湖上祭的车，我原本打算用整条路的宽度打方向盘，转个大弯开进通向外川家的小路，可当时的情形没法这样做。紧贴着我的车的后方，连续有五六辆大摩托车，上面是年轻小哥载着女的，我的车根本无法后退。外川走近前面不远处右手边一栋小小的农户，过了一会儿，挥手说"好！"，于是我往前开了一点，冲着农户的入口向右拐，那地方是车身宽度的私家道路，左边是农田。我的车的前面已经停了一辆千叶车牌的车。看到我的车往右拐，立即有另一辆车跟风从后面开过来，因此正在我惊疑不定之间，我的前面一辆，后面一辆，三辆车排成一列。

我说："前面这辆千叶的车开不出来吧？我停在这里没问题吗？"外川若无其事地说："都要等湖上祭结束了才走。九点半到十点。"农户的格子窗开了，一个大叔探出脑袋，显得担心，但因为外川气势很足，那边不响了，只小声说："你让他们不要动我们家的东西。"说完关了窗。这地方着实古怪，我说："趁我后面那辆车的人还在，现在回到路上，我还是想停在你家门口。"外川说不要紧，往前走去。

我们来到外川家的前院，我又说了一遍："那辆千叶的车开不出来吧。"他说："别管他，不用做什么。"外川从前院上到客厅，对我们说："上来喝茶吧，等天黑。"我出门的时候，丈夫叮嘱道："你可别到外川家吃东西，或是喝一堆酒。"所以我拒绝了，可他说天还没黑去了也是白去，他太太也下到院子里说，请务必来，于是我们去了。

我和花子一进屋，外川就打开客厅的电视机，坐到电视机跟前，仿佛要跟电视机倾谈似的，目光紧紧地盯着画面。正在放《水户黄门》。他不时发出如同呻吟的"哦哦"声，几乎把屏幕盯出一个洞。这一集，水户黄门斥责轻浮的大名，并惩罚坏家臣，外川流下了鼻涕，都不擦。黄门结束后，他立即"啪"地关了电视，转过身子，这回开始和我说话。我懂了。外川因为这个节目开始了，因为他想快点看这个，所以千叶的车无所谓了，他想要早点进客厅。外川观看黄门的过程中，他家孩子到旁边伸着脑袋想要看电视，他便给孩子的脑袋一拳，把人赶到一边，他自己霸占在电视机跟前观看。

端上来生鱼片、番茄、醋浸小菜（墨鱼、海蜇、青花鱼、章鱼）和啤酒，让我们吃。

接着，外川仿佛忽然想起来似的，说他有"多层漆食盒"，让我们看。外川和他太太先是把架子上的东西扒拉下来找，又把壁橱里的东西翻出来，往里看，最后终于找到了。是个榉木做的五层的气派食盒，虽然长满了霉。不过，有两层的边缘掉漆了。外川说他在十年前，从lake（似乎是说湖边）一个脑子有问题的人那里，"以当时的三间元（似乎是说三千元）买的"。他太太，还有据说是从东京来过夜看烟火的妹妹，都来到客厅，坐在一起聊起了天。

这时天色暗下来，到了去湖边的时刻。外川说了声"好嘞"，缓缓站起身，穿上准备好的带字号的消防员短外褂，领口上染了字样，"河口湖町消防团引导部长"，他"唰"地扯了扯领口，站得笔直。然后用双手小心翼翼地戴上有白色帽檐的制帽。他太太开心地帮他整了领口。我和花子鼓掌说"真好"。外川想让我丈夫看他出动的场面。俨然是《忠臣藏》里的大石内藏助[1]。

我们去了湖畔的 L 酒店[2]，外川明明预约了，可酒店说客满了。每一个房间，就连伸到湖上的观众席都满了，人们正在吃吃喝喝。有一处像大宴会厅的地方，从东京来了

---

1 《忠臣藏》的故事源自江户时代的元禄赤穗事件，是日本歌舞伎及净琉璃等传统戏剧的保留剧目，后来又被改编成电视剧和电影。大石内藏助是故事的主角。

2 富士湖酒店，创立于 1932 年。

一位常在电视上见到的落语家，在讲段子或主持，人们满脸通红地哄然大笑。我们坐在看不到湖的座位，外川点了西瓜和四瓶果汁，"接下来有引导的工作等着我"。说着，他鞠了个躬，从右面绕出去了。我们对外川感到不好意思，这时终于松了口气，吃喝完，立即出了酒店，走在湖畔，看看夜摊，每当有声响，便抬头张望空中的烟火。

烟火从四个地方交替打上去，这间酒店南面的水湾，湖心岛，东面一处岬角模样的地方，还有酒店对岸的南面湖滨。据说每个地方由一家店的烟火师负责，他们在较量。有许多船划到晦暗的湖上，船头亮着红白条纹的灯笼，渔夫们的日式船和当地人自家的船亮着"御祭礼"的灯笼，汽艇上装着蓝色和红色的小电珠。游船的整个船体装饰着各种颜色的小电珠。每当烟火上天，湖面上一瞬间亮得能看清人的脸，然后又马上变回一片漆黑的水面，所以为了避免相互冲撞也要装上灯。旅馆临湖的房间和屋顶上有客人探出身子眺望烟火。

我们坐了游船。船上的人多到感觉会有人跌下去，船放着音乐，去到湖心，然后慢慢兜了一圈回来。二十五分钟，一个人九十元。买了走马灯。二百元。上面是盂兰盆节舞的画，一转，舞者的手脚就颤悠悠地动起来。

在湖畔看烟火的位置满是人，人们铺了报纸，仰面躺在上面，我们从脚的缝隙走过去，小心地不踩到他们，走到游船码头。一位老得仿佛快死了的爷爷被家人围着，躺在铺着的报纸上，仰面望着烟火。他一动不动地死盯着烟火升起的方位，让人以为他是不是已经死了。有人在卖这些用来铺的报纸，也有人在向那人买。有些报纸摊在那里，于是我们把它们铺好，仰躺下来，看了一会儿烟火升空。躺下来看，脖子不会酸，可以一直看到结束。

烟火升起，无声地消逝，我一遍遍地看着这一幕，想起梅崎，流了泪。

九点半左右，我们买了六个鸡蛋抱在怀里，快步走回停车的地方，只见那里有两男一女，看起来在生气。是千叶车牌的人。其中一个男的极其歇斯底里，用颤抖的声音恶狠狠地对我说："我们等了两个小时！你竟然慢悠悠地笑着回来。"因为他冲我吼，声音又抖得厉害，我反驳道："你们是来看烟火的吧？看烟火的人不看完不会走，你们是知道的吧？你们蛮好一直看到最后。我看了烟火，慢悠悠笑着走，有什么错？你们太心急了。"我这么一说，那个男的想要上前打我。另一个男的劝解道："在这样的水田里打什么架呢。得快点把车弄出来。"四个人一起把我后面的车抬起来，斜斜地扔到水田里，我倒车回到路上，千叶的车终于能出来了。我后面的车小小的，没想到很容易就抬起来了，它有三分之一浸在水田里，最吃亏。明年我再也不要停在这样的地方。

花子坐上车后小声说："妈妈，其实我们也有点错呢。因为我们回来晚了。那个男的是黑社会吧。妈妈要是挨打，会输哦。"我的情绪有些激昂，坦白道："我想过，他要是打我，我就把鸡蛋全部扔过去，然后拿出车的防滑链挥舞。"

据说，今年的湖上祭，因为从早上就是晴天，所以放上去的烟火格外清晰。当天只要下过一次雨，即便后来天气晴朗，空气都有水分，烟火弹的火药也有湿气，烟就会多。湖上祭的日子很少从早上就万里无云，经常是阴天，烟火打到云上，只有声响，看不见，或是淅淅沥沥地下雨，傍晚才终于转晴。

"烟火放完，这一带的夏天就结束了。盛夏就过去了。"外川和外川的太太，当地的酒水店蔬果店老板娘，还有加油站的人，都俨然失去劲头般说道。明天还是后天是立秋。

八月六日

中午，石匠大叔在午休的时候拿了一只钵子从院子走下来，是把木头挖空做的钵子，用手揉荞麦或乌冬面团时用的。他说，在这一带，人们揉玉米粉做成团子吃，如今不怎么用了。我付了一千元作为谢礼。傍晚，我把油漆混成泛白的淡绿色，给木钵涂花纹。我给钵的边缘画了花纹，丈夫在钵里写了字。写的是四个汉字，他教我，读作"永勿相忘"。我和他说起疏散到乡下的时候吃的玉米粉团子，黄澄澄的，好吃。

给梅树和野苹果施了片仓化肥。

没去店里看，直接在外川家具店订了镜子和架子一体的家具，下午送来并安装。六千六百元。送来一个有人文主义感觉的架子。

从鸣泽邮局用快信寄出稿件。

给钵子画花纹的时候，开始刮风下雨，打雷。十六号台风的影响。

八月七日（星期六）晴

上午，从河口湖邮局用快信寄出稿件。

下午，管理处来了人，转达电话。"镰仓一位姓佐藤的来了，在山中湖酒店，想要请你们吃晚饭。"三点半左右，我打电话过去，说是和去年一样。去年八月末，我们在富士山五合目偶然遇见他们两位，他们从住的山中湖酒店带了吃的来，在我们家玩了一晚上，所以定下今年也像这样聚一回。五点半，密雄[1]和治子夫妻 [镰仓大佛殿的住持夫妻] 来了，在他们身后，有个像服务生又像司机的人，带着酒店的一整套吃食。治子柔和又有力的说话声与笑声绕着院子转，从草丛间逐渐靠近。久违的西餐和变得洋气的心情。我们喝啤酒，吃他们带来的食物，直到九点。密雄讲了从前的印度僧人的故事。花子一动也不动，呆呆地听着。

我们让花子留在家里，送他们去山中湖酒店。十点到家。花子睡觉的时候说："大佛的叔叔是个了不起的人呢。他今天讲的这种故事，我第一次听到。"

我买了茶箱，收纳冬天的衣物。茶箱一千元。

八月八日（星期日）晴

下午四点左右，送书去山中湖酒店。星期天的回程游客的车络绎不绝，于是我在乐园跟前左转，穿过下吉田，爬上吉田的街道，来到山中湖。下吉田的道路很差。而且路弯弯绕绕的，就算估摸好方向左转或右转，也会开到完全没想到的方向，让人没辙。我还开到了农户的院子里。

1　佐藤密雄（1901—2000），佛教学者，净土宗僧侣。1941 年任镰仓大佛高德院住持，直至过世。1947 年起在大正大学担任教授，1963—1966 年任大正大学校长。1977—1979 年任净土宗总本山知恩院副住持。

那家的人在廊子上，吃了一惊。

回程，我把车停在大鸟居前的加油站，他们告诉我有一家叫"中込[1]"的店在促销，我去那里买两张床垫。说是"走几步就到了……"，结果很远，我惊呆了。二千四百元。

途中，我去逛了下旧货店。今年没有一个我想要的。有间灯笼店，所以我买了刚做好的、还湿漉漉的发光的达摩灯笼，三十元，花灯笼，五百元。

朝日的森田寄来快信。写着，得了热感冒，有点困。

八月九日（星期一）晴

我们正在吃早饭，关井带来两个人，给进门处的屋檐装波纹钢。顺便给通往二楼的楼梯底下装了板，防止垃圾落下。

把稿子送上十一点十九分由河口湖站发车的火车。

回程，买了木漆，清漆，一千元。肉四百五十元。青花鱼干（在农协买的）四十五元，黄瓜，茄子，鸡蛋，纳豆（也是农协），一百一十五元。

用买来的清漆给楼梯底下的板刷了清漆，剩下的清漆，有多少刷多少，刷了扶手。

1　日文汉字。

傍晚，关井来拿忘在这里的卷尺。回去的时候，他给我们家到大门口的陡坡做了梯级。还有，雨水会从厨房门下面飘进来，他顺便把混凝土门槛加高了。我们买的混凝土加上外川放在这里的做成的。

时间晚了，关井慌忙回去。因为走得急，他把我们家的锯子给带走了。

早　烤吐司，鸡汤，黄油炒土豆培根。

午　米饭，烤青花鱼干，鳕鱼子，纳豆。

晚　海苔包饭团（放了柴鱼花），玉子烧，萝卜泥。

八月十日（星期二）晴

风悄然停了。我想东京一定很热吧。

早　松饼，萨拉米，汤。

午　红薯粥，臭鱼干。

晚　番茄酱鸡肉炒饭，煮南瓜，果冻，盐揉卷心菜黄瓜。

给露台西侧的遮光门刷了木漆。比预想要辛苦得多的劳动。太阳好，干得快，但如果只是轻轻蘸一下会刷不开，需要多用一些木漆，使刷子时需要用力。花子帮了不少。

在管理处买了蔬菜和食品。

一根黄瓜，四个鸡蛋（十七元），奶酪（一百元），零食（五十元），南瓜（六十元），还有其他，共四百二十元。

现在，突节老鹳草陆续不断地开花。胡枝子也开了一些。

八月十一日（星期三）阴

凌晨忽然凉下来，我睡着，嗓子开始痛。我一整天都在用低微的声音说话，像在演戏。

上午十一点，去河口湖邮局寄稿子。

两打啤酒，梯子一千九百元，两副锯子六百元。买了肉糜、番茄、黄瓜、零食等。

早　米饭，中式炒茄子，萝卜泥，银鱼。

午　发糕，红茶。

晚　可乐壳[1]（放了鲑鱼罐头，丈夫觉得难吃），米饭，番茄。

八月十三日（星期五）

早上四点去东京。丈夫留在山里。只有花子和百合子去。

东京闷热。让河出书房把版税汇入三井银行。

池田前首相因癌症去世。没有其他人死。

1　可乐壳的原料通常是土豆泥、炒熟的洋葱碎和肉糜，混合后做成约两厘米厚的长椭圆形，沾面粉、蛋液和面包糠，油炸。

八月十四日（星期六）有时小雨

早上七点以前到山里。立即装上从东京运来的塑料浴帘，还有塑料凉帘。其他从东京带来的有比目鱼块（昨天煮好的）、新鲜鲑鱼块、熏火腿、黑面包、羊羹、萨拉米，还有剩下的一些中元节收到的罐头和零食，以及厕纸等。

早　米饭，红烧比目鱼。

午　三明治，汤。

晚　米饭（粥），又是红烧比目鱼。炒土豆，黄油烤鲑鱼（丈夫），腌卷心菜。

上午，为了赶上火车邮件，下山去送稿件。

去管理处拿报纸的路上，遇见四个背着重装登山包的年轻人，大汗淋漓，正在避让车的尘土。往回开的时候，他们举手拦车，我踩了急刹车，他们给我看富士山麓的陆地测量部的地图（有塑封），问"这里是哪里"。从河口湖到富士宫的镰仓往返路用红铅笔涂了，从鸣泽村通往富士山的道路也涂了颜色，那条路与精进登山道的二合目相连。

他们说，以为走在那条路上，却来到了这样的高原，只见建有人家，还有车在开，是不是迷路了呢？我们打算沿着画了红线的路往上走到精进登山道二合目，从那里走精进登山道到山顶。他们问我，眼下在的地方是哪里。

我回答："看地图是完全看不出来的，从这里往东经过高尔夫球场，前面有个交叉的十字路口，往右转，进到树林里上山，那条路上都是石头，听说它能通到精进登山道三合目，从你们现在站的位置要往西一大截。这里有非常多的卡车经过，你们拦一辆卡车搭车到十字路口好了。我不是本地人，你们最好再问一次卡车司机。"

　　那四个人只有十六七岁，望着他们一筹莫展的面孔，我感到同情，但还是说："我的车装不了行李和这么多人，请你们拦卡车。"说完，我开走了。在转到我们家的坡上的转角，关井站在那儿，于是我问了他登山道，原来我教的路是另一条登山道。他说，地图上那条画了红线的通往二合目的登山道，从管理处的后面穿过去就能到。刚才年轻人们站的地点并未偏离地图上的路，是对的。于是，我拉上关井，开回年轻人们站着的管理处跟前的十字路口，让关井下车重新给他们指路。正好下起大滴的雨，我给他们指错了路，要是他们迷路就糟了。我原先不知道管理处一侧的十字路能通到富士山顶。

八月十五日（星期日）晴

　　早　米饭，海苔，炒蛋，萝卜泥。

　　午　面疙瘩汤（放了茄子和葱）。

茄子面疙瘩汤最好吃。

下午，下山寄火车邮件。今天是星期日，盂兰盆节。从昴公路到河口湖的街道，再到富士吉田大鸟居周边，都是排队的车。在鸟居前的加油站问了国际 [电影院] 的位置，把车停进月江寺的停车场，和花子两个人看了电影。在放《OK牧场的决斗》[1]和《亲亲表兄妹》[2]。入口处写着"冷气完备"的大字，正如所写的，装了许多个换气扇，风呼呼地吹进来。只有后面五排稀疏地坐了几个观众，所以有些冷。等场内亮起来，只见几乎都是十七八岁的男孩。

回程，买了酱油团子。国际所在的马路是单行道，但是经过的摩托车很多，不好随便走。盂兰盆假期，打扮成小混混模样的年轻男人们像是不知该做什么，他们有的是时间和空闲，三四个一伙扎在马路上，每当有女人经过，就吹口哨或出声嘲讽。

晚　吃了团子。

今天是日本战败纪念日。

八月十六日（星期一）

丈夫和花子玩了很长很长时间的篝火。

1　*Gunfight at the O.K.Corral*，中文片名《龙虎双侠》，1957年的美国西部片。

2　*Kissin' Cousins*，1964年的美国歌舞片。

八月十七日（星期二）晴

吃过早饭，立即下山去河口湖站把稿子发列车邮件。丈夫同车。在车站临时起意，直接开去本栖湖。坐船。把船停在一处沿着岸走不到的无人的熔岩湾口，因为没带泳衣，丈夫赤条条地下到湖里游泳。水清且深，水底是深紫色。仿佛蓝黑墨水落在水中。或许是这个缘故，丈夫的身体惨白，手脚显得绵软无力。我忽然感到不安。我也赤条条地进到湖里游泳。

回程，在农协买了二十六瓶啤酒。

晚饭吃得晚，饭后收拾的时候，手电筒晃着豆大的光，男人和女人发出笑声，下坡来到厨房门口。是送电报的男人，女人像是在和他一起玩，顺便跟着过来。

高见逝世 葬礼未定 森田

八月十八日（星期三）晴

临近中午，我到管理处给朝日新闻社打电话，询问高见顺[1]的葬礼日期。说是二十日两点告别仪式，在青山殡仪馆。

---

1 高见顺（1907—1965），小说家，诗人。著有评论《昭和文学盛衰史》，诗集《来自死之渊》。

带花子去山中湖游泳。还带了狗。过了盂兰盆节，人变少了，湖水也荡漾着秋天的氛围。花子游了半个小时左右。波可看见马就叫，有人靠近就叫。花子从水里上岸，走近前来，她的打扮显得陌生，于是它像疯了一样叫，想要咬她。她摘了泳帽，波可终于认出她，像是有些窘迫地亲近了一阵，钻进车底。

我们吃了饭团，上到富士山酒店[1]，询问酒店游泳池的收费。大人五百元。湖可是免费的。除了有许多水藻或者湖水脏的时候，我们不太会来。从富士山酒店看出去的风景很好，不过很快就厌了。酒店空荡荡的，服务生在发呆。

白吐司，鸡蛋，羊羹，零食，醋，蔬菜，共五百四十元。

回到家，《每日新闻》的桑原来了。给我们带了海苔。桑原好像在夏天经常到底下村子的富士豪景酒店，五点左右，我送他去富士豪景酒店。

今天，船津在举办庆典。花车出来了，有人在上面戴着假面跳舞。戴着假面的人和没有戴假面的人的脸孔没什么差别，花子说瘆人。

因为庆典，今天做石头工程的人一个都没上山。

1　Mt Fuji 酒店，建于 1963 年，位于山中湖北面。

八月十九日 晴

今天天气热。灼灼的热。

中午，带花子去游泳。到了旭之丘附近的湖岸，浅水区阔大，有一处绝好的游泳的地方，水面平静如油。游了半个小时回去。

因为明天是高见的告别仪式，傍晚把车洗干净了。花子告诉我，天黑了的路上，蛤蟆在走。

早　烤吐司。

午　饭团。

晚　烤了秋刀鱼。

丈夫说，明天三点起床回东京。我做了便当，收拾了垃圾。

一打啤酒，奶酪，面包，松饼粉，纳豆，巧克力，共二千元。

五个梨（一个二十元），两根黄瓜，土豆，卷心菜，共二百一十元。

八月二十日

早上四点出发。为参加高见的告别仪式回京。

八月二十一日 雨

早上五点出发，来山里。从御殿场走。在松田附近，雨变大了。八点过一点抵达。

中午，去了管理处，他们正在打电话订卖完了的蜡烛。好像台风已经登陆。晚上，雨更大了，下得像打翻了一样。

八月二十二日 雨

昨天一整夜，大雨一直下个不停。熬了个通宵的丈夫说，晚上停了三四回电。上午，我去拿报纸，管理处的人说，今晚六点，十七号台风从伊豆登陆。好像迄今为止只是普通的雨，台风之后才来。雨下个不停，从坡上到管理处的路因为含有大量熔岩砂，砂被雨水冲走了，路凹下去，变成了小河。在雨中，开推土机的人把湿透的手套拧干又戴上，正在修补道路。

傍晚，早早地吃了晚饭。八点左右，停了两三回电，很快又来电。

风并不太强，只是雨仿佛打翻了似的下个不停。这次没有漏雨。

八月二十三日 晴

早上，云很厚，很快便万里无云，日照仿佛回到盛夏一般炎热。富士一片晴朗。

为了去寄火车邮件，我发动汽车引擎，但怎么也发动不起来。在旁边做石头工程的外川带了三四个人过来帮我推，引擎在他们推之前发动了，我直接开了出去。

火车邮件一百元。挂号费一百三十元。汽车还贷两万元。日光灯三百元。干电池一百三十元。啤酒和食材一千八百元。

我先回了山上一趟，准备午饭，然后去山中湖。暴风雨过后，湖水变成浑浊的茶色，漂着大量的水藻。我上到富士山酒店，进了游泳池。游泳池大人五百元，小孩三百元。酒店闲散，在游泳池的人大多是从外面来的只为游泳的年轻人。日照强烈，底部涂成钴蓝色的游泳池明亮耀眼。游泳池的水冷得让人惊讶，稍微游一会儿，手脚就麻痹了。我马上上到池边，和大伙儿一样躺在边上，一动不动。这时，一个年轻男人边用手指挖耳朵边走来，突然跳进一个人都没有的游泳池的正当中。他浮起来之后，好不容易爬上池边，就那么睡了过去。来了两个男的，蹲下身，摸了摸睡着的男人，然后把他抱走了。看来水过于凉。因此，其他人继续躺在池边不动，久久地望着池水。我待了一个小时左右，四点回去。夏天已经结束了。

在吉田城区。在杂货店。

筐子（打算用来放柴火）六百五十元，六根背篓（这一带叫作瘦马）的背带（一根七十元）四百二十元，两顶斗笠（干农活用）三百元，一个簸箕，合计一千六百八十元。

八月二十四日（星期二）晴

去寄火车邮件。去山中湖旭之丘下方的湾口游泳。水很清，但有风，有点儿冷。有一群童子军来游泳。水冷，所以有不少年轻人坐在游艇泊位，荡着腿，下水的人少。岸边沙地的空地上，铜管乐队正在演奏爵士乐。走调的音符往空中扩散开去。我吃了饭团回家。

两个像是商店店员模样的男人没赶上公交车，托我带他们去富士吉田站[1]。

吉田的城区正忙着准备火祭的大火把。多了许多做好的火把，沿着坡道，靠近家家户户的屋檐下，地上扔着用注连绳缠绕的火把。

在吉田的马具店买了十对背带（背篓的背带），七百元。两根滚地（为了防止拉车的马尾巴下垂而绕在尾巴下方的大颗木念珠模样的东西），三百元。两双人穿的草

1　现在的富士山站。

鞋，六十元。我问了装在鞍上的"山"[1]的价格，店家说一千二百元。

在木材厂买了一块做桌子的板，还有做桌脚的木棒。四百五十元。

傍晚开始做装在储物间里的桌子，所以晚饭做得晚了，九点吃饭。

晚　发糕，烤肉，醋拌黄瓜墨鱼，汤。只有丈夫的发糕里揉了切碎的培根。

今晚，管理处举办了夏天住在这里的居民的茶话会。我没去。

八月二十五日 晴

十二点半，去山中湖游泳。今天铜管乐队同样在空地上演奏爵士乐。万里无云，富士山仿佛笼了一层轻烟。热。我发现，湖这东西，两点左右会变得风平浪静，湖面如油。我明白了两点之后来游泳的人多的缘故。人们在泊位与泊位之间静静地游着。在水边呼啸来去的摩托车变少了，集训的大学生们在湖滨做操。一匹有着长鬃毛的出租小马，

1　鞍子，当地驮运的马用的马鞍，用皮革或木头做成。后续的日记一直写作"鞍山"。

毛色跟我们家波可的肚子一样——闪着金光的驼色,它驮着孩子,沿着岸边走,很可爱。

今天也去了吉田的马具店。鞍山一千五百元(昨天这个鞍山的价格是一千二百元。我对丈夫说起鞍山,他说没见过所以买吧。今天涨价了,还是买了)。火柴一百五十元,香烟一千二百元。这些也是马具店在卖。

还买了玉米和葡萄。吉田蔬果店的门口,瓠瓜和小西瓜正当季。

在河口湖的木材厂让他们按尺寸帮我切割做搁架的板。三百元。

在五金店买了装搁架的金属配件,一百二十元。毛巾架一百二十元。

河出书房发来全集[1]版税的银行转账通知。

院子里,地榆、黄花败酱、白花败酱、老鹳草在开花。

八月二十六日 阴

用剩下的木漆刷了北边的遮光门。

傍晚六点半,把车停在河口湖站前,坐火车去吉田的

---

1 《武田泰淳集·新文学全集》,1952 年由河出书房出版。并非个人全集,是多名作家书系的一册。

火祭。和花子两个人。在火车上遇到了关井。请他帮我们用刨子刨搁板。

吉田的城区比去年人多。大火把与架在门口的柴火的火光将我们的脸、身体和手脚都烤得火热，坐九点半的末班火车回河口湖。

在火祭买的东西。

两袋（叫作两支）棉花糖一百四十元，两串关东煮，三十元。

三张浅间神社神符，九十元。

三根滚地，四百五十元。

水果蔬菜，四百元。

火饼，一百元（仅仅因为火祭而叫作火饼。我感到疑惑，觉得看着像大福，回家一吃，就是大福）。

章鱼丸子，一百元。

往返的火车票，八十元。

八月二十七日 晴

在管理处，酱油，味淋，鸡蛋，共四百三十元。没下山。花了一整天给一颗颗滚地的珠子逐一上色玩儿。丈夫用红字在上面写了经文。我不懂经文，边翻《西游记》，边把出现的妖怪或树的名字，还有土地的名字和描写景色的句子用朱红色写在珠子上。花子用红色和绿色做了好几颗同样花纹的珠子。决定三十日回东京。

八月二十九日（星期日）晴

在河口湖买手信。

毛巾一千二百元，点心四百元，石头五百元，钱包套装一千六百元。

在管理处买了米，一袋七百五十元。停订牛奶。

因为是暑假最后的星期日，昂公路和河口湖的街道都是排队的车。河口湖已经无人游泳。傍晚，洗车。白天炎热，一到傍晚，迅速变凉。晚上，收拾了既短又长的夏天的诸多物品。第二年的夏天，习惯了在山上做吃的，外出买东西也不再白跑。今年比去年多游了许多次泳。我的脸和手脚仿佛刷了清漆。到了冬天，会多长些雀斑吧。

晚上，做了豆腐皮寿司。做明天的烤饭团。夏天结束了，要再等一年。

九月七日（星期二）阴

早上七点，出赤坂。

昨天下过雨之后，富士山彻底放晴了，从五合目到八合目能清晰地看到若干白点，像是人家，又像是石墙。

工作间的灯泡坏了，去管理处让他们换。天花板很高，所以不架梯子就没法换，不方便。付了订报费。

只有两三户人家的窗户开着，静悄悄的。下午，把储物间的搁板吊起来。

午　烤吐司，萨拉米，卷心菜。

九月八日（星期三）晴，有时多云

上午去寄火车邮件。丈夫同车。回程，进到往本栖湖的途中通向富士岭别墅的路，开到深处，捡了红熔岩，装了两桶加一纸箱。这地方的入口是菜地，进到里面便是树海中的路，有长着青苔的熔岩和红熔岩。丈夫像个孩子一样，看见红熔岩就奔过去捡，仔细看了看，不喜欢，就扔了，然后发现其他的，又奔过去。同样是红的，他也有喜欢的与不喜欢的，我捡回来，他有时会说"这个不行"。我说："你喜欢红熔岩？看到这个，我也没什么感觉。"他听了说："百合子脑子不好，所以不懂这个的好处。我要收集很多这个，铺在院子里，做成红熔岩的院子。下雨的时候可好看了。"丈夫很少用"收集"这一类的词。

鸡蛋，纳豆，苹果和桃等，五百二十元。

在农协买了肥料（复混）三百元，种子（冬菜[1]、洋葱、鸣泽菜[2]）六十元。

傍晚，把一袋冬菜种子播了一半。给梅树、苹果树施了肥。

电器行来换灯泡。车费三百元。来了一个非常高的人，在桌子上摆了张椅子，就轻松地换好了。

管理处来过朝日的电话。说是下午一点再打来。我在下午一点去了电话跟前，原来是催稿。听管理处的人说，今年冷得早。

院子里的地榆过了花期。其他草也过了花期。扔在屋檐下的蜜瓜籽长出了芽，在这时候开着黄花。关井帮忙种下的菊花开着浓郁的红花。整个院子像生了病似的。

九月九日（星期四）雨

十点半，下山寄火车邮件。

回程，在吉田的马具店买了一只鞍山、五根滚地和一把竹扫帚。共一千三百元。说是鞍山由于木头的材质不同，价格不一样。在对面的蔬果店买了二十三元的茄子。

---

1 富士吉田的特产，十字花科芸薹属，冬季种植。
2 芜菁的一种，产于鸣泽村。叶和根都可食用，常用来做腌菜。

一打啤酒，奶酪一百七十元，松饼粉一百元，青花鱼四十元，方糖一百元，共一千七百三十元。在酒水店。

午　油豆腐乌冬面。

晚　炸肉串，米饭，洋葱沙拉。

雨淅淅沥沥地下了一整天。尽管是这样的天气，旅游大巴仍陆续爬上昂收费公路。

九月十日（星期五）雨，大风

风大雨大。

下午，管理处的人拿了朝日的快信来了。说是这场风雨是台风，傍晚就会穿到日本海那边。

管理处的人被雨淋湿了，在餐厅歇了一会儿再走。这个人说，他家在胜山的富士豪景酒店附近，有许多旧物件。他环顾挂在餐厅墙上的荞麦面揉面盆和自在钩等，说道。丈夫说，听说那附近有个叫 S 的，很熟悉富士山。他说，我是 S 的儿子。说是 S 这个姓只在那一带，在胜山那边是最古老的家族，寺庙神社都出自 S 的直系。

S（指的是 S 的儿子）今天的讲述：

○我家有八个弟弟妹妹。四个男的，四个女的。除了我这个长子，其他人都去了外地。他们做沿途卖布料的买卖，大多去了北海道。我们这边有些人在庆典时（昨天是庆典）回家，一直待到一月。大多数人在庆典时回家，待到运动会（十二日举办），接下来在一月回来过年，还有盂兰盆节回来。

○这附近已经不养马了。养牛的话，卖给贩子，除了养下小牛，还能拿到钱，但养马反而费钱。就是说，马给了贩子，还要给他钱，他才收。所以买车还划算些。马在冬天不干农活的时候也要吃饲料，不划算。车休息的时候不吃汽油，划算。

○富士豪景酒店在昭和初期开工，昭和八年[1]建成。来的住客主要是德国人。战败被接收后，美国人来住，接收解除后，仍然是美国人多。

○他父亲带着外国人爬了一百几十次富士山。其他的山，父亲有时候也一个人去爬。没有昴公路的时候，从吉田口爬，花两个整天登顶。

○天皇陛下莅临的时候，献上了熔岩和越橘果酱。

谈话内容就这些。

到了傍晚，S又一次拿了中央公论的快信来。

---

1 此处有误，富士豪景酒店创立于昭和十一年（1936 年）。

晚　海苔饭团，炒茄子，玉子烧，萝卜泥。

九月二十一日（星期二）晴转阴

五点多从东京出发。相模湖有两处在修路，交替通行。在大月站买了车站便当，在昴公路途中的树林里吃。干线道路一直到管理处都在施工，于是我兜了一大圈，爬上陡坡，车在我们家跟前的坡上陷进沟里，轮胎被沙埋住了，动不了。三个修路的人过来帮忙推车，我把车开了出去。我睡了一觉醒来，关井和另外两人过来查看台风过后的情况。据说，因为台风，管理处跟前的人家，半个屋顶被掀飞了，里面的家具都泡在水里。那家人特意把树全砍了，造了庭院。周围没有树木，受风就大，而且还会有其他人家的屋顶飞过来，不好办。听说那家从东京运来双人床，搁着床的房间的屋顶飞走了，在台风期间，崭新的双人床一直湿漉漉的。关井说他头一回见到湿漉漉的双人床，"看着瘆人。"

冬菜出芽了。间苗。

九月二十二日（星期三）晴转多云，夜雨

有个女人从管理处缓步走来。拿着一张明信片。她说："百合子是太太的名字吧？"

是深泽的明信片，他询问道，你们要几棵核桃树苗？有的人会因为核桃过敏，你们不过敏吧？收件人的住址写成了"鸣泽村坡上"，听说因此一度被送回邮局，终于送了过来。

丈夫用颜料在鞍山上画了钴蓝色和朱红色的梵文、云、眼。我把鞍山挂在二楼走廊的梁上。

我用白油漆刷了花子房间的遮光窗。

九月二十三日（星期四）阴

十一点半，我去寄火车邮件。出吉田，停进月江寺的停车场，买了豆腐皮寿司、蔬菜和葡萄酒等。在河口湖的加油站换了灯泡坏掉的前左转向灯，换灯泡期间，加油站的人邀我去店里坐着，我喝了茶，吃了豆腐皮寿司。因为不好意思，我买了作为手信的登山杖形状的羊羹。还买了一罐白煤油（三百五十元）。

傍晚，火灾保险的人来了。我问了风雨灾害的补偿，结果金额实在太少，我说我要重新仔细确认，之后再续约。那户人家因为最近的台风，屋顶飞走了，双人床浸湿了，因为屋顶不是整个飞走，而是飞走一半，听说他们这种情况保险赔偿下不来。幸运的是，听说那家并没有投保，便不成为损失。

波可吃了马肉，有了精神。给浴缸烧水。

今天是彼岸的中日[1]。

早　红薯粥。

午　豆腐皮寿司。

晚　米饭，炸鱼糕，山药鱼糕，茗荷汤。

购物。白煤油一罐，机油，羊羹，转向灯，共七百五十元。

两打啤酒二千六百五十五元，豆腐皮寿司一百元，大福二十元，团子六十元。

食材，蔬菜，葡萄酒，共九百五十元。

墨水七十元。两条秋刀鱼三十元，肉三百五十元，（三团）乌冬面三十元。

清漆，油漆，三百五十元。

九月二十四日（星期五）晴，有时多云

打扫浴室。把椅子拿到阳光照射的露台上，让丈夫坐下，给他理发。还刮了胡子。

下午，松鼠来到房前的院子里。波可吠了几声，松鼠

1　春分和秋分是彼岸的中日，日本的习俗是在中日祭拜祖先。前后各加三天为彼岸，也就是一年有十四天。

立即不见了。

给车打蜡。打扫厨房水槽底下。

早　米饭，茗荷蛋花汤，炒茄子，咸牛肉。

午　手擀乌冬面（放了猪肉）。

晚　米饭，秋刀鱼，甜口红烧芋头，素雁[1]。

做了蕨团子[2]当点心。既不好吃也不难吃的滋味。

鸣泽村公有地的落叶松林变黄了。夜里，仍有某处传来施工的声响。

今天的晚霞持续了很长时间，我不时打开厨房窗户，看呆了。

十月五日（星期二）晴

九点前到山里。

晒被子、毯子，给房子通风。波可的胸腔长了癌，在住院。没有它在脚边跑来跑去，干活方便。

午　面包（三明治），鸡肉汤，吞拿鱼罐头和萝卜泥。

我一个人睡了，这时大冈［升平］一家坐管理处的吉普车来了。"你太太在睡？别叫她起来了，怪可怜的。"我

1　豆腐挤掉水分，加上切碎的莲藕、牛蒡等，做成圆子或厚片，油炸。

2　原料是蕨粉（从蕨菜根提取的淀粉），加水和糖，加热，淀粉受热糊化，然后做成团或块。

听见大冈响亮的声音，起来了。要是我的脸睡迷糊了显得怪怪的，可就糟了，我这样想着穿上衣服。他们说，正在看附近几块空着的地，顺便过来。他们看了我们的房间格局，休息了一会儿，回去了。大冈和太太还有他们的儿子一起来的。听说儿子在学建筑。跟大冈很像，个子相当高。

晚　用从东京拿来的火锅子[1]做白锅羊肉。放了白菜、香菇、羊肉、葱和冬菜。羊肉切成薄片才好吃。冬菜也好吃，因为是现摘的。

院子里的羊齿变黄了。只有蓬蘽还是青青的，青得泛黑。

大冈给了我们葡萄酒。他们临走的时候，太太小声说"我放在这儿啦"。是个沉静的适合穿和服的人。我没见过这样优雅美丽的人。

十月六日（星期三）晴，有风

十二点半，下山寄火车邮件。昴公路两侧的赤松林中有一群大妈，脑袋和两颊用头巾裹着。她们拿着缀有红果的树枝，好像其实是在找松茸。

猪肉一百元，三串葡萄一百七十元，卷心菜四十元，豆芽十元，两条秋刀鱼五十元，纳豆十五元，两块油豆腐

1　原文如此，应该是泰淳教的"洋泾浜中文"。

十二元。

一箱锯莱特 [用锯木屑做的固体燃料]。

我买秋刀鱼那家店的老板娘抓了满满一把沾着白糖的小仙贝，说要给我。我没带纸，说不用了，她直接塞进了我的上衣口袋。

早　米饭，竹轮，味噌汤（芋头和四季豆），生鸡蛋，海苔。

十月七日 早上小雨，转晴

昨晚月亮带晕，所以下小雨。上午，云裂开了，转眼间变成大晴天。

下去寄火车邮件（十一点左右）。丈夫同车。走了本栖湖跟前通往富士岭的路，去捡红熔岩。捡了两桶加一箱。

一打啤酒一千三百二十元。

味噌，煮豆，食盐，豆腐，味噌腌菜，共三百六十元。以上是在农协买的。

两袋锯莱特加三根，四百元（三根是送的）。

过路费二百元。

高山植物的书签二百元（给花子的手信）。

走老路上山回家。

早　米饭，酱汁烤肉，炒豆芽。

午　米饭，用培根、豆腐和白菜做了汤豆腐。

三点左右，我一个人去御胎内附近采月见草的种子。顺便下山加了油。汽油一千五百元。

加油站说给我免费洗车，于是在他们洗车期间，我喝了茶。比我先到的客人有两名九州口音的大妈、年轻女人、小孩、六十来岁的大叔、年轻男人、一个男孩，他们是一道的，在吃熔岩点心[做得跟熔岩一模一样的砂糖点心]。吃完后，他们买了两个富士山的大画框，是挂在那里很长时间没卖掉的，然后他们坐上气派的大车走了。听说他们从九州花了一个星期旅行过来。加油站的女工们不断佩服道："不愧是九州人，模样高雅，人也和气。"但在我看来，就只是普通的乡下大叔大妈。加油站的大叔说："像西乡[1]一样的口音呢。"前面的客人走后，大叔问了我的日常，丈夫的日常。我说我们不打高尔夫，他说："不打高尔夫，那么每天做什么呢？"我回答道，砍下院子里的树枝做柴火，割草。"面积很大呢。有两百坪吧？"我说有五百坪，他说："只种树太浪费了。把三百坪种成菜

1　西乡隆盛（1828—1877），日本"维新三杰"之一。原本是萨摩藩下级武士之子，领导了倒幕运动。明治政府成立后，西乡隆盛一度在内阁任职，因政见与大久保利通一派不和而辞职。明治九年（1876年），明治政府推行废刀令，取消士族特权。翌年，西南士族以西乡隆盛为盟主发起叛乱，史称西南战争，西乡在战役中中弹，随后自杀。

地，就能收获玉米和萝卜，用不着下来买。一个男的用耕作机，一天就耕完了。"他还对我说："明年五月底之前播种就好，那之前我去帮你们耕地。"院子变成菜地可就糟糕了，于是我说："一点点就好。"说是山下与山上的农作物种植相差二十天，山上晚。他又说："那边种地是有收成的。现在变成高尔夫球场的那一块，之前因为战争期间的增产计划，我上到那边种过赤豆和芋头，所以我很熟。"

大叔的讲述：

○原本那片地是国有土地，因为战争中的增产计划，这附近村子的人被动员去开垦，种了赤豆、萝卜、玉米、芋头等。那片地上种的即便是萝卜，样子也不好看，不过味道是柔和的，能收获好滋味的菜。所以那片别墅地也适合种东西。

○战争结束，国家把土地给了村里。○町印刷厂老板的儿子Ｃ来了，说以每坪三百元买。这时村里觉得价格很不错，开心地以八千万元全卖了。平白得到的土地卖到每坪三百元，所以觉得赚了（大叔的嗓音刺啦啦的，八千万可能是我听错了，或许是一千万）。Ｃ把那片土地上生长的松木运到东京销售，很快赚到了他付出的钱。如今想来，是以白给的金额卖掉了，哪怕加上利息也想买回来。如今在这个町，身家上亿的个人也不止一两个。有钱把地买回来的人，多的是。去东京赚钱的人当中，还有更有钱的。关于这个问题，说是要问责，町长都换了好几任。C做了两回不动产的买卖，就只是靠这个，如今是山梨数一数二的财阀。这个村子也出了好些个有上亿资产的人。就是迟了。

他说了这些。

大叔多次强调，这个町有好些个有上亿资产的人。以前，石匠们来我们家做石墙工程的时候，女工们早上过来，在开始工作前，从手腕取下手表，小心地挂在松枝上。好几块秀气的女式金表闪闪发光，垂在松枝下，我仿佛在眺望羽衣传说。然后，在休息的时候，女工们相互聊道："甲府的百货商场在促销钻石戒指。登了广告，看着比我之前买的好，再去买吧。"然后，在午饭的时候，从大门那边的草丛中传来她们若无其事又开朗的声音："如今一千万都不算钱。上亿才是钱吧。"或许那些女工们也是上亿的富豪，或是资产近亿的人。

离开加油站，我去了之前想去的富士岭的深处。捡红熔岩的地方再往里，和丈夫一起来的时候，他说"不行"，所以我没能去。已经过了四点，驶入树海中的道路，一下子暗了几分。周遭飘浮着奇妙的西斜的阳光，仿佛昏暗，又仿佛明亮，要是不早点到，回程就完全天黑了，我焦急起来，提速，但在坑坑洼洼的路上最快只能开到四十公里。过了二十来分钟，穿过了树海，来到大室山[1]的山脚（？）。

可以俯瞰红叶初染的树海，还可以俯瞰镜子一样的本栖湖。一整片芒草的原野上，站着一个大叔，望向树海的方向。他旁边有五六只鸡。这里像是一处开拓村。一头瘦奶牛躺在地上，像是摔倒了，爬不起来。有一户建到一半的空房子，砖砌了一半，像是主人连夜逃走了。屋里有小孩的橡胶靴。这里一户，那里一户，有些跟那家相像的小房子，屋顶上装着电视天线。空气好，安静，感到人们在这里过着正确的生活，但一切都显得寂寥。我往来路折返。开到镰仓往返路，经过鸣泽村一带，显得有人味儿，繁华。

回到家，我沿着大门旁边的木栅栏的边缘，往两边各撒了满满一把月见草的种子，也撒在院子里通往我家的路旁。

晚　发糕，玉米汤，西式腌羊肉，黄瓜卷心菜沙拉。

丈夫说，百合子不在家的时候，露台来了一只黑白花大猫，悠然地待着不走。我讲了开拓村的情形，说："人是不平等的。"

1　静冈县的火山大室山是著名景区。此处虽然同名，指的是富士山周边的侧火山之一，位于富士山西北，海拔1468米。

补记之前漏了的加油站大叔的讲述：

○今年松茸收成不好。梅雨季雨水太多，菌种都冲走了。有些年份，梅雨季也不时放晴，打雷，那样的年份收成好。

十月八日（星期五）阴，有时雨

火车邮件一百元。过路费二百元。火灾保险（从十月三日签约）八千零五十一元。说是这里面有四十九元返还，搞不懂是什么意思。快信七十元。

在西湖庄餐厅，炸猪排盖饭（丈夫），烤吐司（我），三个酒杯一百五十元。

两罐啤酒二百元。

十一点，下山寄火车邮件。丈夫同车。顺便去了河口湖站前的事务所，签了火灾保险的合同。证书两周后寄到东京的家。事务所的前台，花瓶里插着卫矛和芒草。隔壁的隔壁是燃气店，我让他们傍晚来换气罐。快信寄给寄宿舍的花子。一个装着木头右脚的大叔骑自行车过来，用挂号信寄了汽车驾照。也许是交还驾照。我们进了小海村，穿过隧道，到了西湖上面。在西湖庄午饭。泰淳吃炸猪排盖饭，百合子吃烤吐司和红茶。丈夫买了三个用木头挖空做成蘑菇形状的酒杯。西湖庄的大妈老了一大截。

经过根场村，穿过树海，来到镰仓往返路，绕到本栖湖。树海的红叶很美。本栖湖的隧道跟前在修，立着"炸药使用中"的牌子。路不好走，掉头。我们下到有出租船的湖滨，湖边全是女学生，正在吃午饭，或是跳猴子舞[1]。这里建成了叫作青少年健康中心的地方，一处像是运动场的地方正在加固地面。捡了熔岩。有一块又红又重的，丈夫像是无论如何都想要那一块，单独将它扔进后备厢。从鸣泽村走老路上山。正在给浴缸烧水，燃气店的人来了。因为是一个人开车来的，气罐很重，他似乎是拖着罐子从院子下来的，给我们安装了沾满泥的气罐。看起来把空罐弄上去也很难，他把罐子放倒了滚到半途，在陡坡上把它竖起来，拖着走。

傍晚，我给之前种了夏天的花的地方翻了土，将剩下的冬菜种子种下。我模仿加油站大叔播种的手势，一粒粒隔开距离，播得很好。

现在，在院子的中央位置，开着两朵大得不可思议的龙胆花。每到黄昏就扭曲萎谢，完全恢复到原来的花蕾形状，当阳光照下来，就开了。今天一整天阴着，所以它一直缩着。在御胎内跟前的草丛中也有一株这种大朵的纯蓝

1　二十世纪六十年代的流行舞，手上下舞动，状如猴子。

色龙胆。昨天我采月见草种子的时候发现了。

　　早　米饭，味噌汤，盐腌鲑鱼，鸡蛋。

　　午　炸猪排盖饭，烤吐司。

　　晚　米饭，咸牛肉，红烧竹轮卷心菜。玉米浓汤。

　　上午，R来了，说是有各种旧货。老式火枪、用金属做的杭神（我猜他说的是荒神[1]）、用杜鹃的木头（或许是枫树）做的有一百多年的胴乱[2]（似乎是旱烟斗的配件），用皮革做的鞍山。他说，有很多件，一起问个价，要不要一道去。R着重说道，这件经过百年的胴乱，仔细一看，就像大黑天[3]走路的背影，特别好。是个值钱货。他不停地说，河口湖对岸一家姓大石的要整理储藏间，我们一起去吧，星期四是我的休息天，那时一起去吧。丈夫说："总之你先把价格问清楚。"我说："我们家不买超过一千的东西。"

　　那之后，管理处的人送来朝日的森田寄来的快信，看到R在，那人说："你在这里啊，渡一直在找你呢。"

1　日本民间信仰的神，主要是灶神或火神的谱系。
2　烟草盒。
3　起源是印度教的湿婆，传入日本后成了七福神之一，其形象是站在米袋上微笑的长者，背着福袋，拿着可以敲出各种想要的事物的小锤。

十月七日（星期四）——十月七日的补记。把加油站大叔的话写下来，写着写着就长了。今天，趁还没忘，再记一下。

锯莱特工厂的人关于锯莱特的讲述：

〇锯莱特是英文名（那个人说道。可是有点奇怪。我想道，锯不就是锯屑的锯吗？）收集木材厂的锯屑烘干，干到冒烟的程度。将烘干的锯屑用高温熔炼，即便不掺其他东西，靠木头自身的成分就能固化，变成锯莱特。高温的温度非常高，用煤炭是不行的。燃烧锯莱特，制造锯莱特。完成时折断的锯莱特用来烧，昨天优惠给你们一整箱，才收一百元，仅此一回，折断的我们自己要用来做锯莱特，所以不能给你们。这项技术是美国的专利，在美国，上等人烧壁炉才用。在北海道制造了大量的锯莱特。就说了这些。

说是锯莱特工厂的人，但其实工厂只有他一个人。或许因为一直置身于锯木屑的热气中，他的皮肤白皙，面容羸弱，个子像西方人一样高，长腿，是个看起来不适合户外工作的男人。我讲给丈夫听："那个锯莱特的人，说话恭敬又严肃，长相和体格都显得有气质。"丈夫说："乡下偶尔会有这样的人。"

忘记写了。从西湖往本栖湖，穿过树海的路上，有一只铜长尾雉在我的车前方不远处走着。车开过去，它也不慌张，不起飞，慢慢地走在路上。它不时扭头，挺着胸，讶异地看着从后面开来的我们。然后它又缓步走动，到了它想要转弯的地方，走进树海当中。是只优雅的鸟。

十月九日（星期六）晴

十一点，去寄火车邮件。丈夫同车。

在河口湖站前的店买了两盘关东煮，一碗月见荞麦面[1]。一盘关东煮五十元。里面有一块墨鱼，两块竹轮，两块魔芋。至于荞麦面，大妈端着大白碗，跑到车站的荞麦面馆要了一团荞麦面，用锅煮了。在那间店买了一盒葡萄二百元，两罐啤酒一百八十元（今天便宜）。

丈夫说，去白线瀑布吧。鸣泽村附近的水田已经收割。我们在稻田中间吃了便当。从昨天起就是大晴天，树海以及山上的红叶色泽鲜明。过了本栖湖，因为在铺路，交替通行。前车的尘土扬了我们一车。进到静冈县，路变得好走了，山脚也不同于富士山北麓，是一片辽阔又明亮的景色。朝雾高原上遥遥可见星星点点的酪农村落，很适合

---

1 荞麦汤面上打一个生鸡蛋，蛋黄如月。

"草千里"一词。看起来，从早到晚晴朗的日子，阳光一直照耀在此地。进入收费公路（一百三十元），加大油门，很快抵达白线瀑布。公路边上的缓坡底下，乱七八糟地排列着好几间屋檐低矮的小小的茶屋，关东煮、山药泥天妇罗、拉面、煮鸡蛋的气味搅作一团。跟猿桥很像。走下去到瀑布池的位置，折回来。是个不好也不坏的地方。在卖裸体酒杯，所以去看了看，只是个背影。

核桃年糕（两根）二百元，手帕（两块）一百二十元，裸体帕子（一条）一百元，曾我渍[1]（两盒）二百六十元，明信片。猴子人偶一百元。丈夫还想买一件鳟鱼木雕。我强烈反对，他没买。那东西的大小和形状与虹鳟鱼一模一样，仅仅是用木头做的，傻乎乎的。买条虹鳟鱼还好些。

收费公路两侧的稻田看起来比山梨收割要晚，一片金黄色的波浪。比起白线瀑布湿漉漉又阴暗的景色，我更喜欢朝雾高原。躺着好几头牛，一动也不动，照着足足的太阳，我感觉神思恍惚。无论是近处，还是遥远的紧贴着富士山脚下的小丘上，都能看见有塔式仓房的农家。公交车停在富士急的公交车站，下来三个放学的中学男生女生，

---

1 当地特产，一种酒粕腌菜。名字源于曾我兄弟的复仇，是日本历史上三大复仇之一。

沿着草原中的路，向着遥遥可见的村庄走去。学生们都脸色红润。

在鸣泽村附近，我的车超过一辆小三轮车，驾驶那辆车的姑娘也有着通红的脸庞，眼白清澈，非常胖。她的肩上搭着一只白猫。这一带的人很少有带着动物坐车的。

三点半回家。傍晚，我正在洗车，来了只松鼠，久久地观望。我下坡到院子里，草丛中传来两声沉重的声响，咚，咚。一只黑动物在草里一动不动。也许是兔子。

因为冷，晚上用壁炉生火。

早　米饭，味噌汤，咸牛肉，海苔。

午　荞麦面，关东煮。

晚　米饭，培根，白菜，土豆，烤竹轮，烤海胆。

明天早上回去。

十月二十一日（星期四）晴

早上六点出东京。应该是前天，在涩谷一家银行的街角，一个男的像是偷了东西或钱，被人追赶，正在逃窜的他迎面和我相撞，我倒在路上。那个男的身体硬邦邦的，到了晚上，我疼得睡不着。我一提起这事，听到的人都笑了出来，并不同情我。我的右背还在痛。而且我困。

是个无风又安静的好日子。大弛峠[1]的红叶也到了尾声。边看最后的红叶边慢慢开车，十点到山里。像是下过雨，院子里的草木被打湿了。

早午饭合在一起　面包和汤。

我打算好好睡个午觉，在那之前先把晚饭的关东煮准备上，这时，来给小溪对面的房子做工的石匠们，一男两女，在午休时来玩。今天老板（外川）休息。明天要去伊豆的大仁，他休息是为了做准备。两名女工穿得厚厚的，看起来比夏天的时候大了一圈。其中一名女工讲了现在做工的 T 阁（位于小溪对面的别墅的名字。据说是精心占卜之后取了名）的女主人是多么的有钱。她的脖子上挂着二百五十万的饰品，手腕上挂着二百五十万的饰品。衣服最便宜的也要两万元，据说是睡衣一类。院子里要做一套二十五万的石椅，接下来完成。女主人说，那椅子谁都能坐——女工讲了这些。

车声传来，三个人都走了。好像是因为石头不够了，他们在运到之前过来休息。回去的时候，其中一个女的自顾自地说："我们家还没收割。心里有压力。但都是杂粮，也不用有压力。"

1　位于山梨县山梨市和长野县南佐久郡川上村的分界。

一觉睡到天黑。

晚饭　关东煮，茶饭[1]，盐腌鲑鱼。

今天富士山的雪覆盖到五合目，底下是红叶的颜色。最近的富士山的雪，像是又轻又薄地覆了一层砂糖，不像隆冬那样闪光。

院子里的卫矛全红了。一群大山雀，差不多有十只，从这根枝条跳到那根，鸣叫着。好像是孩子大了，正在练习飞行。父母正在教。看起来，脑袋上的毛尚未变成全黑，毛色参差的，是孩子。

从东京运来煤油炉、台灯、地毯。

带来的食物有：螃蟹罐头，汤，鸡蛋，火腿，鲑鱼，竹荚鱼干，沙丁鱼干，酸奶，培根，白菜，卷心菜，萝卜，芋头，柿子，橘子。

下方的高原建有一栋简易房，窗户开着。一个穿红毛衣的人进进出出。临近冬天，阿尔卑斯变得清晰可见。

十月二十二日（星期五）阴

下山寄火车邮件。

1　茶饭有两种：用茶水煮的米饭；不用茶，而是加了酱油和高汤（或仅用茶饭素）煮的米饭。此处是后者。

付了罐装燃气费三千七百四十元。

十五瓶啤酒一千六百五十元，煮豆三十元，豆腐三十元。

在罐装燃气店，他们给了我一束大朵的大丽花。粉色、黄色、红色、橙色的大丽花花束。

十月二十三日（星期六）阴，时晴

下山寄火车邮件（两人都去）。

买了啤酒等东西，从西湖穿过树海，到了镰仓往返路，回到老路。

在酒水店。魔芋四十五元，苹果七十五元，十二瓶啤酒一千三百元，三只十瓦灯泡二百七十元，一罐啤酒一百元。

酒水店的大妈喃喃道，现在红叶红得好吧。她仿佛完全没注意到，就在眼前和附近，树叶也红了。今天的红叶真是好。西湖南边的山上，根场村跟前的岩石山上，树海当中，都是红叶。红的通红，黄的黄澄澄，没法再黄一分，我感到这就是绝顶的美吧。

早　烤吐司，火腿，汤，沙拉，鲑鱼炒卷心菜。

午　芋头粥，沙丁鱼干，萝卜泥，玉子烧，味噌炖魔芋。

晚　矶部卷[1]，苹果。

我想买魔芋，一块魔芋有半张坐垫那么大，我吃了一惊，请店家切给我八分之一。因为店家说："乡下这就是一个。要切小，起码得这么大。"给切了八分之一，尽管如此，放进关东煮，剩下的用味噌炖了，还有剩余。黑乎乎的，里面有像是草的东西，倒是觉得好吃的。

西斜的日头照射下，我做了松鼠的饵料盒，放了玉米，挂在树上。

我想去看看大冈升平买的十六号地，把车开出去，方向盘很沉。左前方的轮胎爆胎了。换了轮胎，前往十六号地。正在给公路挖排水沟的人们看到我慢吞吞找路开车，说："经常瞧见这辆车。在船津也瞧见呢。"

大冈家的地，右下方能望见整个河口湖，南边能看见富士山，是块好地。

院子中央的槭树一天比一天黄，今天带了点红色。有许多龙胆。草枯了，所以看得清楚。到了红叶的季节，便能分辨出院子里有些什么树。给带来的台灯装上一百瓦的灯泡，丈夫说看东西很清楚。

1　有两种：烤年糕，蘸酱油，用海苔包裹；用酱汁腌鱼，裹上海苔烤制。
　　此处可能是前者。

院子里到处有大片的土被翻起来，管理处的人说，会不会是野猪。他们说因为"诚实约翰"火箭（好像是在北富士演习场用），野猪往这边逃过来。

十月二十四日（星期日）晴

汽油二十九升，机油零点五升，爆胎修理，共一千九百三十一元。

两罐啤酒二百元，两条羊羹二百元，秋刀鱼干五十元，两袋煮豆六十元，橘子二百元，零食八十元，醋墨鱼六十元。

早　米饭，火腿炒蛋，味噌汤。

午　米饭，秋刀鱼干。

晚　烤吐司，咖喱汤。

今天也下山寄火车邮件（两个人）。星期天的昂公路，旅游大巴不断往上开。我把爆胎的轮胎寄存在加油站，去火车站，发了火车邮件，又回到加油站。修轮胎的时候，我们坐在广场的长椅上等着。说是爆胎的轮胎没有扎到钉子，是由于内胎与轮胎内侧的摩擦，导致内胎磨损破裂。加油站的人说："轮胎也有做得好的和做得不好的，看运气。这个轮胎的内侧皱得厉害，所以内胎会磨损。用这个轮胎再跑个一两千公里，最好就换一个。"

加油站除了汽油，还卖土特产，此外，现在开始卖关东煮。今天是星期天，所以他们全家都在工作。

　　我载着丈夫去了之前一个人去过的开拓村。之前来的时候，日已黄昏，天阴阴的，今天则是在明亮的正午的阳光下，开拓村安详又寂静。龙胆花开了满地。一个人都没有。我爬上一座小山坡，发现小山坡是牛粪堆成的。

　　回程，在常去捡熔岩的地方捡了两桶红熔岩。

　　傍晚，铺了红熔岩的露台下方，有只松鼠跳了出来。它的嘴里满满地衔着掉落的狗毛，像咬着棉花糖，它环顾左右，然后慢吞吞地左蹦右跳，消失在旁边的林子里。它有条大尾巴。

十月二十五日（星期一）晴

　　下山寄火车邮件（两个人）。

　　给潮出版社发了电报：二六日昼返东京。

　　每次都在寄完火车邮件后，到车站对面的店里买易拉罐啤酒，只买在车里喝的量，发现车站的小卖部也有，今天在车站小卖部买了两罐。很冰，两罐一百五十元。今后不在对面的店买任何东西。

　　顺时针绕了一圈山中湖。这里的红叶也美。大树很多。别墅和公司宿舍都关着遮光门窗。在叫作"崖之森"的地方停车，俯瞰着湖，待了一会儿。

回程，在加油站买了他们在售的山药，大叔说"送你"，不肯收钱。因为不好意思，我买了两只滑菇罐头，还有味噌腌牛蒡等。结果他又给了两盘关东煮，说"送你"。不花钱吃了。大叔搬了椅子到我们旁边坐下，聊天。说是他老婆今天去了东京的某某会馆玩。还有他老婆昨晚高兴坏了，睡不着。

今晚，正在吃饭，有只黄鼠狼哧溜溜像滑过去一样穿过铺着红熔岩的院子。给松鼠的食物被吃得一干二净。是黄鼠狼吃的吧。

晚上，有许多星星。我开门发出响动，刚走到外面，就传来动物匆忙从草丛间逃走的动静。是黄鼠狼吧。

早　米饭，咸牛肉，剩下的关东煮。

午　米饭，白菜豆腐培根火锅。

晚　咖喱汤，手工饼干。

火车邮件一百元。易拉罐啤酒（两罐）一百五十元。滑菇（两罐）味噌腌菜等，六百五十元。

十月二十九日（星期五）晴朗无云

引擎有问题，折腾过后十点半出发。丈夫烦躁。在赤坂公寓门口的路上，两名妇人在聊天："这天气，真想装进罐头里。"我们从御殿场兜过来。过了二子玉川后，在厚木的田野当中的火车交道口，在厚木的商业街，一路有三四个地方塞车，等了一会儿。之后就是秋天无比晴朗的公路。在野鸟园前的广场上休息，把狗放出来。在小卖部买了啤酒（二）、咖啡牛奶、明信片，共三百六十元。

在野鸟园的公交车站，只有一对年轻夫妇带着个男孩在等下山的公交车，此外就没人了。休息处餐厅的女店员坐在客人的位子上打算盘，对她说要明信片和易拉罐啤酒，她半天都不起身。

开过去三四辆自卫队的吉普车，像是翻过山过来的。还有队员举着枫树红彤彤的大树枝。从笼坂峠往山中湖的下坡，道路在施工。山中湖的红叶依旧很美。水量比夏天多，那会儿来游泳时停车的地方已经在湖里。

晚　米饭，盐腌鲑鱼，蒸比目鱼，味噌汤。

给波可做了炒火腿。

十月三十日（星期六）晴

云蒙蒙的晴日。每当有大片的枯叶落下，波可就睨着声响传来的方向，呜呜叫。

我摘下玉簪的种子，第一次看了里面。玉簪的种子是这样一种结构：枯萎之后，种壳裂开，里面的种子变成羽状，一粒粒排列着，风一吹，就轻飘飘地散出去，落在各个地方。羽翅是像黑色螋那样全黑的羽。

出去散步的时候，在北边下坡的树荫下，有三朵橙色的大蘑菇，伞缘是红色的，仿佛地上搁着内脏。去年也在同样的位置长过。雪变厚之后仍在雪下保持着绿色的草，如今叶子长大了许多。这种草在我们院子里也增多了。据说在下雪的时候会成为兔子的食物。藏青色的富士山一直到五合目都有雪。雪因为昨天今天的晴朗融了一点儿。透过旁边的林子能看见结着红果的树枝，我摘了来，插在三得利的瓶子里。有光泽的果子，像刷了红漆。在图鉴查询，是忍冬科的"荚蒾"或"宜昌荚蒾"。写着可食用。我想要吃，丈夫抓住我的手说："别吃！会满地打滚的。你吃菜就好了。"他声音颤抖，含着逼人的怒气："你不要每次晃晃悠悠出去散步，随便就把路边的东西塞嘴里。上回难受得死去活来的，你还不长记性吗？"

十月三十一日（星期日）雨

十点，下山寄火车邮件（两个人）。河口湖站满满的都是来富士山的年轻人。西方中学生的团队，其中有的在喝牛奶，有的在买可乐。一个西方女生背着吉他。我们买了易拉罐啤酒和香烟，去本栖湖看最后的红叶。有种红叶

172

季差不多今天就要结束的美。要是有太阳，该多好啊。每次都觉得红叶的美就要到头了，一次次来到红叶当中，不过今天真的就要到头了。本栖湖畔停了二十辆左右的车。也有人从头顶罩着雨衣，望着雨中烟蒙蒙的水面。水面笼着烟，只能看到离岸近的地方，水面有茶色和蓝色的条纹。我们在小立[1]的酒水店买了一打啤酒。店里今天进了两桶煮好的章鱼（大章鱼的触手）。说是今天是大安吉日，婚礼多。酒水店深处的榻榻米客厅也聚了一群人，一名穿着正式的灰西装的大叔进了店，说："老师，请往里坐。"我们脱了鞋，上到客厅。

一打啤酒一千四百四十元（说是从这回起涨价五元），纳豆十五元，橘子二百元（酒水店的大妈推荐道："是本地人种的。可好吃了。"结果这橘子不好吃），饺子五十元，以上是在酒水店买的。在车站，易拉罐啤酒一百五十元，香烟八十元。

在加油站，加了一千一百五十元的油。今天没下车，说"我们马上就要上山"，于是大叔盛了两人份的关东煮到锡纸碟里，加了两副筷子，拿到车窗给我。因为下雨，只来了往常十分之一的客人，关东煮有富余，所以送给我

---

1 山梨县南都留郡富士河口湖町的地名。

们。大叔来到窗前，问："今天已经寄走了吧？"说的是火车邮件。

我慢慢开车，避免关东煮洒出来，在赤松林停车，吃了关东煮。有魔芋、竹轮、炸鱼糕、海带和鸡蛋。煮鸡蛋不知道是不是在关东煮的汤汁里泡了好几天，像熏鸡蛋，好吃。

我们把车停在大门口，在车里听了一会儿收音机。有一首说是《辛辛那提小子》的主题歌，好听。据说是眼盲的黑人[1]唱的。

刚吃完午饭的年糕，厨房门口有人小声说"打扰了"。是潮出版社的志村。他坐十二点半的火车来的，带了座谈会稿子的校样。我摆上啤酒、螃蟹罐头、奶酪和萨拉米，吃了这些，他看起来没吃饱，于是我端出裹了海苔的年糕。

开车送他到车站。雾变浓了。送完回来，在收费处买了次数券（今天上下山好几趟。好像我们家的车每天过的次数最多，收费处的人建议："买次数券好了。多送一张，等于打九折。"）。

次数券不在收费处的窗口销售。我去了建在一旁的事务所，好像难得有人来买次数券，男员工去旁边房间问发

---

1 雷·查尔斯·鲁滨孙（Ray Charles Robinson,1930—2004）演唱的《辛辛那提小子》（*The Cincinnati Kid*）。

票的写法，又出门去另一栋楼拿发票过来，然后才在桌前坐了。写发票的时候，他先在空中写，然后写字。就写一个字，他都"呜呜呜"直喘气，仿佛在低吼，冥思苦想着写下，立即说是写错了，刷刷地撕掉，把纸团成一团。真慢。事务所里摆着许多张桌子，读到一半的《每日图片》《读卖新闻》《山梨时事》等就那么摊在桌上，还摆着名为《关于高速公路的知识》的印刷品。黑板上贴着高速公路上竖着的几种交通标志。乍看悠闲的工作，似乎也不容易。像是要接受培训。

早　粥，蟹肉炒蛋。

午　烤年糕，关东煮。

晚　米饭（鳕鱼子鲑鱼茶泡饭）。

明天早上回，所以我在收拾完之后，做了在车里吃的饭团。

露台跟前的松鼠饵料盒，白天有睡鼠来了，吃了。睡鼠在雨中也跑得像飞一样。

晚上，我想看松鼠来吃饵料的情形，所以没关遮光门，把灯光稍微转朝院子，写这篇的时候，不时久久地凝望松树那边。今晚，雾气从院子的高处席卷着落下来，连露台上也落了雾气。尽管雾气浓厚，却是满天星斗。月亮带了月晕。

十一月八日（星期一）阴，夜里有雨

十点半（早上）出赤坂。从大月走。

在河口湖火车站停车，吃了车站的乌冬面。我要了阳春面。丈夫要了天妇罗（放了精进炸）乌冬，两碗一百二十元。一个瘦削的红脸膛大妈正在将大量的牛蒡切成丝。她在切菜的间隙煮乌冬面给客人。上车后，丈夫不快地说："那个女的实在是爱答不理的。"来山梨有两年了，我们在各种各样的店里买过东西，还是第一次遇见这样冷冰冰的、待人毫不和颜悦色的店家。这个女的是傻瓜。

富士山一直到山脚都深深地笼罩在云里。今天的报纸上登了，在八合目有人遇难，两人死，两人重伤。过了御胎内的落叶松林的树叶红了，成了纯粹的橙色。树干像焦了一样黑黝黝的，橙色仿佛在燃烧，看起来近乎金色，很美。

大门口停着吉普车。来了三个男的，为了过冬，来调查水管和管道的防冻措施。他们很快回去了。

进到昏暗的家中，在壁炉里生起火，让屋子暖和。暖起来，丈夫就睡了。

晚　米饭，烧卖，炒腌白菜。味噌汤（豆腐、菜苗）。播种的冬菜长到二十厘米。摘了菜苗作为味噌汤的料。

丈夫吃了饭，又睡了。

十一月九日（星期二）暴雨，午后转晴

　　昨天一整夜狂风暴雨。上午刮西风，下雨。西面的天空放晴了，去寄火车邮件。站在大门口，河口湖上挂着彩虹。坡上公交车站旁的马路塌了一块，过不去，我停下车，从后备厢拿出铲子，把路用泥填平。高尔夫球场一侧地势最低的地方出现了大水坑。我试着扔了块石头，好像很深。一辆吉普车过来，若无其事地穿过水坑走了，我选了吉普车驶过的地方，想要一口气开过去，结果浪翻起来，右前方的轮胎深深地沉下去，车不动了。右前轮不断往下沉，我想要是浸水就糟了，慌忙重新点了两三次火。引擎顺利发动，从水坑出来，越过一个小坡，刚下坡，车熄火了。这次怎么也发动不了。我拿出《汽车虎之卷》[1]，读了"熄火的情况下，泡水的情况下"，结果只写着对汽车来说水是大忌啦，要避开水坑啦，还有进到水坑里就会熄火所以要尽快开出水坑。路上没有车经过，于是我留下丈夫在车里，走到附近的工地宿舍。立即有两个人开吉普车过来。"是这里吧。"说着，他们把散热器上像是橡胶袋的部件卸下来，里面有水，洒了出来。他们说，用布把水擦掉了，但是光用布不彻底，往下开的时候又会熄火，所以要

1　驾照笔试备考资料。

用宿舍的机器帮我们弄干。光用布擦过，引擎就发动了，就这样开到宿舍，他们用往轮胎里充气的设备帮忙把橡胶袋弄干。其中一个告诉我："尽量不要开到水里。就算浸水，懂行的人马上能弄下来擦拭，但这个部位如果不懂行的人拆卸，就很难嵌上去，所以最好别动。"两人当中年轻的男的一直在默默地帮忙，补了一句："太太的车，橡胶破了。"因为破了，所以进了不少水。从宿舍里传来热闹的笑声，十来个在高尔夫球场工作的大妈吃完午饭，正要去上班。丈夫摘了帽子，说"谢谢"，他深深地鞠了一躬，因此一抬头就满脸通红。

寄完火车邮件，到酒水店买了两打啤酒。给宿舍的人买了三百元点心。酒水店的大妈感冒了，在里面躺着，一名上门看诊的旧时风格的医生带着护士，正要回去。

在加油站买了三罐煤油。说是会送到家。他们说帮忙洗车，于是在洗车期间，我们进到店里。有客人进来，六个大人和一个孩子，坐的是山形车牌号的日产公爵。他们狂买土特产，买了富士山的镜框、登山斗笠、登山杖形状的铅笔和羊羹等一大堆东西，最后说让老板把非卖品送给他们，那是个相框，从五合目拍的富士山的照片。说是作为交换，下次来的时候，会带上藏王树冰[1]的照片相赠。他们买了许多卖不动的土特产，所以大叔把照片送给他们，用报纸包起来。

又开始下雨，我们赶忙回去。来到刚才的水坑，水没下去多少，我知道橡胶袋是破的，于是停车，丈夫进到水中，用手摸索排水的地方。他找了一会儿，堵着的泥突然松开了，水发出响声，被吸了进去。丈夫一脸得意地站在水中。

我们吃了吐司和汤当作晚午饭，吃完的时候，两个年轻人从加油站送来煤油。他们说这栋房子很好找。我端出梨罐头和红茶，让他们歇息。刚开始，他们有些瑟缩，很快便混熟了，帮我们往壁炉里添柴。戴眼镜的瘦高男子（二十岁左右）讲了不少话。

加油站的年轻人的讲述：

○这一带的人要去玩，就去吉田。吉田有七十间酒吧，五间电影院。也会去御殿场。还有人去沼津[2]打小钢珠。下了班，开车去沼津打小钢珠，半夜回来。

1　山形和宫城境内的藏王连峰在冬季特有的景象，松树覆盖着厚厚的冰雪。
2　静冈县沼津市，离日记中的加油站约55公里。

○加油站的老板以前是面料批发商。他没有驾照，完全不懂车。他就只是吵吵嚷嚷地转来转去。他连引擎盖怎么开都不知道，问客人又没面子，凌晨两点半跑来我家把我喊起来。我家在加油站后面的农田的那头。老板喜欢挂招牌，招牌店的人经常来问有没有业务。他新近做了"免费洗车"的牌子，我们的手脚都泡皱了。

另一个男的（二十三四岁）脸上带着刀疤模样的疤，不时低声附和"嗯""对"，他一会儿调整壁炉的火，一会儿添柴，其他时候一动不动，他有着英俊的面庞，让人在意他脸上的伤，想要问一问缘故。"阿宣两年前喝得大醉开车，一头撞在水泥砖墙上，受了伤。不过，这个伤很酷吧。"爱说话的那位解释道，叫阿宣的男人低着头。他们留下一箱山药（装着六根），说是加油站老板让带来的。有伤疤的那个人只喝了红茶，没碰梨。他平时像是只喝酒。

早　米饭，炸鱼糕，味噌汤。

午　乌冬面，吐司，汤（鸡）。

晚　米饭，高汤山药泥，烤了青花鱼干。

晚上有星星，晴朗无云。我今天都没正眼看富士山。

十一月十日 晴

　　下山寄火车邮件。去了吉田，找做格子移门的建材店。问了马具店，说"早川"做，去了"早川"，说是要到十二月才能做好。"早川"告诉我，从车站的十字路口下坡，左边有家建材店，我去找了，没找到。这条路有很多织坊。院子里晾晒着染成红色和钴蓝色的闪亮的线。是在织朝鲜服装的面料，还是在织大衣面料呢？

　　在河口湖的家具店询问，他们让我去旧登山道入口左侧的木工店。等我去了木工店，店家说他们的车去了甲府，没有交通工具，所以没法上山。我答应接送，载上师傅，S 木工店一个叫阿守的人。

　　报价预计一万五千元。黑色涂漆的门框，上下装上有木眼的板材，中间做成格子。是丈夫的要求。上下装上木眼板材是那个叫阿守的人的意见。我送他回到木工店。今天跑了两个来回。收费处的人说"你上山次数真多啊"，像是不好意思地撕了最后的第四次的票。尽管如此，他也没给我免费。

十一月十一日 晴

　　今天没有稿子，所以一整天没下山。

　　昨晚突然变冷了，今天早上有超过五厘米的霜柱。菜地播种晚的地方起了霜，根被拱起来。傍晚给车打蜡。波可跟过来，站在门柱顶上，久久地望着西边的远方。等我打完蜡，它跟着我回了家。

去管理处买酱油。管理处空荡荡的。主任端正地穿着西装，呆呆地站在中庭。他们没有酱油卖，用管理处的酱油给我灌了三得利角瓶[1]满满一瓶。我买了两盒喜力烟。零食好像是夏天卖剩下的，没买。小卖部卖剩下的东西：味滋康醋的中瓶，酱汁，面粉，灯泡，盐，蜡烛，色拉油，糖，巧克力，方便面，牛肉大和煮[2]罐头，墨鱼罐头。把鸡蛋放在里面卖的箱子仍旧装着糠，空箱子就那么放着。

主任打开电视。我们两个人在没生火的屋里看相扑。

主任问："东京的经济如何？"我说："不清楚。""走在街上感觉到的氛围，还是不景气吧？"他又更详细地问了他的问题。我说："赤坂一带不断建起高级公寓，没人买，到了夜里也没几家亮灯。酒店的业主也有变动。从前只接待熟客的酒店，如今也让普通旅游大巴的团客用餐和参观。"主任深深地点头，说："这样不景气的原因究竟是什么呢？"他说的似乎是最早的原因。我说："不清楚。"

1　三得利的威士忌品牌。
2　用酱油、糖和生姜等炖煮，比红烧的口味更浓，多用于罐头制作。

他问："美国怎么样呢？也不景气吗？"我回答："美国的情况我就更不清楚了。""韩国的问题呢？""不清楚。""日韩如果缔结条约，会赚钱吗？""有人会赚大钱，所以那个人会签约吧。""现在什么生意赚钱呢？"我思索片刻："我家附近有个当铺老板娘，那人因为生意好，一直在笑，所以当铺的生意是赚钱的吧。"主任说："这一带的主妇出去赚钱，自己掌握现金，所以强势。"聊这些的同时，我看了桌上的报纸。团十郎[1]十日死于胃癌，报上登了家人和后援会的人伤心哭泣的照片。

这时天色暗下来，两辆吉普车先后上来了。关井在车上。我跟他说了厨房门锁的事。明天给我们换新的。因为突然冷下来，在外面做工程的人慌忙回到管理处。他们在小屋换衣服，准备坐下山的末班公交车。不久，末班车上到管理处。他们相互大声喊着，确认没有人落下，慌忙上了车。公交车左右晃着红色尾灯，开走了。冬天来了。

买了两盒喜力烟。

最近，每天做一回高汤山药泥。丈夫的牙变少了，说是吃这个容易吞咽。

工作间（和室）天窗的缝隙有风进来，贴了胶布。

1　十一代目市川团十郎（1905—1965），歌舞伎演员。

十一月十二日 晴

我昨晚用壁炉的余火点了煤球，做了两个保暖包。

今天早上的风很冷。像正月的风。

早　米饭，咸牛肉，萝卜泥，海苔裹年糕，汤（洋葱）。

十点半，关井来换门锁。仓库的门锁也有问题，让他帮忙修。要嵌在移门上方的窗帘轨也长了些，让他帮忙截短。

门锁一千二百元。

还拜托他按照南面邻居的院子，在斜坡较陡的地方嵌入圆木，做出台阶。在今年内做好。

下山寄十二点半的火车邮件。富士山的顶上缠绕着白云，其他地方万里无云。

去加油站买山药。大叔谢谢我们送的书，说："山药我送你们。一次给很多的话也不好吃，所以一点点给。"说着，他拎了两个大的过来。我买了装在稻草包里的山药，作为给东京那边的手信，他给了优惠价，一百五十元。

买了次数券。御胎内的检票处没人，我们直接上了五合目。六月之后第一次来。二合目往上，冰柱从悬崖挂下来。在奥庭入口附近折返。把车停在三合目的树海台，去看圣母像。之前没有立牌，所以没留意这里有圣母像。据说是从意大利来的，巨大的玛利亚是白色大理石做的，怀抱耶稣伫立着。耶稣和玛利亚都戴着王冠。玛利亚的脸有种不讨厌的威严。背景的混凝土墙上嵌着来自世界各国的玛瑙和石英等贵重的石头，有些石头雕着赠送的国家名。还有块天照大神的石头。从玛利亚伫立的平台上能看到河口湖、三之峠山[1]、御坂峠和高尔夫球场。我们离开的时候，一个外国神父带着信徒模样的一男二女爬上来看玛利亚。男的像是东南亚人。

丈夫捡了熔岩。御庭一带和玛利亚像周围都流动着特别冷而厚重的空气，我们急忙进到车里。从大泽崩往上开一段，落石很严重。路上落着脑袋大小的石头，还有崩落的泥。是因为之前的台风吧，倒伏的树也不少。

午　牛肉乌冬面。

晚　米饭，洋葱炒肉，可乐壳店的可乐壳（百合子）。

因为明天早上回东京，做了便当的烤饭团。波可早早地吃了马肉。

收拾完，洗了厕所和浴室，撒了茶渣[2]，打扫了二楼的房间和台阶。

扔垃圾的时候顺便给车加水，带着灯出了大门。正好有一个大得让人惊讶的黄月亮从河口湖那边升起。

1　山梨县的高山。有两种说法：三之峠指的是开运山、御巢鹰山、木无山的三座山顶；或仅指开运山。

2　用茶渣可将地上的尘土拢住，便于打扫。

富士山呈现全黑的形状。今晚好像也会冷。

最近每晚在屋里听风吹过，宛如隆冬的声音。

肉，马肉和猪肉共一百九十元，四个可乐壳四十元，螺钉等三百五十元，易拉罐啤酒一百六十元，火车邮件一百元，次数券二千元，山药一百五十元，笔记本和透明胶布以及昭和四十一年[1]年历一百三十元。

十一月二十三日 阴转晴，庆典日

早上六点十分左右出发。

装在车上的东西。八卷塑胶格子门纸，移门的和纸，搁板的板材，胶水和食材。

今天是庆典日，路上轿车多，不过没有步行的学童和上班的人，好开。

在田野仓的隧道边休息。尼寺[2]的红叶很美。

去了建材店，让他们明天两点半左右来。去加油站买了山药。给我们打了折，说一袋一百五十元就行。袋子里装了六个。院子里开始砌圆木台阶。地上有霜柱。

到家后，马上沏了热茶，吃了鳟鱼寿司、腌白菜、煮豆作为午饭（也是早饭）。

1　1966 年。

2　山梨县都留市田野仓的地藏堂尼寺。

午睡到三点半。之后，往山药泥加了鸡蛋和海苔碎吃了。像冰激凌。

五点晚饭　米饭，照烧[1]金枪鱼，萝卜泥，土豆味噌汤，高汤浸小青菜洒辣椒面。

被窝里放了两个品川暖包[2]。六点，丈夫匆匆睡了。

我在工作间的坐垫下面垫了地毯。黎明时工作的寒冷或许会有所缓解。

有许多的星星。

十一月二十四日 晴，暖

昨晚很暖。

阳光开始照耀，晒了被子和毯子。

上午，丈夫劈了柴。

打扫壁炉的灰和餐厅。吃完午饭，建材店来了两个人。之前的阿守和另一个十八九岁的年轻人。两人差不多高。年轻的跟深泽的体型很像。阿守穿着鼠灰色的衬衫和卡其色裤子。年轻人穿着鼠灰与红色格子古巴领衬衫和鼠灰色裤子。两个人都穿着藏青色二趾鞋。他们立即量了格

1　涂上酱油为基底带甜味的酱汁，烤制。
2　一种取暖用品。防火传热外壳，内装点燃的炭球。1959 年发售，至今仍在销售。

子移门的尺寸，然后把移门拆下，在露台给门装和纸。做完后，我让他们用胶水给工作间的天窗粘上塑胶门纸。因为位置高，在桌上架了梯子。事情比预想的麻烦，觉得他们有点可怜，但他们毫无厌烦之色，麻利地干了。完全不敷衍。我也在梯子底下帮忙扶梯子，应声递尺子刀子，收拾纸屑，觉得自己仿佛成了建材店老板娘。我帮忙是为了让他们尽可能方便地工作。仿佛成了以前来这里的装水管的大叔和他的女搭档。

太阳开始下山的时候，做完了。我把匆忙做好的甜甜圈和仙贝一起端出来，让他们歇会儿。说是格子门一扇三千五百元，工程费五百就行。他们的工作让人愉快，所以我给了一共一万三千元。他们收拾了摊在露台的工具，从院子的坡跑上去，坐上车走了。这一带的人好像不喜欢天黑了还在山上。

我用壁炉生火，感觉比之前暖和。丈夫想到装格子门，并把天窗的玻璃做成两层，而建材店的人技术好，我不断地感慨并称赞他们双方，等到打开玻璃门一看，原来今晚外面也非常暖和。

今天早上起来就停电。据说从昨晚到今天上午，山上和山下的村子都停电（昨天建材店的人这么说的。说是因为停电，所以下午来）。下午来了电。

早　米饭，酒粕腌鲑鱼，萝卜味噌汤，萨拉米。

午　烤吐司，西式蛋饼，卷心菜，汤，高汤山药泥。

晚　海苔裹年糕，煮豆，腌白菜，鸡汤。

付给建材店，一万三千元。

今天一整天能清晰地望见阿尔卑斯。阿尔卑斯在下雪。

十一月二十五日

　　★从凌晨一点左右开始下雨，暖和。我写不出稿子[1]，心里难受。

　　也有停电和残留的胶水味儿的缘故。相应地，半夜起来也不需要暖炉，只用电被炉就够了。

——泰淳记

十一月三十日　晴

　　十一点不到出东京。公开交规监管的白摩托在甲州街道来回飞驰。过了仙川丘比沙拉酱公司的下坡拐弯处，有辆白摩托凑过来，让我停车。我吃了一惊，心想，我明明开得不快，而且也遵守了红绿灯。又要被收掉驾照，让我去机动队吗？

1　可能是小说《十三妹》。

白摩托礼貌地提醒道："你后面的刹车灯不亮。用力踩的时候才亮，这样的话有危险，会被紧贴在后面的车追尾。请你马上到附近的修理厂去修。"我说我要去山梨待个两三天，他说之后也行，等车修好，开去野方[1]的白摩托机动队给他们看一下。他在前面的挡风玻璃上贴了写着"故障"的红纸，又在白纸上开了两张证明，写着因为故障给过警告，可在东京山梨之间往返。他说："车检不到位，这个就算了，修好了给我们看一下就行。"我可不想被追尾，到府中的路上有一间加油站兼修理厂，便开进去。我说我被白摩托抓了，快帮我修，店里的人哈哈笑着说："是开关的问题，换个开关就好。"两个人一起很快换好了。三百八十元。我要了张证明，写了工厂的名字，盖了章。这里的人穿的是一样的灰底红格子羊毛衬衫。

花了不少时间，所以在路上一家招牌为"旅行废墟"的店点了鸡蛋乌冬面吃，又买了两袋橘子。我还喝了咖啡牛奶。

三点抵达。入口堆着一大堆松木桩。好像是要用在我们院子里的。

煮了赤豆糯米饭，烤了沙丁鱼干。还有酒粕腌山葵等。

1　东京都中野区。

换开关三百八十元。两袋橘子二百四十元。乌冬面一百四十元。两瓶牛奶五十五元。

十二月一日　晴

今天不寄火车邮件。早饭后，关井带着三个人来修院子。其中一个人在工作的时候一直在唱歌，或是哼浪花节。波可每次听到他的声音，就害怕地吠叫。丈夫说，狗叫声太吵了，没法工作。我给衣箱铺了毯子，放在仓库里，把它放进去。狗感到安心，安静下来。

十一点半下山。车上装了三打啤酒的空瓶。为了换丰臣工业的煤油炉的炉芯，把罐子装上车。富士山一直到四合目都有雪。闪闪发光。山显得很近，仿佛压将过来。我先去了肉店。肉店还没把肉陈列在橱窗里。为了给来修院子的人做茶歇，我想做炸肉串，买了四百克腿肉，二百克马肉，四百三十元。然后去五金店。今天是定休日，白窗帘紧闭。这附近的店基本都关着。星期三是这一带的定休日。第三家，我去了往前五家的茶叶店。这家店只开着一扇玻璃门，窗帘掩着。我走进去，说了差不多五次"打扰了"，阿婆从里面出来了。虽然是定休日，也卖给我。她问："是——家的人吧？"我说"不是"，她仿佛不可思议地久久地望着我的脸，于是我说："我从一合目底下靠近高尔夫球场的地方下来，定休日，到处都关着。"她问：
"山上冷吧？富士山一有雪，那边就会吹冷风。很冷吧。
您来做什么？"

二百克焙茶一百三十元。这条路今天在做电话工程，
半边马路到处被挖开，用黄色和黑色的板围上了。女人都
穿着臃肿的和服短外褂，像在年底。

接着去啤酒店。买了三打啤酒，两块炸鱼糕，炖菜味
精，豆腐，草莓果酱。四千九百五十元。丈夫说"想吃草
莓酱儿，想吃草莓酱儿"，所以买了。大妈给了我半份她
自己做的腌白菜和一袋炒蚕豆。她说："前一阵的晚上，
我从河口湖对岸看向高尔夫球场的方向，有一串漂亮的灯，
我说哎呀，住了不少人呢，结果别人说，那是公路的灯。
现在冷了，已经没人住了。太太您一直住在这边吗？""我
们昨天才来的，除了我们，没人住。""有一回我坐车上到
NHK 的富士山转播塔那里，盖了好些房子，我兜了一圈，
觉得那个也不错，这个也不错。太太的家也在那当中吗？"
我说："等到夏天，明年你来玩吧。"大妈的大嗓门愈发响
了，开心地说："一定哦。希望你一定喊我。"然后她和茶
叶店的阿婆一样问："山上冷吗？最近。"说不定这是这边
的人到了冬天寒暄的方式。大妈强势地劝道，今天其他人
都不在，上来到被炉里歇会儿吧，但我不想进屋，拒绝了。

然后去了煤油炉店。三个红脸膛的年轻人面向办公桌，打开了方形饭盒，只把脑袋转朝这边，回话时嘴里塞满了食物。便当好吃极了，所以他们在细嚼慢咽，像是一刻也不想离开座位，我从远远的门口大声说明哪里有问题，让他们明天之前修好。

　　接着去了建材店。关井给了意见，工作间的防寒，如果用三合板将靠近天花板类似气窗的位置堵住，就更完美了。我打算买三合板，顺便要上回的格子门的发票。这边也在吃午饭，说是大伙儿都去了稍远的住家那边。老板娘和一个小男孩在工坊，两人把不知是乌冬面还是荞麦面的面条往碗里的热汤浸一下，吸进嘴里。老板娘吃到一半，来到外面，在地上用手指画了前往建材店住家的路。我也想吃热乌冬面了。老板娘边说话边咳嗽，散发出鱼干的气味，所以我有点想吃。建材店的家是那一带的人家当中最大最新的，屋顶是蓝色的。我到了跟前，但想到难得的午休时间，让他们回到工坊切三合板，有些不忍，所以我没去，打算明天再来，上了山。三打啤酒在背篓里，感觉会磕坏，我把车开得静静地上山，让背篓不要晃。

　　回到家，立即做了午饭吃。

　　三点喝茶的时候，修院子的人们去拿木桩，不在。他们黄昏回来。变冷了，我让他们进到餐厅，开了啤酒，端出炸肉串。当我给壁炉生起火，他们忽然不再怕生，毫不介意地吃吃喝喝。

听他们说，如果来年四月种下四季豆和土豆，五六月种下黄瓜苗，就有很多可吃，不用下山买。

今天有人进进出出，加上狗叫，又把平时端到外面的茶放在餐厅，所以茶歇拖了很久。丈夫好像没写成稿子。

早　糯米饭，玉子烧，萝卜泥，芋头味噌汤，裙带菜洋葱沙拉。

午　烤吐司，鸡汤，火腿，果酱。丈夫抹了很多他期待的酱儿吃。

晚　米饭，白菜培根豆腐火锅。

突然变冷了。临睡前关了总阀。今年冬天第一次。往厕所倒了防冻液。

两袋锯莱特三百四十元。

十二月二日　晴朗无云，从昨晚开始气温骤降

丈夫说，半夜起来之后，特别冷，所以他忙着生壁炉，燃起暖炉，让屋子暖和起来，完全没写稿。昨晚买的锯莱特还在车上，我忘了拿进来。只有柴火，好像很难烧。

今天一早去寄火车邮件。发动引擎，但是打不着。打开引擎盖，散热器的水冻得硬邦邦的。昨晚降温，所以我

把总阀关了，可我忘了车没加防冻液，没有把散热器和引擎的水排掉。我用水壶浇了热水，给院子做工程的S他们三个人乘卡车来了，在我跟前下车。他们说，山上的车从十一月起要加防冻液。晚上会突然降温，要是没加防冻液，会彻底完蛋。昨天早上这辆车没事，是因为前天夜里难得暖和。我倒了三壶加一大锅热水让冰融化，发动引擎。引擎发出像是卡住的声响，发动了，接着开始散发出像松饼的气味，接着变成一种焦臭味，从引擎盖的缝隙不断有烟冒出来。

　　S在院子中间开始工作，我到他跟前说："车好像有气味。""这就怪了。又不是尾气。你是把风阀拉到底了吗？"我告诉他："是一股焦味儿。像在烤松饼。像车子烧起来了。"S和另外两人慌忙来到车旁。他们打开引擎盖查看。风扇的皮带在转，但是风扇不转。发现是因为摩擦而焦了。他们说，散热器的冰虽然化了，是不是引擎还冻着呢，于是排掉引擎的水，又浇了一大锅热水。有人爬到底下一摸，引擎流出来的水像冰水一样。"引擎居然没裂。运气真好。要是再冷一些，引擎会整个坏掉。"这回不点火，手动发动引擎来查看，关井说："在漏水。"懂车的那三个人不理他："刚浇了热水，剩下的水淌下来了。""因为排了水，是排出来的水。"不懂车的关井坚持道："不对，滴滴滴滴，有规则地在漏。是哪里坏了。"大伙儿交替探头去看，好像是水泵在漏水。"也许是密封圈坏了。要是密封圈，换一下就好了，要是引擎，问题就大了。""总之，你就这样别开快，最好哪儿也别去，直接开去吉田的日产。那期间就算漏水也没事吧。""我送稿子到河口湖站的时间没问题吧？要是去了日产，就赶不上火车邮件了。""你在河口湖站加一次水就行吧。总之不能提速。老路不好走，你从昂公路慢慢下去比较好。要是水看起来一直在漏，路上得加好几次。"

　　我用烧水壶装了水，把车开出去。开到过了高尔夫球场的水泥路，向后一看，水漏成了一条带子。边加水边开。过了御胎内，脚下有"哐啷哐啷"的巨大响声，混合了"唏——唏——"声。接着，又混杂了像是卡住的、像是要散架的、像是开始蓄积热量的响动，有三种声响，我完全不明所以。总之，只要能坚持到下山抵达车站并寄出火车邮件就行。我的车拖着那些声响，我一路加水，慢吞吞地驶下昂公路。刚过收费站，散热器就发出像是煮沸了的声响。开始不断冒烟，我的车被烟裹住了，看不到前后左右。

　　感觉坚持不到火车站，我停下车，跑去寄火车邮件。半路上，我到加油站喊了一声："我的车停在田里。它在冒烟，帮我一下！"又接着跑。

　　车被运到加油站，四个人凑过去修，最终发现，是水泵有裂缝。他们说，散热器的水只化了三分之一，我开过来，剩下的三分之二还冻着，所以三分之一的水马上沸腾了，导致过热。日产的人会来加油站帮忙换水泵。加油站的人给日产打电话的时候，大叔在旁边说："我最近看到广告，像这种裂缝，把水泥加热浇下去，瞬间就接上了，比电焊方便，而且据说修一辆车只要一百五十元（？）。你问问看。"年轻人嫌烦，没理他，他就不停地说"水泥，水泥"。后来他又说："等日产的人来了，我来问问水泥的事。用水泥便宜。"我心想，用水泥好危险。但我没说话。

　　十二点半左右，叫若林的日产车组长和一个年轻人一道来了。他打开引擎盖看了看，立即命令年轻人："拆开。"转眼间就拆下散热器，换了水泵。组长有着红脸膛，是个汗毛一直长到手腕上的人。他在嚼口香糖。年轻人十八岁左右。他很快割伤了左手食指，出了血。接着，组长也割到手，血喷出来。他拿透明胶布缠上。"我们一直跟铁家伙打交道。总是受伤。"组长说道，并不厌烦。到两点修完了，我让加油站加了防冻液。大叔感慨地大声说："我从明天起就要使劲卖防冻液。从其他地方过来上山的车，基本都没加防冻液。我觉得像在推销，没有卖给他们，但卖防冻液是为他们好。以后不管哪辆车，我都要卖给他防冻液。"他拍了拍我修好的车，开心地以下定决心的口吻说道。日产的人不作声。我付了三千九百元，明天来拿发票。日产的人回去后，加油站的人都高兴地说："三千九百元是便宜的。"

修车期间，店里有人进进出出，轮胎销售、车贩子、往五合目去的旅游团，以及八十来岁的穿黑毛衣茶色灯芯绒裤的爷爷。"这是千叶的红薯。"说着，大妈拿了一竹匾蒸红薯，送给这些人。八十多岁的爷爷拿着煤油罐来买一罐油，他烤着暖炉的火，吃了一堆红薯，慢慢地聊着天。他好像有些耳背，不时做出风马牛不相及的回话，但大叔也不介意，自顾说话。爷爷讲了他去广岛和伊豆玩的事，还有他儿子给他买了大衣和西装的事。看来他们家最近有些钱。"爷爷，你夏天赚了钱吧？因为你有船，是爷爷的名义。你赚了这么多吧？"大叔大声说着，摊开一只手，又加上右手的两根手指。像是在说七万元。爷爷得意道："我可不是七十，我八十岁了。老太婆比我大一岁。"我觉得好笑，默默地低着头。大叔不管不顾，又问了三次，你赚了这么多吗？爷爷脸色红润。他吃了一堆红薯，拎着煤油罐回去了。也许他是因为聊到钱而装傻。

在五金店买了钳子。在火车站门口买了食材。煤油炉修好了，我取了炉子。从建材店拿了发票，到隔壁的木材店买了三合板。在办公室的木材店老板对会计说："给她便宜点。"又问："山上已经冷了。打不了高尔夫吧？你每天都在做什么？"我回答："我每天买这些东西，修整天花板和门，劈柴。"

过了三点，我心里焦急，回山上。修院子的三个人在大门前的马路上燃起篝火，正在烤木桩。我就早上的事向他们道谢，他们帮忙把车上的三合板等搬下去。厨房里，丈夫切了像小山一样的一堆白菜，正在准备火锅。我又往火锅里放了买来的香菇、培根、剩下的火腿、肉、葱和白菜，还下了拉面。我端出啤酒，喊院子里的三人和关井休息。冷下来了，所以他们开心地吃了起来。

从今晚开始，我要留心，在车子的散热器前面垫上厚厚的报纸。我拿着一大摞报纸上到门口，只见河口湖畔的人家和旅馆亮着灯。一到冬天，灯光就熠熠生辉，刺眼。

晚　烤吐司，汤，鲑鱼子，绿叶生菜裙带菜洋葱沙拉，红茶。

感觉会忘记给厕所加防冻液就睡了，于是我在厕所的墙上用马克笔写了"加防冻液"。据加油站的大叔说，今天买的两升防冻液是特别高级的，"是绝不会冻上的高级货，网走监狱和自卫队都在用"。

更换水泵三千九百元，汽油、防冻液二千（？）一百元。

十个鸡蛋，一把大葱，鲜香菇七十元，六团拉面，青花鱼干，合计四百五十元。

三合板，六尺一寸[1]长方形和九尺一寸长方形，各五块，合计四百五十元。

钳子三百元。

火车邮件一百元。

换炉芯一百五十元。

十二月三日　晴朗无云

七点以前起床。因为起得早，在早饭前帮丈夫一起劈柴。

早　米饭，烤青花鱼干，萝卜泥，味噌汤，海苔。

做工的人今天来了五个。今天要用准备好的三合板堵住气窗，所以他们带了两架长梯子和木匠工具。

他们来的时候，我正好下山寄火车邮件。今天格外晴朗。三之峠山上的褶皱清晰可见。河口湖边的村子，每一户人家都能看清细节。靠近山中湖的二合目附近，烟慢慢

1　常用的三合板长六尺宽三尺（1820 毫米 ×910 毫米），一寸（30 毫米）应该是指厚度。

地笔直地往上升。是在烧什么。昨天也有烟升起来。

寄完火车邮件，我买了易拉罐啤酒，到吉田日产拿发票。从昨天开始，水温计就不动，所以让他们帮我看一下。热传感器坏了，更换。还是因为昨天结冰。换的时候，还发现机油滤清器滤芯漏了。机油总是很快用完，原因就是这个。把它也修好了，顺便换了机油。他们修理期间，我在枯萎的水田间散个步。回来后还没修好，我进到休息室，里面有个木匠，他问我，山上的家里，冲水式厕所在冬天是怎样的情况，我便讲了一下。

传感器七百元，机油滤清器滤芯五百元，机油（4）一千元，更换费用五百五十元，合计二千七百五十元。

在吉田的城区，为了工人们的茶歇，买了豆腐皮寿司、糯米团子、章鱼和橘子。

豆腐皮寿司二百六十元，二十串团子二百元，橘子二百元，章鱼一百五十元，方糖一百一十元。店家推荐说，章鱼是近海的小章鱼，所以好吃。让店家切好。

这条街上有两三家成人电影院（色情电影院）。一家专门放黑帮电影，在放《××任侠传》和《肥羊》[1]。另一家在放《蜜落之穴》和《奸妇》。《奸妇》有张照片，穿着

---

1 "夜之青春"系列。关川秀雄导演，梅宫辰夫和绿魔子主演。

束脚裤的女人往后仰着接吻。

在加油站买了两罐白煤油。

白煤油六百六十元，作为手信的仙贝一百元，山药三百元。加油站大妈把一块羊羹放在我的手心里，又往我的右手塞了杯茶。

回到山上，十二点半。大伙儿去管理处吃饭了。下午开始往天花板铺设三合板，做到四点。这个活儿三个人做，另外两人用卡车运来沙砾，铺在院子里泥泞的路上。

我炸了鲑鱼可乐壳，跟豆腐皮寿司、醋章鱼、酱油糯米团子和啤酒一起端出来，让他们休息。除了一个人，大伙儿都喜欢醋章鱼，吃完了。我匆忙做的可乐壳太大了，所以豆腐皮寿司没怎么动。

晚上，刨了山药泥，加了生鸡蛋吃了。和剩下的豆腐皮寿司一起。

六点半，丈夫入睡。工作间加了三合板，变暖和了。

我把三合板和剩下的方木棒珍重地收进仓库。没有星星。不太冷。总阀被院子工程的泥埋住了，我趁着还没冻上，伸手把泥刨了出来。泥嵌进指甲，弄不出来。这会儿我一边写日记，一边抠指甲缝的泥。

今天还买了三袋锯莱特。六百元。

明天上午回东京。

十二月二十七日 晴

九点半从赤坂出发。

如果因为下雪无法下山就糟了，所以在车上装了白菜、萝卜、胡萝卜、葱、绿色蔬菜、关东煮材料、培根和零食等，比平时多。还带了酒粕腌鲷鱼和一桶味噌腌马鲛鱼。我昨晚做了要带到山上的炖牛肉和汉堡肉饼，到凌晨两点还没睡。好困。

我们在大月的休息站吃了两碗月见乌冬面，花子喝了牛奶。一百七十元。玩具店摆出大量的正月的风筝。

一点半抵达。院子里铺了厚厚的沙砾，还帮我们劈了柴，整齐地排列在一楼架高的地板底下。立即生起火，让房子暖和。

打开总阀，厨房的龙头最先融化，开始出水。第二处有水的是浴室。至于洗脸池和厕所水箱，我烧了水，拧了热毛巾，包在管道上让它暖着。洗脸池排水口的管道也冻上了，水下不去，我倒了满满的一池热水，过了一会儿就化了，哗地流下去。厕所的便器和水箱里，防冻液还在里面，整个冻上了。同样加热水融化。水开始流动，水龙头和管道的接缝处有水喷出来。

吃鳟鱼寿司喝茶，稍作休憩。去了管理处，告诉他们水管的故障。让他们今天把密封胶之类能修的都修了，需要零部件的地方，明天来换。

防冻液据说在网走监狱都绝对不会冻住，结果还是冻住了。今后我要试试看把炉子整晚放在浴室里，不用防冻液。

晚　面包，西式浓汤，萨拉米，汉堡肉饼，沙拉。花子一个人吃了汤面。

十点半左右，丈夫睡了。

在每个人的被窝里放了一个品川暖包。在车的地板靠近刹车的位置也放了一个。我放了品川暖包，在散热器前面塞了报纸，盖上车罩。星星显得很近，几乎有些瘆人。夜雾结霜，车变成纯白色。

十二月二十八日　一整天下雪

丈夫六点半左右起床。

百合子和花差不多中午起床。

中午，雪积了三十厘米左右，还在下。

早　味噌汤，米饭，酒粕腌鲷鱼。

午　面包，西式浓汤，沙拉。

晚　米饭，（白菜、培根、竹轮、炸鱼糕、葱和豆腐）火锅。

花子带了滑雪板，去滑雪，但因为没有打蜡，滑不动，她上到大门的石墙上堆雪球，又把橘子埋进雪里冻上。丈夫和狗一起出门散步之后，我追着脚印，兜了一圈。野鸡从林中飞起来。有兔子和其他动物的脚印。我回到大门口，对蹲在石墙上的花子喊道："阿花！"她吃了一惊，浑身一震。因为雪，没有脚步声。

傍晚，花子给滑雪板打了蜡，又去滑雪。我也在塑料布上放了个坐垫滑雪。雪下得越来越猛。天黑以后，我们在大门到厨房门口的陡坡上一次次地滑。波可肚子上的毛很长，它走在雪里，雪变成雪球，粘在肚子上，冻住了，下不来，它吊着雪球，走得艰难。它大概以为自己的脚又出了毛病，拖着去年生病的右后腿走了走，讶异地歪着脑袋。

除了管理处和我们家，其他地方都没有人。

我站在大门的石墙上，眺望整片高原与山下的村落。漂亮的雪景，让人想吹号。

晚上，屋顶的雪不时落下。每当雪落下，玻璃门就发出响声。我去车里放了暖包。雪不停地下，前方什么都看不见。

花子在做历史作业。狗睡得昏沉沉的，睡眠中发出啜泣般的呼吸声。因为在雪里待过，毛变干净了。这回买的收音机听得很清楚。在播朝鲜台。虽然完全听不懂，但我听着。

十二月二十九日 多云转晴 早上毛毛雨

从昨天深夜到今天下午一直停电，因为下雪。

昨晚积了雪，到膝盖深。

从屋顶落下的雪染上红屋顶的涂料，呈淡粉色。

早　丈夫：米饭，酒粕腌鲑鱼，味噌汤，海苔。百合子、花：海苔裹年糕，味噌汤。

雪积到可以埋住波可的身体，于是花子在院子里踩实了一条给狗走的路。花子告诉我："我用雪做了椅子，坐在上面，有只睡鼠从旁边过。"只见一辆装了雪链的吉普车远远地从鸣泽道的方向驶来。我以为是巡逻的人，过了一会儿，南边的林子忽然出现了三个男的。当时丈夫和我都坐在厨房的椅子上。他们带着两条狗，所以花子抱着波可，急忙进了二楼的房间。不是巡逻的人，是猎人。其中一人穿着天蓝色登山外套，戴着红帽子，另外两人是卡其色和黑色外套。狗是白色日本狗和三花母猎狗，三花戴着项圈，挂着狗牌。树林深处还有两个人，一共五人。他们来到露台附近，说兔子的脚印消失在这边的树丛中，他们举枪对着灌木，然而枪口朝着露台的方向，也就是朝着我们所在的餐厅的方向。我站起身，丈夫说了声"百合子"，表情骇人地瞪着我。意思是，你别出声！他瞪着我，用眼神说，常有的事，你去提意见，那边一旦光火就会用枪打我们，要是出了这种事，可就太傻了。我重新和丈夫并排坐了。其中一个男的说了声"不好意思"，他越过我们与邻居分界的蔷薇，嗖地跳到露台上，横穿露台，来到院子里。其中一只狗好像叫"拉基[1]"，猎人们不断地说着"让拉基去追就行了"，然而拉基一个劲儿讶异地嗅着波可的脚印，找到放空罐头的箱子，摇着尾巴。男人们若无其事地在院子里转悠了一会儿，没开枪，上到大门那边，走了。原来解禁的季节会有这样的事。即便这里成了禁猎区，即便有人在这里住下，给院子做了分界线和大门，当地人从前就在这附近狩猎和砍伐，采蘑菇、树木的果实和草芽，对他们来说，这是"我们的山"。真吓人，以后我在外面走的时候得戴上红帽子，或者边走边发出笑声，或者边走边唱歌，不然说不定会被他们误认为是猎物而开枪。

来电了。我感到安心，傍晚来到上面的马路滑雪。猎人的吉普车的轮胎印一直延伸着，我在那印子上用滑雪板滑雪，很好滑。我跟着轮胎印走，两只狗的脚印也跟随着，有些地方有一大滩黄色的尿。还有红色的尿。有只狗可能生病了。可能是癌症。猎人可能不知道而带着它。

晚饭前，管理处的人来了，说："我去买洗脸池管道

1　片假名ラッキー，英语"幸运"的音译。

的零件，但因为年底，店都关了，买不到，而且工人也要到明年才工作，所以等过了年，六日或七日，我和工人一道来，给你们修好。"

他没有给吉普车装雪链就上了鸣泽道，花了两个小时才来到这里。雪是软的，车开不动。他说，凌晨两点会有辆推土机开上来，铲路上的雪，所以他认为明天只要卷上雪链就能下山。他说等到最后的工作日，吉普车还会来巡逻，于是我请他在那天也来我们家一趟。

剩下两袋锯莱特，啤酒不多了，白煤油也只剩两罐，所以如果能下山就好了。一整天烧着煤油炉，一罐油一天半就没了。食材方面是放心的。

雪落下的时候，净化槽的烟囱从屋顶掉下来，折断了一半。

出了一弯下弦月。周围清晰地围绕着小小的月晕。

午　米饭，酒粕腌鲷鱼（百合子、花），咸牛肉炒蛋（丈夫），盐揉蔬菜，味噌腌茗荷。喝了咖啡。

晚　在白菜和培根的火锅里放了酒粕腌鱼，又放了乌冬面吃。汤汁美味。这是丈夫的主意。丈夫吃了许多。

饭后，切了羊羹（中村屋的田舍羊羹），喝抹茶。正在这时，收音机放了北京台。羊羹和抹茶比预想的美味，所以我兴致勃勃地说："要是在河口湖钓西太公鱼，会很有意思吧。"明明不想去钓鱼，却这么说了。"鱼好可怜，我不想去，"花子小声说，"今天来打兔子的人也讨厌。我讨厌他们做那种事。"她像是一直在想那件事，表情阴郁。我拿出圣诞节用的橙色粗蜡烛，试着点了，很亮，可以看书。打算停电的时候用。

收音机里说，山田耕作 [1] 死了。

十二月三十日　晴朗无云

富士山上升腾起雪烟。十一点左右，W 开着吉普车来了，说如果我们要买什么过年，他帮忙买。我写了购物清单。

他说今天推土机把主干道上的雪铲完了，明天让太阳照一天，后天装上雪链就能下山。

W 自己的车（不是吉普车）昨天因为下雪视野不好，加上打滑，被一辆倒车的吉普车给撞了。他说要花一万元。那之前，他的车刚爬上公交车站跟前的坡，一个阿婆想要坐公交车，从店里奔出来，被撞到他的引擎盖上，打破了前窗玻璃。这也花了一万元。阿婆只有手肘和脑袋稍微撞了下，为安全起见，带她去了医院。她当时立即自己坐上车，也能走，奇迹般地没受重伤，但她是村里的人，是他

1　山田耕作（1886—1965），作曲家，指挥家。

认识的，所以去探望了两回。当时他有两天都吃不下饭。他说今年年底运气不好。

我给了他一万五千元，请他买过年的东西和燃料，只买必需的。他说在傍晚之前买好上来。

为了让 W 回来的时候好走一些，我和花子一起铲了院子路上的雪。因为铺了沙砾，容易铲，不过要小心别把砂和雪一起铲起来。

试着发动引擎，一下子就发动了。是因为之前在车里放了品川暖包吧。当我们把雪一直铲到大门口的路上，推土机来了，一口气把雪推走了。之前努力铲雪的花子呆呆地望着推土机。只铲了车的宽度，我让司机把通往大路的转角那里多铲一些。推土机司机从高高的驾驶座上说："今天有两三家要来这里过年。车子很难开上来，估计他们在山下换吉普车上来。"

午　海苔裹年糕，我做的松前渍[1]腌好了，试着吃了。咖啡。

吃过晚午饭，刚收拾完，W 开着中型卡车来了。他帮我们把东西运到厨房门口。丈夫搬了啤酒和锯莱特。百合子用背篓搬了三袋锯莱特。W 搬了白煤油、两打啤酒和食

1　北海道乡土料理，用酱油腌制鲱鱼子、墨鱼干和海带。

材。三个人各自呼哧呼哧地上下三回。

W说："底下的城区挤满了买年货的人。警察出来疏导交通，所以车就更堵了。连停车都难。我忘了买烟，上山后又折回去。去加油站买煤油，大叔让我送东西给你们，说是'日历、腌白菜和稻草包山药'。"

燃料和啤酒都来了，放宽了心。

我原本想着，等W回来了，做个火锅犒劳他，但如果吃饭，天就全黑了。变冷了，最好还是在路没冻上的时候下山。我给了他五条味噌腌马鲛鱼和一千元。W说，明天大年夜休息，元旦的下午上山巡逻时过来一趟。我说："来年顺利！"

太阳开始下沉，我去给车罩罩子。路上滑了一下，又一次扭到之前扭伤的脚。疼痛一直贯穿到头顶。我在雪里蹲了一会儿。罩上车罩，怕风大，晚上给吹飞了，又放了两块大石头在车顶。找石头的时候，我发现放在右口袋的车钥匙当中，开后备厢的钥匙搞丢了。后备厢和车门的钥匙是一起的，我刚用那串钥匙开了车门。那把钥匙如果掉了，应该是我在摔倒的时候不自觉地将握在右手中的钥匙串一挥，只有那一把甩掉了。我喊了花子，在院子里来回地找，然后一个人又找了三趟。晚上，我去给车放暖包，来回的路上也用灯照着找。掉在雪里，所以没有声响。打不开后备厢，就没法把装在里面的雪链拿出来，就算引擎能发动，也没法开车出去。一直想去新年参拜的丈夫感到没劲。

晚　味噌咸粥（鸡蛋、白菜、葱），咸牛肉，腌白菜（加油站大叔给的），桃罐头做的果冻。

脚痛，贴了脱苦海膏药。

我："刚才从院子走上去的时候滑了一跤，之前扭到的地方又给扭了。"

丈夫："百合子平时走路也有点瘸，所以很容易摔跤。"

我："听说我有条腿稍微短一些，不知道是左腿还是右腿。说是我小时候生了一场大病，打了很粗的针，可能因为那个针，腿变短了。扭到的地方再次扭到，可真疼啊。尿都出来了。"

丈夫："真脏。"

我："就是散一散 [1] 嘛。"

把吃剩的材料做成关东煮备着。收音机绵延不绝地在讲一年的回顾、年底的大扫除、正月的炖菜。

我掉了钥匙，丈夫说"掉了霉运"，但如果明天钥匙

1　当时的流行语えんがちょ。看见不吉利的事物时说出并做手势，意思是"切断与不祥事物的联系"。

孤零零地躺在雪地里，该多好。

W帮忙买的东西：

锯莱特一千元，三罐白煤油九百九十元，香烟一千元，啤酒四千三百二十元，一袋黑豆一百元，一条伊达卷一百八十元，一条鱼糕八十元，十个鸡蛋一百六十元，四百克里脊肉排三百四十元，四百克腿肉三百二十元，一颗白菜三十元，土豆四十元，食盐五十元，一袋海带卷一百元，一根章鱼脚一百元。

十二月三十一日 晴朗无云

昨晚降温特别厉害，厨房的水管终于不出水了。我每晚关掉总阀，把龙头开着，往里吹气，擦掉管内残留的水，结果还是这样，冻上了。我用吸煤油的泵从龙头灌了热水进去，也没有效果。

临近中午，我走到管理处，对他们说："我搞丢了后备厢钥匙，没法用雪链。我想到底下的加油站买或者借雪链，要是你们的吉普车顺路，请带上我。"走到管理处的雪道，有太阳的地方暖得人快要化了，一进到阴影里就冷得发抖。从电话转接室出来一个上了年纪的女人，说电话线因为下雪不通。正好吉普车上山来，卸下管理处的蔬菜箱等。车上的T说："我去了东京，今天早上回来的，这边有雪，我吃了一惊。从底下的城区到御胎内，都没这么多雪。只有这里下了。"吉普车的四个轮子都挂了雪链。T开吉普车到我们家查看，我的车的后备厢打不开。"到高尔夫球场的电话线没坏，我用高尔夫球场的电话打给加油站。下雪天掉的东西要到春天才出来。"说完，他回去了。

下午，我和花子一起擦了餐厅的玻璃门。尤其仔细地擦了望得见阿尔卑斯和晚霞的窗户。四点左右，有车声。加油站大叔脑袋上裹着毛巾，套着和服短外褂，他和外甥，那个叫作阿宣的年轻人一道。他们已经在车的周围兜圈子检查。说是来的路上，在过了御胎内的坡上，一辆奔驰和一辆公爵王打滑，他们过去帮忙，所以来迟了。听我讲完事情的经过，阿宣立即拆掉后座，手从那里伸进去，拽出雪链。大叔装雪链的时候，他在钓竿前面装上铁丝，从座位和后备厢的缝隙插进去，用铁丝从后备厢内侧捅开锁舌，打开箱盖。像变戏法一样。像电影里的强盗。

大叔在车上备了雪地胎和雪链，打算万一后备厢打不开就借给我们。他还带了千斤顶。考虑到会有锁了车门后丢失钥匙的情况，这种情况下，最快的就是打破车窗开门，然后换新玻璃，所以他还带了后备的车窗玻璃。

好在后备厢开了,雪链也装上了。我把啤酒和烧酒[1]端到餐厅。他们先是有些拘谨,渐渐兴高采烈起来,大伙儿喝了一升烧酒和一打啤酒。因为匆忙,我把西式炖牛肉罐头倒进锅里,加了白菜、培根和马鲛鱼块,做成火锅。我喝醉了,开心起来。"刚才,后备厢的盖子刷地打开的那一刻,大叔和阿宣在我眼里像神一样。"丈夫也兴高采烈地说:"没错,没错。"我们的忘年会一直到八点半。快结束的时候,管理处的人过来说:"加油站来电话,说:'中午就上山了,一直没回来,怎么回事?'"

大叔在忘年会上的话:

○今天来这里的路上,遇到一个人,抓了只碰到高压电线掉下去的鹰。虽然一只脚掉了,但那是只气派的鹰。是只气派又出色的鹰,经常在这一带的空中惬意地飞。掉下来的一只脚就落在旁边,所以要是把它做成标本,会很棒。对那人说"卖给我",可他摇头。不过,不管怎样都想弄到手。

还有,不能忘了大叔的入选俳句,所以记下。

---

1 日本的烧酒以米、麦、红薯等为原料,酒精度数一般二十多度,饮用时通常兑水或加冰。

大叔变得愉快起来，说："我写了俳句，被选上了。我想念一下那句俳句。"是 dumai（？）文艺入选。大叔咳嗽一声，众人安静下来，他站起身说："下雪了，山家静点灯。"他边念边手舞足蹈地表达了俳句的含义。接着他又念道："切西瓜，方知节日累。"我和丈夫都鼓了掌。接着他又念了和歌。我没听清和歌有没有入选。"牵着盲者的手，站在怒涛的水边。"还念了都都逸[1]。"抛却的故乡，明天开始庆典，星星落在国境线。"丈夫称赞道，像古贺政男[2]的歌。大叔十分不忿："比那种东西好多了。气氛完全不一样。"下一首都都逸是："回老家乐开怀，行李员说话也带着乡音。"他还仔细地解释道："这首都都逸你们理解吗？"大叔的醉意渐渐上来了，吃喝到最后，他一直在说入选文艺的事。他把"抛却的故乡"说成了"抛却的墓地"，讶异地摇头道："咦，好像不对。"他在嘴里重新念叨了差不多三遍，说："抛却的墓地，明天不去。"阿宣刚开始不断夸道"真好啊"，喝醉之后，他像是累了，转朝壁炉的方向坐着，低垂着头。不过，他不时抬起头说："啊，让人触动。叔叔的俳句，总是让人触动。"说完，他

1　江户晚期的落语名家都都逸坊扇歌在演出中念的口语诗，后来成为流行，主要遵循"七、七、七、五"的音节规律。

2　古贺政男（1904—1978），作曲家，吉他演奏者。

重又垂下头。

"没事，雪路是亮的。"我递出灯，他们推开了，两个人身子往前倾，步履蹒跚地走上院子的坡道，迈着大步回去了。像是有人摔了，传来笑声。丈夫睡着了，我把给浴缸烧水的火关了。收拾完，差不多九点半，我烤了年糕，和花子吃了迟晚饭。边用收音机听《红白歌合战》[1]，边准备明天的年糕汤。正在听收音机里的除夕的钟声，丈夫起来说："我想喝粥。"他吃了粥、黄油、梅干和炒蛋，又睡了。

降温厉害。我出去关总阀，冷得差点没法呼吸。

1　全称是《NHK 红白歌合战》，日本广播协会（NHK）从 1951 年起播放的男女分组大型音乐节目，女艺人为红组，男艺人为白组，两组比赛。最初通过广播直播，1953 年起在电视上直播，后来逐渐演变为每年跨年的固定节目。

昭和四十一年
1966 年

一月一日 晴朗无云

八点半起床。

能望见整座南阿尔卑斯。一清二楚。也能看见整座富士山。好天气。

早　年糕汤（猪肉、蛋花、葱），黑豆，伊达卷，海带卷，鱼糕，醋章鱼。

花子喝可尔必思，丈夫和我喝啤酒，我们干杯拜年。"新年好。今年也多关照。"

中午，W巡逻过来，说帮我们买东西。我递给他七千元，托他买四打啤酒。W去过理发店，穿着新的中长款大衣。他刚走，关井来了。来拜年。他说今天所有员工聚集在高尔夫球场的室内举行庆祝仪式，刚散会，在回家的路上过来。又说，四日开始上班，所以四日来修厨房的水管。

关井系着黑底白条的礼服用的领带，在西装外面罩了件登山外套。他的脸和脑袋也是去过理发店的模样。我递给他从东京带来的罐装海苔，还有别人送的木屐，说给他太太。W和关井都说："今天马路结冰了，上来很艰难。路上危险，所以你们最好明天下山。"丈夫说，就不去新年参拜了。

我给浴缸烧了水，在天亮的时候慢慢地泡澡。我们仨都换了全套新内衣。

在大太阳底下把洗好的衣物晾出去，眼看着就冻上了，变得像墨鱼干。

午　米饭，烤味噌腌马鲛鱼，豆腐味噌汤。

晚　发糕，炸肉串，醋腌黄瓜和卷心菜，水果果冻。

晚上，听寄席[1]广播。收音机里说，今晚会继续急剧降温。丈夫教花子百人一首[2]。教了两首，就说"剩下的你自己学"，去睡了。花子一个人学。

富士山和南阿尔卑斯，今天真是壮观。

一月二日　晴朗无云

八点起床。

1　日本传统曲艺剧场，上演讲谈、落语、浪曲和漫才等。

2　一百名歌人的和歌选集，每人一首。有多个版本，最为人熟知的是《小仓百人一首》，由平安时代末期到镰仓时代初期的藤原定家编撰。

早　年糕汤（今天是鸡蛋、葱和海苔。按丈夫的要求，没放肉），黑豆，伊达卷，鱼糕，醋章鱼，海带卷，腌白菜，梅酒（太甜了，失败）。

南阿尔卑斯的雪比元旦更白。

在太阳好的地方一动不动，困得像要化了。看起来，雪正在缓慢地一点点融化。

今天是星期天。管理处的吉普车和卡车都休息，车声一下子停了。

午　炒饭（蟹肉、鸡蛋、葱、豌豆），鸡汤，芦笋罐头。喝咖啡。

收音机里放了长歌《浦岛》，最后放了《老松》。

一点半左右，我第一次在下过雪之后开车出去。花子同车。开到昴公路。雪链的状态不错。荫蔽处的雪冻住了。融化的雪水在小溪里不断地流淌。一辆茶色蓝鸟停在和老路交叉的路口。静冈牌照。以树林和富士山为背景，一个女人踩着滑雪板，双手叉腰，大喊"哟吼——"，一个男的蹲下身给她拍照。女人穿红外套，男人穿黄外套。他们说："我们走老路上来，路太糟了。不想再走那条路了。"到了昴公路，几乎没有雪。有好几辆车朝着五合目飞速地开上去。来到这一带，难以想象高尔夫球场再过去的雪有那么深。

把车停回家，我带上狗，和花子一起散步去高尔夫球场。广阔的高尔夫球场的雪原上，兔子的脚印呈一条直线横穿过去，有些地方则是乱糟糟的。雪坡的表面冻上了，一屁股坐下来，就能像坐雪橇一样一直滑。我们就这样玩了一会儿。

晚　油豆腐乌冬面，烤了酒粕腌肉。乌冬面粗粗的，好吃，就是煮的时间短了，有点硬。

做明天的咖喱，淘米。因为没有自来水，都做些简单的吃的，收拾也变得简单。

晚上九点，去给车里放品川暖包。富士山轮廓清晰，河口湖畔的灯熠熠生辉。山上除了我们家，只有一户人家的窗户亮着灯。关井曾说"只有武田家和另一家来了"，就是那家吧。

我上到大门口的石柱顶上，像狗常做的那样，呆呆地环顾四周。被雪覆盖的高原坡度徐缓，向西面延伸开去，在高原的尽头，一盏，又一盏，鸣泽村的灯光微弱地亮着。隔得很远，在黑乎乎的半山腰也亮着灯。雪白的笔直道路消失在黑乎乎的村有林中，路上延伸着两条雪链翻起雪驶过的痕迹，混着泥，显得狼狈。我的心变得一片漆黑。

一月三日 晴朗无云

喊花子起床喊了三次，可她还在睡。就让她继续睡。

早 咖喱饭（丈夫），海苔卷年糕和剩下的过年的菜（我和花子）。

十一点，下山。去新年参拜。丈夫很开心。

在御胎内跟前的老路交叉口，停着一辆练马车牌的小轿车和管理处的卡车。看来是那辆车没有雪链而打滑，管理处的车帮忙推到路口。看来要这样让卡车一直推到高尔夫球场，把车停在那里，接着走路上去。W在卡车上，他说车上有我们托他买的啤酒。我让他放在大门口，当场拿了发票和找零。五千七百九十元。

来到昴公路，往富士山上开的车不断驶来，可我们在收费站一打听，从二合目往上，因为积雪和结冰，上不去。在加油站卸下雪链。把借来的两只白煤油的空罐还掉。我进到店里，吃了中式包子。这回没有关东煮，摆着带有"双叶的肉包"[1]广告的蒸笼，在卖肉包和豆沙包。店里的人都让我们吃包子。看来学校放假，两个女儿在干活。大叔出来了，不好意思地说："大年夜我太得意了。我在反省。"他的脸是刚去过理发店的模样。

---

1 双叶食品株式会社是一家做冷冻食品的公司，总公司位于栃木县宇都宫市。

——大年夜，我下山后一直忙到十二点半左右，跟家里人讲在武田山庄喝酒的情形，中间把汽油卖给加油的客人，接着又把汽油卖给来看圣光[1]的上山客，把雪链租给他们，或是租借雪地胎，帮人装上。有两三百辆车上山，其中的三分之一或更多来了我们的加油站，所以卖了许多汽油。还有三辆车上坐着梳日本发髻的女人，发油的气味可浓了，真不错。那之后，应去看圣光的客人们的要求，我坐上装了四根雪链的车，在最前面给他们开路，上到五合目。元旦没多睡，勤奋地工作。大年夜喝了不少，但那天还是像平时一样工作。那天忙得连午饭都没吃。两点左右出门，想着从山上回来再吃，结果两辆车打滑，因为帮他们而迟到了，之后你们招待吃喝，空腹喝酒，酒劲更大。是因为喝醉了吧，爬上老师家的院子的时候，可真难受。我心想，我就要死了吗，我的死期终于到了吗？我走的时候，一心以为老师家的院子是平地。摔了的原因是，黑乎乎的，而且我喝醉了，一心以为是平地，想要像走平地那样走。并不是我的心脏突然变糟了。那是好大一个坡呢。

大叔说了这些。

我们在河口湖站买了五十张五元邮票，花子在车里往

1　山顶看日出时，自己的影子被照在云上，仿佛背负光轮。

贺年明信片上贴邮票（花子写了四十张明信片！要寄到哪里呢？）

去了外川家，给两个小男孩每人二百元压岁钱。太太在家。说是外川去甲府拜年了。他家的长子和朋友在廊子上晒太阳。他的寸头是刚去过理发店的模样，穿着新的中长款大衣。

富士急乐园站前停满了大巴和轿车。肩上挂着滑雪板的男女和孩子络绎不绝地进进出出。

我们去吉田的浅间神社。穿过大鸟居再往上一些，警车在疏导交通。下坡处有五台车连续追尾。

浅间神社内，雪原封不动地残留着，七八个穿白衣的富士讲[1]从有些昏暗的参道走回来。响起铃声。请符处没人，于是我们去了左边的休息处。神主拎着两支一升瓶捆在一起的供酒，来到请符处，卖了符给我们。左思右想之后，选了交通安全，一百元，护身符，三十元。花子想从她自己的钱包拿钱，拉链怎么也拉不开。神主也等着我们。终于，拉链拉开了，花子拿出钱，请到了她的符。神主伸出穿着白袖的手，摸了花子的头，说："好孩子。好孩子。"

1　富士山信仰的团体，自古就有，到了战国末期江户初期，长谷川角行（1646—1541）将其进一步壮大。团体攀登富士山参拜时，着白衣，执铃和登山杖。

在吉田的城区，面包、十个鸡蛋、松饼粉三百五十元，
芋头、葱、三根黄瓜一百五十元，五个苹果一百元，二十
个橘子二百五十元，合计六百七十五元[1]。盐腌青花鱼，白
芸豆金团，忘了这些多少钱。

厕纸一百八十元，干电池一百元，两罐啤酒一百六十元。

在肉店，鸡肉、马肉合计五百五十元。

蔬果店和点心店各有两三名客人，买了新年拜年用的
柿饼和长崎蛋糕，让店家加上熨斗纸[2]包装，并写上名字。
蔬果店里堆放着许多冻坏了的萝卜、番茄和豆芽等。

前往白线瀑布。

往红叶台上去的路口停着十辆车。有一家人或夫妻在
拍照留念，站在被雪埋住的田野里，以富士山为背景；有
些人在相互扔雪球。过了本栖湖，雪变少了，即将进入富
士宫市的路段，雪完全没了。朝雾高原的牧场今天有许多
牛。收费公路的拱门上贴着彩色海报，"恭贺新年 道路公
团[3]"。过路费往返二百六十元。

1　原文如此，日记的记账有时计算错误。
2　赠礼用的包装纸，右上角印着"熨斗鲍"（古时候高级赠品的象征，鲍
　　鱼切薄片，用熨斗熨平），中央有红白色水引（包扎用的纸带，不同款
　　式代表不同含义），并有"御祝"等字样。
3　管理高速和收费公路的特殊法人，1956 年由日本政府设立，2005 年，
　　日本公路转为民营化，道路公团解散。

白线瀑布的停车场满了。充斥着关东煮和白煮蛋的气味。花子买了米粒做的七福神和鹤龟玩偶。一本叫作《富士传说》的书，二百五十元。两条羊羹二百元。

三点返程。一路开过来，鸣泽附近的田野的雪最厚。在有雪的地方行驶，就连车里也冷。

在加油站加油。又装上雪链。

其间，让丈夫念新年的报纸给我们听。加油站的女儿们又想给我们肉包。刚吃过，所以谢绝了。

油费一千五百三十五元。过路费二百元。

御胎内一带，太阳落得早，结了冰，车打滑得厉害。上山的时候，车的后半左右摇晃。

进屋前，丈夫把壁炉的引火物装进箱子。花子帮忙。

晚　丈夫：米饭，盐烤青花鱼，萝卜泥。花子、百合子：咖喱饭。甜口红烧芋头鸡（这个大家都吃了）。

收音机里说，山梨以及富士五湖一带，半夜会下雨夹雪或阵雪。

去给车里放暖包，月在中天，挂着大大的彩虹一样的月晕。星星若有若无。狗跟着过来，冲着小溪对面的黑暗长吠。于是起了回声，听起来仿佛有好几只狗在叫。之前只有一户人家亮着灯，今天熄灭了。

花子晚上做作业。家庭课的作文，关于"我们家的年菜"，要写讲两分钟的内容。

一月四日 雪

★早上六点开始下雪。早就从天气预报得知，"富士山周边多云，有骤雨或雪"，不过一旦开始下雪，便感到不安。像是会变成大雪。细碎的雪，隔着玻璃看，似下非下。她俩起来的时候，露台和厨房外的混凝土地面都变白了。午后雪停了，我把到大门的路上的雪铲了。轻雪软绵绵的，有五十厘米厚。云垂落下来，或聚成大团移动。天空忽而泛红，忽而变蓝，转眼间被灰色掩盖。管理处来了三个人。从外面来的客人的车动不了了，管理处的人刚才去帮忙。他们像是冷坏了，我们把壁炉的火烧旺，他们便很高兴。在电锅里下了拉面和东坡肉招待他们。他们从明天开始休三天，但因为要负责送我们回去，所以来商量。"要开推土机吗？""推土机铲过之后会冻上，反而像在冰上，在推土机开出来之前下山才安全。""下回来住的时候，把车停在山下，坐吉普车上来更好。"

——泰淳记

昨晚收音机的预报说"晚上有骤雪、雨雪或雨"，结果早上就开始下雪。醒来后打开小窗，只见软绵绵的雪埋住了院子的斜坡。今天下的雪真的又细又轻，软绵绵的，像棉虫[1]一样从辽阔的灰色天空中不断落下。车盖了车罩，看来这两三天还开不出去。我原本打算今天一早去高尔夫球场的斜坡，坐在地上滑雪，但这么软绵绵软绵绵地下了积起来，没法滑。花子不带劲地起床了。

过了三点，我们带上滑雪板和雪橇，出门到坡上公交车站跟前的马路。顺着吉普车的车辙滑下去玩。雪橇（席子上面放一只大箱子）因为重量，埋进了雪里。雪太软了。我打算换个地方，往高尔夫球场走去，只见富士山转播塔的陡坡下，有辆丰田皇冠因为打滑，动弹不得。坡上来了两辆吉普车。听说神奈川车牌的皇冠是叫锦野的人的。车里有大概八岁和十二三岁的男孩。车顶上载着滑雪板。看起来，他们打算下山，由丈夫开车从家里出来。太太在车外。四十五六岁的太太的脑袋上裹着绿色方巾，左腿用塑料袋缠住。"我们往家里打了电话，说傍晚能到，中午把车开出来的，结果花了三个多小时，才从家挪出去三十米。好不容易开到这里，一直打滑，完全没办法开。就在那边的房子，那就是我家。开了三十米，花了将近四个小时。"

1　半翅目蚜科一部分昆虫的总称，有翅，身体有白色蜡状分泌物。飞的时候形似棉屑。又叫雪虫。

我走上前，她朝我叹道："我们二日来的，雪是今天早上开始积的，孩子说可以滑雪，不想回去，可我们有安排，必须回去。想着趁雪还没怎么堆积把车开出来，结果成了这样。我们常去滑雪，以为习惯了开雪路，可这里的雪和气温的升降还有地形，好像是特别的。大冷天花了将近四个小时，车动不了了。现在总算来了吉普车，帮我们拉车。我年底骨折了，不想来山上，但没人做饭，就来了。出了这种情况，我只会碍事，帮不上忙。"说着，她以那副奇妙的打扮爬上坡。人们往吉普车上挂了绳子，三个人在后面推，车上了坡。太太从坡顶上车，车被牵引着慢吞吞地往山下驶去。驾驶座上的丈夫一脸殊死的神情，一句话也没说。

吉普车把皇冠拉下山，折回来，管理处的三个人来了我们家。这次是聊我们下山时的安排。大伙儿的鞋都湿了，看着很冷。我拿出拖鞋给他们换上，让壁炉的火烧得旺旺的。开了啤酒，往白菜火锅放入罐头东坡肉和鸭肉，又下了拉面，大伙儿一边吃，一边达成一致："明天能下山。要是错过明天，有可能又会下大雪，被封在山上。"

——为什么明天合适呢？今天傍晚太阳下山后，天空放晴了。雪在地上，被白天的太阳晒过也没化，所以今晚不会结冰。要是雪表面的水分多，就会厚厚地冻上，等于行驶在冰上，就算缠上雪链也完全没用，会打滑得厉害。

即便用吉普车牵引，走老路下山的时候，刹车刹不住，会追尾吉普车。像现在这样，今晚绝不会冻上，明天一早把推土机开出来铲雪，等有了太阳，雪稍微化一些，让吉普车开在前面下山。让吉普车先行，对面来车需要避让的时候，让吉普车先压出可以进车的位置。不然的话，车会陷进雪里，动不了。今天昴公路没有除雪，封路，不过明天未必不能走。可就算昴公路通了，路头上（从老路的交叉路口经过御胎内通往昴公路的路）的雪要是没铲过，就只能走老路下山。走老路下山的时候，用绳索牵引，挂一挡或二挡加手刹。今天锦野家的车只能走老路，用绳索牵着下，可是一直打滑，很难开。明天要是昴公路的雪清掉了，干脆用管理处的推土机把路头上的雪铲掉？那样的话可以走昴公路，就轻松了。路头上不归我们管，也不归昴公路管，又是条路况差的路，谁也不想去铲雪。不过我们鼓足劲儿把推土机开过去吧？

三个人说了这些话。

现在留在山上的，只有一户姓西泽（？）的和我们。听说西泽家不是开车来的，是从山下搭吉普车上来的，所以不用担心他们的用车问题。丈夫和我惶恐又恭敬地听他们谈话。

八点左右吃饭。晚上整理了厨房的食物，还整理了衣服。尽量让行李轻简。

夜深后起了风，轻雪被吹得堆积在厨房门口的混凝土地面上，这样门会打不开。为了不让雪冻上，我半夜起来用铲子铲了雪。

一月五日 晴

想着今天要回去，在壁炉里烧了许多锯莱特。想着今天要回去，把各种食物吃了许多。早上就把大部分行李装上车。

十一点左右，和花子带着狗去高尔夫球场滑雪。看来兔子一跳就是五米，足迹隔得相当远。我们之前把纸箱和席子放在高尔夫球场最高处的亭子里，去拿的时候，路上清晰地留着小小的奇妙的脚印，消失在厕所。是睡鼠，还是乌鸦？

我把狗放在雪橇上，一松手，它一脸不可思议的表情，伸着脖子，乖乖地坐着，斩风滑行。它主动钻进箱子，想要再反复滑许多趟。

午饭吃了剩下的面包和卷纤汤[1]。

---

1 据说由中国传入，"卷纤"的意思是将切碎的蔬菜用食物包裹。早先的做法是用豆腐皮包裹炒过的萝卜、香菇和牛蒡丝，后来逐渐简化，将萝卜、胡萝卜、牛蒡和豆腐等炒过，加香菇或海带打底的素高汤炖煮，并用酱油调味。

一点左右，管理处的人来接。吉普车打头，然后是推土机，我们的车。开推土机的人戴着绿色墨镜和厚手套，我递了表示感谢的一千元给他，抬头望着驾驶座，致歉道："我们像天皇一样，可真不好意思。"爬上转播塔旁边的陡坡时，推土机开得慢，我缓缓地开上去，结果后轮胎压到旁边的雪导致滑坡。我倒车回到底下，和推土机拉开间距上坡。一直到老路的交叉路口，都有冻住的雪蹭着车底，尽管如此，还是顺利通过了。来到往御胎内的下山处，有一辆开上山的花冠打滑陷进雪里，三个男的下了车，正用铲子和手刨雪。我这边没法倒车，于是吉普车的人下车跟那边商量，让花冠一直倒车到昴公路的路口。男人们和气地答应了，但有个女的一直坐在车里没动，我道谢又道歉，她一言不发地瞪着我，眼睛像要喷火。我们在驶入昴公路的位置与吉普车告别。吉普车上的人安慰我们："没事的，我们的吉普车马上折回去牵引他们的车，以这个条件让他们倒车来着，没什么可生气的。对他们来说，也是这样更方便。"

　　我们在加油站就前几天的事道谢，正要卸下雪链，他们说："靠近富士山的路说不定有雪，你到路上再卸。"说着教了我比较容易的卸法。大叔显得有点寂寥，遗憾地说："你们要回去了？接下来一段时间在东京吧。我原本想着今晚开卡车上去，把你们明天下山的路压平。想着今晚偷偷弄好，让你们吃一惊。"大妈往花子手中塞了三条羊羹和三块巧克力。有一辆大型车想要开到高尔夫球场，也在御胎内打滑，放弃上山，折回到加油站。

开往大月的路上，每辆车都发出雪链的声响，听惯了之后很动听。在下雪的城镇，行人晃晃悠悠往路中间走，感觉会撞到人，而在山间的雪道上行驶，体内的细胞刷地打开了，如同淋浴一般畅快。

在上野原卸掉雪链。风很大，我蹲在轮胎跟前，外套的风帽整个压下来，遮住视线，很难卸。

过了相模湖，一直尾随在后的摩托车追上来，用手指着我们的车，开走了。我停车一看，右后轮爆胎了。轮胎变得皱巴巴的。我卸下雪链后不久，车有过一次颠簸，但没想到是爆胎，就继续行驶。用千斤顶把车升起来，车身又往下坠。千斤顶有问题。我走到附近的加油站，借来千斤顶换轮胎。有辆卡车停下，三个年轻男人过来帮我换。

在加油站换了气门芯。三百元。给轮胎打气。其间，周遭彻底暗下来。风很冷，狗在篮子里哀鸣。丈夫和花子一动不动。

在八王子的并木道上，经过一辆车刚撞了两个人的现场，心情沉重。

七点半，顺利抵达赤坂。丈夫横躺在长椅上，说："我们吃鳗鱼吧。"叫了鳗鱼盖饭。给浴缸烧水，帮丈夫洗头。他说把身体也洗一下。从浴室出来，说让我帮忙擦干。他下到楼下，又在长椅躺倒。不知怎的，他一直在跟我说话。

东京的水龙头一拧就出水，让人感到不可思议。

三月二十四日（星期四）晴

想要早点走，但朝日的书评没写好，等他写完了，放在管理处，上午十一点半从赤坂出发。

如果雪厚，就要换乘吉普车上去，所以尽量减少行李，尽管如此，还是有一只双肩包，三只纸箱，两个包，一件花子的行李。食材物品有东京剩下的蔬菜（卷心菜、土豆、洋葱和萝卜等），面包，罐头，厕纸，易拉罐啤酒和零食等。

刚出门，在乃木坂目睹一起车辆事故。甲州街道很堵，慢腾腾地开。过了日野，就好走了。到八王子花了两个小时。相模湖周围的樱花开了一些。在一处 U 字形的大弯（那里有株巨大的老樱树），红色跑车、小轿车和旅行车三车追尾，跑车整个撞坏了，地上流了相当多的血。我开过去的时候尽量不看。

大垂水峠新开了三间茶屋。

大月的城区，参加完毕业典礼的学生们走在路上。

从大月左拐，进到沿着桂川的路上，可以望见有层薄云的雪白富士山。自从过年来这里之后，久违的富士山。

在火车站前的事务所问能上山吗。前台的女员工往山上管理处打了电话，说没问题。正好关井从二楼下来，他补充说，昨天大冈的儿子开车来了，他带着上了山，山上没有雪，路也没有崩塌，所以没问题。高尔夫球场旁边的路有点糟糕，其他地方都没塌陷。三点半左右抵达。

到家卸下行李，边走边打量梅树苗。有两株梅树的小树枝落下来许多，是自然掉落的吗？

刚打开厨房门，就看到之前水装了八成满的白铁皮桶里，有个小芋头模样的东西漂在水面上，长满了霉。仔细一看，有细长的尾巴，还有桃色的如同塑料的小脚爪，是睡鼠溺死了。橱柜里的米、乌冬面粉和油，还有放在背篓里的土豆和洋葱完全没有被啃过的痕迹。哪儿都没有被弄乱，就只有它一只死掉了。睡鼠是不是不知道人的食物能吃呢？我挖了个坑，把它埋了。阳光强烈，风吹得像在咆哮。

水电煤没有异常，能用。之前冻住的厨房龙头修好了。结冰的洗脸池龙头也修好了。厕所水箱漏水。

院子里的大蒜出了两颗芽，其余没有出。是不是因为铺了沙砾，芽藏在底下呢？

拉到西面屋顶的电线，有一根的固定处松了，低低地垂挂着。厕所的烟囱断了。是雪从屋顶落下的时候发生的吗？要尽快让他们修这两处。

夕阳一直到很晚都照进屋里，久违地晒着足足的太阳吃了午饭晚饭合一顿的饭。加了锦松梅[1]的烤饭团，萨拉米，盐腌紫苏姜，鳕鱼子，味噌汤。

来到山上，茶好喝。因为茶好喝，饭后，每人吃了一块在三叶草[2]买的杏仁派；仍然是因为茶好喝，又吃了巧克力和薯片。波可吃了一根鱼肉香肠。

今晚，我只稍微收拾了厨房，悠闲地玩。就连笔盒里都有老鼠屎，但我今晚不打扫，玩。

入夜后的风依然很大，满天星斗。西面低低地挂着像镰刀刃一样又细又薄的月亮，是叫作下弦月吧。

放了三个品川暖包。我、丈夫和花子各一个。

三月二十五日（星期五）晴，有时多云

放品川暖包睡觉，就会做梦。

梦见椎名麟三和耶稣，在唱歌。不知怎的，我知道歌名是《黎明之眼？》（本来不存在这样标题奇怪的歌。不

---

1 1932 年创立于四谷的佃煮品牌。原料有柴鱼花、木耳、香菇等。
2 位于六本木的进口食品商店，创立于 1932 年，2012 年结束营业。

过在梦里，歌名包含了问号）。椎名非常努力地唱着。椎名的太太凑在我的耳边，"现在，椎名需要五十万。本来是五十五万，不过，大致就是五十万，"她笑嘻嘻地说，"不过不用担心，椎名和那个人都很会唱歌。"椎名太太化了雪白的妆，一下子变胖了。我旁边的人，再旁边的人，都静悄悄的。就是一个这样的梦。梦里的耶稣比起圣画中的耶稣或是美国超大制作电影中的耶稣都要胖乎乎的。

起来一看，太阳已经挂得高高的，满满地照在露台上。

早饭　米饭，海胆，海苔，红烧比目鱼（在东京煮好了带来）。

晒泰淳和花子的被子。打扫二楼、餐厅和工作间。

不时有黑云掠过，忽然变暗，等云过去，阳光立即照下来。

午　面包（烤吐司），黄油，果酱，火腿（开了罐头），洋葱汤，沙拉。

三点，红茶和点心。

花子用松树的小树枝做了一大筐引火柴。

傍晚，我在院子里走了一圈，找去年年底二十八日掉在齐腰深的雪中的钥匙（车的）。没找到。地面铺了沙砾，所以不像去年雪融时那样泥泞，好走。小溪对面的人家传来几声孩子的声音。富士山上面的四分之三被云包裹，只能望见底下的四分之一。三点左右，风愈发强，到五点左右唰地停了。

去年在厨房窗户的遮光窗套筑巢的鸟又来了。早上，它们正要钻进窗套，被厨房的人影一惊，飞走了，然后又来了。来了十只左右的一群，好像是其中两只的巢。一只放哨，停在高高的树枝上，一只依次在树枝上腾挪，离窗套近一些再近一些，终于"啪"地瞄准窗套，扇动翅膀，仿佛要撞上去一般。放哨的一只一动不动地在高枝上，叫个不停，一旦感知到危险，就扯着嗓子用最大的音量告知。可怜。

早上和傍晚太阳下山前一会儿，那只鸟在叫。树莺还没有来。

四点左右，用电锅烤了红薯吃。我不想吃，在丈夫的建议下做了。结果吃得最多的人是我。

晚　每人两只放了锦松梅的饭团和味噌汤。

三月二十六日（星期六）晴，有时多云

早　米饭，海苔，海胆。

中午，花和百合子开车去野鸟园。在加油站给车加水。虽然只加了水，却给了我们两个冰激凌，于是买了羊羹（一百元）。今天是星期六，加油站因为日渐昌盛，挂了一

面巨大的国旗。迄今为止我都没注意到有根旗杆。

下山之前——我忘了写，我们从右边上去，试着爬了一段富士山。花子去年夏天之后就没上过山，所以我们把车停在三合目的玛利亚像那里，爬到玛利亚像旁边。一个人都没有，在昏暗的林子里，这尊玛利亚像看起来特别大。花子说："这尊玛利亚像真可怕。"风很冷。过了三合目，路上残留着雪，悬垂的冰柱也渐渐变粗了，像帘子一样挂下来。没有云，下方一览无余。在四合目的大泽附近有许多落石。到了大泽停车场，有路障，前方禁止通行。大泽停车场停着一辆车，好像是五合目的店铺开车下来卖土特产。非常冷。我们立即折返。

在河口湖站前的事务所交了管理费和其他费用，一年的份，两万三千三百六十元。我弄错了，以为要少一万，所以只带了一点钱，电费明天交，就交了这些，前往笼坂峠。

在野鸟园门口停车，因为没什么人，我让花子去柜台问开着吗。

门票 大人一百元，小孩七十元。

进到里面，有零星的人影。野生鸟类似乎在名为"野鸟笼"的用绿色金属网做的巨大穹顶下。在那里，每个人又买了五十元"野鸟笼"门票进去。在这里担任门卫兼讲解员的大叔据说是个有名的野生鸟类爱好者。他穿着天蓝色登山外套和长靴。只要问他问题，他就会讲我们预想的五倍的话。花子拍了鸟的照片。有个人长得太像小野忍[1]，以至于我们以为偶遇小野，那人的胸前挂着带长焦镜头的相机，因为过于激动，对我说："我还是第一次在这么近的距离拍乌灰鸫。"然后他又去花子那边跟她说话。

门卫大叔告诉我们在这里的鸟的名字。乌灰鸫、黄雀、灰胸竹鸡、绿雉、环颈雉、山斑鸠、树莺、日本绣眼鸟、日本歌鸲、啄木鸟、北红尾鸲、松鸦、大山雀、赤胸鸫。

这里建有温室小屋，所以候鸟也可一年到头在此生活。还竖着让啄木鸟啄的大枯树，树枝上戳着一切为二的土豆。任何一种鸟都是雄鸟更漂亮。有斑纹或条纹的鸟，雄鸟的图案比雌鸟复杂和清晰。

我问了这里的大叔关于大山雀的巢情况，他告诉我：

〇大山雀从现在到四月之间筑巢。它们是群居的鸟，不过在筑巢的时候会成双，两只一道。要让它们别在窗套里筑巢，只要在旁边做个盒子，它们就会在盒子里筑巢。从筑巢到生蛋并孵化，要两周左右。给雏鸟喂食的时间为

---

1 小野忍（1906—1980），中国文学专家，译有《西游记》等。他在年轻时代和武田泰淳一样是中国文学研究会的成员。

两周左右。然后雏鸟离巢，结群飞走。生九个左右的蛋。要是生完蛋亲鸟就不见了，是因为被老鼠之类惊扰吧。大山雀这种鸟，只要开始孵蛋，就很顽强，如果没什么大事，它都不会换巢，会照顾到孩子离巢。做的巢盒最好能伸进一只手，这样等雏鸟离巢后，可以彻底打扫。如果去年的巢还在，第二年鸟就不会筑巢。只要把巢彻底去掉，来年也会筑巢。

它们喜欢吃虫。不要放用稻草编了卖的巢，就放一个盒子，让鸟筑它喜欢的巢。它一天生一个蛋，要是在生蛋的过程中受到老鼠或人的惊扰，它会换一个巢，到其他地方生剩下的蛋。只要开始孵蛋，就很少挪窝。就这些。

三点左右，我们从野鸟园去富士国际赛车场。灰特别大的一条路。到了赛车场，正好是比赛结束人们陆续开车回去的时候。赛车场的旁边是富士灵园。没有照片上那么好。

在须走的城区，买了豆芽二十元，三只夏橙一百四十元，面粉五十元，两袋煮豆六十元，樱花虾三十元。

到家五点左右。

晚　烤饭团，内馅是海带、锦松梅或梅干。豆芽味噌汤，煮豆。

晚　放了两个品川暖包。我只要被窝里放了品川暖包就会做一堆梦并且睡过头，所以今晚没放。

三月二十七日（日）晴

早　米饭，海胆，海苔，鸡蛋，味噌炖青花鱼。

十一点，我们三个都坐上车。往保温壶里装了粗茶，包了四个白煮蛋带上。

去事务所付电费，结果星期天休息。有好一阵没见到外川，想问问他怎么样了，去了外川家，车和摩托车在房前的院子里，但一个人都没有，大门和廊子都敞开着。仓库那边有只瘦狗在看家，叫了几声。往屋里看去，只见太太像是做客穿的和服挂在墙上。走廊摆着新运动鞋。

在酒水店，两打啤酒，十个鸡蛋，一盒纳豆，三（大）盒火柴，三个可乐壳，共三千零八十元。

酒水店给了花子一个冰激凌。五个像是学生教师联合会成员的主妇在店里买礼包（糖），似乎是要送给学校的老师，她们在商量，是写"寸志"呢，还是写"御礼"。其中一人说："如果写'御礼'，意思是迄今为止多谢。但如果写'寸志'，意思是迄今为止多谢，今后也请多关照，含有两份心情，划算，所以写'寸志'更好吧。"她们立即定下了。还有一个匆匆忙忙的男人，选了各种点心，一样一点点，让店家做成一千元的礼包，然后立即坐进等着的车。店里人多，一直没轮到我们。酒水店买了新的立体声音响，老板娘戴了假发髻，显得比冬天年轻。他家女儿也穿了漂亮的中长款大衣。

过本栖湖，进到收费路，有一块写着"花鸟山脉入口"的招牌，所以我们决定去那里看看。在那个村口的鳟鱼养殖场旁边的加油站加了油。二十八升，一千四百元。加油站大妈说花鸟山脉就在前面，但其实到那里有很长一段路。

花鸟山脉门票，大人一百，小孩五十，合计二百五十元。手信一百元（整条烤的小鱼）。

回程的溪边，丈夫捡了红色大石头，花子捡了四个小石头。开到白线瀑布旁边的路。

在白线瀑布入口，花子从车里认出了那个在野鸟园为乌灰鹩激动的男人，长得像小野的，他们一伙四五个人一起走着。我们驶入收费路回家。三点半。

在河口湖的加油站，白煤油三百三十元。蜂斗菜佃煮和味噌腌菜，做得像手信。一卷胶卷（一百八十元），劳动手套（五十元），合计五百三十元。冰激凌也在其中。

加油站大妈往铝饭盒里放了关东煮。我小心地开车不让它洒出来，在赤松林那边吃了。

晚　米饭，豆腐味噌汤，油浸金枪鱼，三杯醋浸豆芽裙带菜，蜂斗菜佃煮。

在花鸟山脉晒得厉害，大家的脸都晒红了。

三月二十八日（星期一）阴，夜里有冻雨

今天早上是阴天。西边的山上罩着厚实的云。

早　米饭，海胆，海苔，鸡蛋，红烧墨鱼，洋葱味噌汤。

前天我撒了面包屑的地方，来了一只像三道眉草鹀的鸟，在啄食。院子上方台阶的位置来了一只大一些的鸟，一级一级上台阶，啄着土。边走边啄土的鸟是斑鸫或鹌鹑一类，吃虫子。这是野鸟园的人说的。

我准备了六只海苔包饭团（分别放了梅干、锦松梅），玉子烧，蜂斗菜佃煮，萨拉米，粗茶，十一点出去兜风。今天也是三个人一起。

我们从御胎内向右上了昂公路，往富士山开。出门时，我边踩油门边在大门口张望，只见从二合目到三合目的树林挂着雾凇，仿佛覆了一层雪。我们说，上到那边去看看吧，上到那里，又继续上到四合目。从大门望见的雾凇是在二合目三合目的位置，那里连草都挂着雾凇。几乎没遇到反方向的车。进到四合目的停车场，天放晴了，从本栖湖到白线瀑布一带，山脚的村庄清晰可见，像一幅全景画。还能看见纯白的阿尔卑斯。一辆花冠停在那里，两个男孩

冲下面的路扔石头，像是他们家长的大人在车里。危险，所以我说了他们。过了一会儿，我正要回去，两个男孩冲我说："屎婆子！"我回头说："人都要拉屎！"我被丈夫训了。

富士山一直到山顶都清晰可见。在车里吃了饭团。下山时，到了树海台的玛利亚像一带，雾陡然变浓，我摸索着开到一合目。

把饭盒还给加油站，在事务所付了电费，委托关井解决下雪导致的问题，修落下的电线，把净化槽折断的烟囱重新竖起来，修理厕所水箱漏水处。

顺便去了外川家，说是外川家的长子找到了工作，所以他带着儿子去了东京，明天回。太太说"进屋吧"，我没进去，立即上车。说是外川从四月起上山工作。外川家来了人，似乎是亲戚们，他们好像在被炉那儿吃荞麦面，传来声响。外川家只要有人，一般都在吃荞麦面，总有吃面的声音。

向左绕河口湖的湖岸一周。以前只从去御坂峠的路左转开过一小段，还是第一次绕湖一周。叫作大石的村子附近有老樱树的行道树，花蕾鼓鼓的。湖岸弯来绕去，很长。一路有好几个村子，在意想不到的位置建别墅，或是正在建设。从前建好的别墅成了废屋，就那样留在桑林或树林中。

到家之前下起了小雨。降温了，雨又停了。雾变得愈发浓，因为雾，村有林一带看不清。

四点左右，用电锅做了什锦烧[1]（放了叉烧、葱和樱花虾）。

晚 粥，蜂斗菜佃煮，炒茄子，梅干，黄油。花子用电锅自己做了炒面，放了新上市的卷心菜，好吃。饭后吃了夏橙。

这时，雨开始夹着雪。今天鸟一直在找食。据说"这种日子，之后会下雨或雪"，是真的。

过路费四百元。电费（一年的）三千二百九十三元。

丈夫说，明天九点左右回东京。来这里之后，狗的毛蓬蓬的，像松毛虫一样。

十点半左右，我关卧室的小窗时，雨变成了雪，积了差不多五厘米。

三月二十九日（星期二）早上多云，有时雪，午后晴

尽管紧闭遮光窗，尽管在被窝里，在昏暗中就有种像是生腥气又像是某种动静的存在，早上起来一看，积了三十厘米的雪。那是雪的气味。是充满水气的春雪，我想

---

1 放在铁板上烙的煎饼，材料有面浆、鸡蛋、蔬菜和肉等，最后浇上酱汁。

马上就会化了，但因为今天要回去，我一直在关注外面。上午，西面的天空刚稍微亮了几分，又有云飘过来，窸窸窣窣开始下雪。收音机的天气预报说，御坂峠十五厘米，富士吉田五厘米，山岳地带二十厘米到三十厘米。这里好像属于山岳地带。丈夫说，今天不回去了。

午饭后，我们仨带狗去散步。波可会埋在雪里，于是它一会儿跳起来，一会儿哧溜溜往雪里钻着走，满身是雪。有兔子的脚印，还有一种不知道是什么动物的脚印，像是野兽。我们来到公交车的路上，推土机正冒着烟往上开。车后面有一个管理处的人跟着走。他说，昨天把车停在管理处下了山，今天车开不出来，很难办，所以现在让推土机铲雪。我说，我们原本打算今天回，往后推了一天，想要明天回去。他说，那么顺便，今天让推土机到你们大门那儿，让车能开出来。

我原本打算自己装雪链，那就等推土机来的时候让他们顺便帮忙装。我们回到家，大伙儿一起铲了大门前的雪。不久，吉普车来了，两个人下车，帮我们装了雪链。过年来这边装了雪链下山的时候，在底下的加油站把多出来的松弛的部分切掉了，现在雪链太紧，连男人也很难装上。用千斤顶把车升起来，总算装上了。他们告诉我："回头每个轮胎加一个锁扣，全部加四个，不然伤轮胎，而且女人很难装上。"

说起来，一月回去的时候，在相模湖跟前没了雪，我把雪链卸下，就很难卸。推土机也来了，帮我们铲雪。

算是三点的茶点，我做了炒面给推土机还有吉普车的三个人，端出啤酒。S不知怎的精神不佳。说是他从过年到现在轻了三斤。另一个高个子向我解释道："虽然看着悠闲，乡下的村里也有很多烦心事，有很多辛苦。"他们顺便帮忙修了厕所漏水的水箱。说是密封圈的问题。

黄昏，西面变得明亮，残留的阳光照过来。于是丈夫忽然说想要今天回去。我和花子两个人手忙脚乱地洗了炒面的锅还有盘子，打包行李。这种时候，花子是个好帮手。

不同于一月回去的时候，因为是春雪，不会蹭着车底，也没有嘎吱声。

下到加油站，让他们卸下雪链。大叔说，雪胎有多的，要不要换成雪胎走，我拒绝了。又给了我们三个冰激凌。

买了两盒味噌腌菜，两条羊羹，四百元。

出加油站的时候六点半。白昼变长了。

大垂水峠附近卡车多。从八王子往前的道路通畅。

九点半，在赤坂房间的椅子上坐下了。丈夫说："在宫川叫个鳗鱼吧。"叫了鳗鱼（泰淳）、三色盖饭[1]（我）和烤鸡胸肉盖饭（花子）吃了。

四月八日（星期五）阴，有时晴

丈夫的书评稿件没写完，因此将早上出发延后，一点左右写完，吃过饭，两点出赤坂。

今天的行李。

萝卜，卷心菜，土豆，红薯，大蒜，葱，面包，蜂蜜，海苔，赤坂饼[2]，零食，罐头，易拉罐啤酒，厕纸，糯米饭，托盘，一条竹荚鱼干，炖牛肉，比目鱼松，锦松梅，木耳，一个插线板，一个台灯插座。丈夫工作用的书。洗过的束脚裤，还有毛衣等。吉他。

行李多，从车上运到家里，在院子里上上下下，很辛苦，但在东京把东西买好了，饭菜好吃，而且不用在昴公路收费站付钱出去买，所以不知不觉就装多了。

我今天肚子饿得厉害，而且犯困。想着在途中的休息站买个豆沙面包，停车一看，没有面包。店里的人说，去

---

1 红烧鸡肉糜、炒蛋和凉拌菠菜分成三个区域盖在饭上，茶色、黄色和绿色，因此叫作三色盖饭。

2 位于赤坂的点心店"赤坂青野"的招牌产品，外裹黄豆粉的年糕团，盒子用小包袱布包裹，吃的时候把赤坂饼放在小包袱布上。

餐厅的话有面包吃。我什么也没买，直接开到"元祖肚脐包子"[1]，买了最小盒的一百五十元的肚脐包子。我说我马上就吃，店家给装了冒着热气的，不系绳，扎了根橡皮筋。停着好几辆旅游大巴，有两名乘务员也在买肚脐包子。他们像是熟客，用二百元买了两盒一百五十的。我回到车里吃了四个包子，心定了。

今年的樱花。一直到八王子附近，樱花过了花期，开始散落。从高尾山往后，连绵又连绵地盛开。我第一次注意到，从大垂水峠到相模湖有这么多的樱树。地上一片花瓣也没有，正是盛开的最初时分。从大月到富士吉田的山麓电车沿线的道路上，神社的樱花、小学校的樱花、山路上的樱花、发电厂的樱花、警署的樱花，都在盛开。大月站跟前的城区在举行庆典，挂着注连绳。城区边上有座被樱花包围的神社，门口摆着摊子，在卖面具和棉花糖。那地方盛开的樱花像盒子一样罩住神社和摊子，仿佛一只大灯笼。

五点半抵达。梅树出了小芽。院子里的樱树也出芽了。

蒸了糯米饭，配牛肉、比目鱼松和海苔吃了。我喝了两碗萝卜味噌汤，吃了十个薤头。

---

1 豆沙包，上面有个形如肚脐的凹陷。

"今晚收音机的北京广播讲了越南的事。"丈夫在临睡前说。他翻来覆去地说着 meiguo[美国] 和 sulian[苏联]，进了卧室。八点半。

今天看了很好的樱花。桃花也一道开着，似乎是因为今年的樱花晚，所以一齐开了。我今天的感想——柳色樱彩堆一处，都城如春锦[1]（这不是我作的。小时候背下来的琴歌）。

一盒肚脐包子一百五十元。昴公路过路费二百元。

四月九日（星期六）晴，午后转阴黄昏雨

来到这里，在双层床的房间睡，早上会做一堆梦。

昨晚梦见我成了死囚，接着又做了一个梦，在那个梦中，我心想："变成死囚是梦，太好了。但我的胸口和屁股好冷啊。"其实我躺在樱花落了一地如同铺了被子的地方。

太阳升高了，丈夫晒了他的被子，靠在被子上喝着啤酒。管理处的人来装被雪打落的电线。

管理处的人说，明天天气会变糟，今天是绝好的赏花的晴日。湖畔的樱花还没开。这附近，山麓电车沿线的东桂那边发电厂的樱花开得好。

是我们昨天来的路上在车上看到的樱花。去年他们也

1　三十六歌仙之一的素性法师作，收录于平安时代《古今和歌集》。

说过，发电厂的樱花好。

早饭　米饭，海苔，海胆，比目鱼松，炖牛肉，味噌汤。

樱花季的阴天。周遭显得模糊，远山也只能看到淡淡的轮廓，尽管如此，是个好天气。听见树莺的叫声。院子里的富士樱的芽头长到米粒大。落叶松的芽呈现鲜明的绿色。院子里的树全都冒出各种形状和色泽的芽。

午　什锦烧（放了樱花虾、切碎的牛肉、葱、海苔碎），汤，炒卷心菜。

之后，蒸了剩下的肚脐包子吃。

下午有些多云，天阴了，仍然暖和。丈夫睡了午觉。

因为变暖了，我给厨房和储物间做了大扫除，擦了玻璃门。在之前种菜的地方又种下土豆和大蒜，二十个左右。拿铁锹出来的时候，顺便整理了仓库。

晚　米饭，盐腌鲑鱼，红薯味噌汤，夏橙。吃了赤坂饼。波可开心地舔了剩下的黄豆粉。

晚饭时的广播。越南南部的反政府运动愈发激烈，从今晚到明天，情况变得危急。支持岘港反政府运动的第一军团的对空炮，炮口朝向美空军基地。

晚上，高原上散落的路灯忽然看不清了。雾变浓了，变成雨，下个不停。铁皮屋顶的雨声响亮。赤坂的家是公寓，所以没听过雨声。听起来是一种罕见的声响，一直渗进脑袋深处。

八点半，丈夫睡了。

四月十日（星期日）阴，有时晴，夜晚星空

早上，天黑的时候，丈夫在壁炉里烧柴，烟特别大，餐桌、壁炉上方、二楼的栏杆和台灯灯罩全都罩了一层煤烟。我睡着的时候，看起来煤烟也飘到我这边，我的鼻孔和脖子都一片漆黑。

早　烤吐司，汤，卷心菜包肉[1]。

午　豌豆黄油焖饭，佃煮，味噌汤。

波可分了一些焖饭，还开心地吃了卷心菜包肉。

我正在准备午饭，R来了，带了他之前说的用樱树还是枫树做的烟盒。他说，看起来像大黑天背影的烟草盒是用樱树瘤做的，装烟斗的部分是用枫树做的，根付[2]是榉树，烟斗柄是卫矛，售价一万五千元。当然不会买。"仔细看，很像大黑天往那边走的背影吧。"R说着，一遍遍地以那个角度举起烟草盒。R还说："可以在你们家放一阵，装饰和欣赏。"他把烟盒留下就走了。我立即收进壁

1　用卷心菜叶包肉糜，然后煮熟。形同百叶包。

2　日式烟草盒的吊坠。

橱。听说前几天，R 去了大冈他们在大矶的家，讨论盖房子的事。

有一只据说是墨西哥的又旧又脏的托盘（东京的旧货店送的），丈夫用黄颜料上了色，变得很好看，于是我把它挂在二楼的走廊。

三点，我们往昴公路开，打算上富士山，途中在御胎内跟前停车，想要在林中路散个步，左边有个男人叫道："不好意思，帮个忙。"一辆静冈车牌的车陷在泥泞当中。千斤顶扔在一旁，看来是用过但没用。男人让与他一道的年轻姑娘扶着方向盘，但以他一个人的力气，看起来没法将车推出来。丈夫劝道："沿着这条路继续前进，里面的路更糟糕。我是为你好，还是倒车回去比较好。"我、丈夫和男人三个人推车，让姑娘打方向盘，把车倒回到路况好的地方。男人喊与他一道的姑娘"你这家伙""你这家伙"，咆哮着指挥她怎么打方向盘，怎么踩油门。姑娘战战兢兢，尼龙袜被树枝挂了口子，裙子上溅了泥，她看都不看，迈着双腿在驾驶座和男人之间奔走，按他的话做。推回去的车上到昴公路，向左往河口湖的方向一溜烟地开走了。我们从昴公路向右上了富士山。

从二合目往上，背阴处的小溪和森林中，仍然残留着三月末的雪。尽管如此，风不那么冷了，车里也不需要开暖气。从三合目往上开，周围是向下席卷的雾气。大泽的停车场也在雾中。在一种阴暗的让人毛骨悚然的雾中，宛如电影的场景：机龙之助坐在石头上，其实那块石头是恶女大姐的墓碑[1]。

傍晚，太阳照过来。在管理处买了面粉、味滋康醋、菠萝和桃罐头，共三百七十元。

晚　炒面（卷心菜、牛肉、樱花虾）。

我吃完一盘，正在吃第二盘，突然不想吃了，打算把剩下的留给狗明天吃。"百合子总是开开心心地吃着然后突然就厌烦了。突然就厌烦是个坏毛病。"丈夫仿佛自言自语般说道，他其实是在训我。

夜晚有星星。远处的灯光和星星看起来一般大，颜色也像。

最近常做炒面和什锦烧，用了大量的樱花虾。今天整理储物间，翻出来发霉的樱花虾，用开水烫过，晾在竹匾里，放在傍晚有西晒的露台上晾晒。

---

1 机龙之助是中里介山（1885—1944）的剑侠小说《大菩萨岭》的主人公，该长篇从1931年连载到1941年，共41卷，未完结。"恶女大姐"墓主是阿滨，机龙之助曾经的恋人。该书多次被搬上银幕。

四月十一日（星期一）阴然后转冰雨，夜里下雪

早　米饭，萝卜味噌汤，鳕鱼子，海苔，鸡蛋。

午　咖喱饭。

晚　葡萄面包，西式清汤，山药泥，夏橙。这个葡萄面包可不是普通的葡萄面包，是特别好吃的葡萄面包，里面的葡萄干胖乎乎的。

早上便有雾气落下来。雾气围绕着房子，缓缓移动。

一点半左右，我一个人下山。昂公路连续上来五辆坐着中学生的大巴。中学生们像是都累坏了，垂着脑袋在睡。出门时看到一片片白，底下在下雨。

在酒水店。一打啤酒一千四百四十元，两条秋刀鱼干二十五元，一把葱，一升烧酒三百四十五元，一升白葡萄酒四百七十元，夏橙一百元，合计二千三百八十元。

在锯莱特店买了两捆锯莱特，四百元。今天锯莱特像是卖得很好，我买的是刚做好的，拿着发烫。兜到吉田。在旧货店停车，插花的竹篓四百五十元，旧钱币三百六十元，老镜子六百元。镜子有植物的花纹，雕着一个庄严的名字，藤原定通，是住在富士吉田名叫藤原定通的人做的吧。我猜那个人可能原本姓渡边，名叫治。镜子的重量和大小正好当镇纸。

在加油站，白煤油三百三十元，汽油一千五百五十元。

店里摆着山药，我想买，他们放了四根在袋子里，说"拿走"。他们怎么都不肯收钱，我便收下了。

回程的雾变浓了，只能瞧见自己的车。白色的东西落下来，比雪的声音大一些，像是霰。

五点左右，霰变成了雪。刚开始，落在地面和露台之后，马上化成了水，但不知不觉间染了一片白。收音机说现在是三月初的气温。还说，叫作栗子峠[1]的地方——是哪里呢——不装雪链就上不去，大卡车要注意雪崩的危险。

刚开始下雪的时候，那只喜欢面包屑的鸟一边鸣叫一边过来吃，等雪渐渐下大了，它就不来了。

波可像是一直候着晚上的山药泥，大口把我们吃剩下的咬啊咬地吃完了。

八点，丈夫入睡。

我把昨天洗了晾晒的樱花虾放在暖炉旁边继续晾干，晾着晾着想吃，吃完了。

◎终于捡到了去年冬天落在雪里的车钥匙。今天买东西回来，卸下物品刚迈步，"当啷"一声，钥匙在脚下，稍微泛起茶色，生了锈。真好。

1　福岛县福岛市与山形县米泽市之间。

四月十二日（星期二）晴，有风

晴朗无云。富士山从五合目往上在云中，底下是雪的白色，整体带点紫色。

早　咖喱饭（泰淳），什锦烧（百合子）。

把被子全晒了。狗的被子也晒了。把葱种在土里。在露台上掸餐厅的地毯。风从西南方往上吹，尘土往院子的高处飘。把去年买来之后忘记的花种撒在房前的院子里。用水洗了狗屋、铲子、铁锹、长筒胶靴，把上面的雪、冬天的脏污和泥巴冲掉。给梅树施肥。毛衣都脱掉了，穿着短袖。

树莺开始不停地叫。

午　豌豆焖饭，烤秋刀鱼干，醋拌海蜇，黄瓜。

晚　烤吐司，汤，山药泥，油浸竹荚鱼。

波可喜欢吃没吃过的东西，因此它吃了山药泥，吃了切下来的烤吐司，吃了竹荚鱼，舔着嘴巴，心满意足。

打算明天回。

落叶松的芽一天天变绿了。下回来的时候，正好是落叶松发芽最美的时节，说不定湖畔的富士樱也开了。我有些激动。

大概因为雨雪多，房前的院子里，杉树上的青苔绿油油的，仿佛刷了夜光涂料。

四月十三日（星期三）晴，有些多云

上午十点下山。

临回去之前，把吃剩的面包撕碎了撒在院子里。

在加油站停靠，排掉防冻液。听说往五合目开的车仍然在加油站加防冻液，不过我们下次来的时候大概已经暖和了，有防冻液在车里，开快了回东京会过热，所以让他们排掉。

买了二百元山药。大叔说，你们下次来的时候，富士樱就开了吧。

大叔说，五月初，我这边找两个人上山，给你们种玉米和南瓜。我说我没那么多地方可以种菜，种个十棵二十棵就够了。他说，十棵没办法授粉结果吧。得一口气种个五十棵。还说，玉米和南瓜都**直接撒种**就行。结的南瓜虽然个头小，但肉质紧实，好吃。南瓜和女人一样。

大叔今天很兴奋，还说要给我们看他为之自豪的标本。是去年年底落在高压线上死掉的鹰的标本，做得不太好。店里堆着腐烂的蔬菜，标本放在那上面，所以和蔬菜一道散发出古怪的臭味。

从御殿场回。山中湖开着一两株富士樱。在富士小山[1]

1　静冈县小山町。

一带，樱花过了盛期。御殿场和山北一带开满了油菜花。

四月十九日（星期二）阴，有时晴

上午十一点半出东京。天阴着，仿佛要下起小雨。气温从昨天就低，听说昨晚在群马的沼田下了二十厘米的雪。我担心梅树的芽。

把蔬菜、面包、送店里洗干净的毯子、三个新被套、床单等，还有花种（百日菊、鸡冠花、大波斯菊），都装上车。

从御殿场走。山北一带，油菜花仍在盛开。富士樱也在盛开。

须走的自卫队学校跟前的神社，那里的樱树似乎是长成大树的富士樱。那株樱树和垂枝樱仿佛浅桃色的云霞。

在加油站停靠，加油。大叔不在，大妈让我带上腌菜。"我给你弄成马上能吃的。"说着，她把腌菜洗好切好，装进盒子，用报纸包了。是腌萝卜。她说："下次我给你油菜叶，也弄成马上能吃的。"弄成马上能吃的，指的是帮忙切好。

汽油三十点七升，一千五百三十五元。

我们家的樱花，傍晚太阳落下去之前照射最多的地方，桃色最浓。日本海棠也缀着大量的花苞，红彤彤的，刚开。

各种各样的草从土里冒出了芽。傍晚，天色微暗，雾气落下来，什么都看不见了。这时，树莺开始鸣叫。

晚　提早吃饭。味噌汤（新土豆），加油站给的腌萝卜，比目鱼松，糯米饭。

七点半，丈夫睡了。我今天也从晚饭的时候就恹恹地困。

收音机里说，今晚也冷，说是靠山的地方会下霜。

四月二十日（星期三）稍微多云，有时晴

昨晚虽然困，却开始读一本叫作《沉默》[1]的书，一直读到两点半，然后睡到早上十点。

树莺时常鸣叫。

十一点左右，中央公论的常田来了，为《世界的名著》[2]来的。他让租用车等着。他喝了啤酒，特别匆忙地在院子里看了一圈，走了。我给司机送了年轮蛋糕和红茶。司机被迫等了很久，一脸不高兴。我们三人相识是从我

1　远藤周作的小说，1966 年由新潮社出版。
2　中央公论社从 1966 年到 1976 年发行的系列哲学丛书，共 81 卷，内容涵盖婆罗门法典、原始佛典、历史上著名的哲学家的作品等。武田泰淳参与了书中附带的宣传资料《月报》的撰文。

在"兰波"[1]、常田在《人间》[2]编辑部那会儿，差不多是在二十年前了。"那时候，我们三个都穿着古怪的衣服和外套，白天也像晚上一样喝酒。常田，你现在成了中央公论的人，穿着好西装，像个绅士。我也开上了车。我们活了好久啊。"

常田像是无奈地笑道："等《世界的名著》完结，我都退休了。"

午　什锦烧和汤。

傍晚，波可站在大门的石墙上，朝着太阳照过来的方向，吹着风，一动也不动。据说狗的眼睛只能看见周围的黑白场景，它在想什么，又在看什么呢。

外川他们一伙人开车来了。他们干完了活，正在下山回家的路上。外川一个人下车，来了我们家。女工们就只是在车里笑，没有下车。

外川坐在餐厅的椅子上，喝着啤酒。

1　出版诗歌与美术书籍的昭森社在楼下开办的咖啡馆，也私下贩卖当时被禁止的烧酒。婚前的（铃木）百合子曾在那里当服务生。

2　1945年由川端康成和久米正雄创刊的文学杂志，主编是曾在《文艺》任编辑的木村德三。起初的两年，《人间》风靡一时，后来走下坡路，发行方镰仓文库破产，将杂志转卖给目黑书店，其后未能挽回颓势，1951年停刊。

○儿子在电电公社找了工作，所以在距离池袋的我妹妹家一两分钟路程的位置租了公寓让儿子住。三叠的房间，四千五百元[1]，此外还要交电费。之前住的是埼玉来的学生，那人毕业了，房子空出来。他在妹妹家吃饭，所以付给妹妹六千元，此外每个月给那边一斗五升的米[2]。感觉像赔了又像赚了，仿佛好又仿佛不好。要是一个月不去东京看儿子一回，会担心。去的时候，会让车上坐满想去东京的人，也是一番折腾。

上次从东京回来，天有些黑了，我在鸟山的绕行道路上开到八十公里，前面的跑车因为信号停了，发生追尾。当时黄灯亮了，但我想着前面是跑车，不会停的，结果人家好好地停车，所以撞了。开跑车的不是那人自己的车，说是老板在十天前刚买的，他偷偷开出来，要是警察来了就糟了。双方都不想惹事，所以开到两公里之外的修车厂，我出了一万元，把事情结了。对那人来说，我要是去他们公司，他开车的事就会败露，所以想当场了结，我这边也想要用手头的钱把事情结了，于是连相互的地址和姓名都没问，给他一万元了事。

1　1966 年（昭和四十一年）大学毕业生的起薪在 24900 日元左右。
2　约 22.5 千克。

（外川的）车修理费一万七千，跑车的损坏大概五万左右。他说："感觉像赔了又像赚了，仿佛好又仿佛不好。在东京开车真吓人。往返东京一趟，肩膀有两三天都是僵住的，脖子难受，脑袋昏沉。寿命都短了。"

外川喝啤酒的时候，闭上眼，整张脸皱起来，咕嘟一口喝下去。他是不是头疼呢？他的脸庞通红。外川走后好一会儿，夕阳仍照在餐厅里。

晚　豌豆黄油焖饭，烤盐腌鲑鱼，切了味噌腌菜然后撒上炒柴鱼花，海苔。

波可特别开心地吃了豌豆饭。当动物埋头吃饭，摸着它的脑袋，心情便松弛下来。我喜欢蹲下来给动物喂饭。

晚，星空。

四月二十一日（星期四）晴，有时多云

并非万里无云，但暖和得让人出汗。

带来的花种，我把秋英撒在大门周围，鸡冠花撒在石墙顶上，百日菊撒在房前的院子里。

树莺今天来到紧挨着餐厅的树上叫，还来到堆着的柴火上叫。

关井来了我们北边邻居的地块，我让他看看梅树的情

况。他说已经不要紧了。他的意见是：种下去的前两年，有时会被冻死，所以本来应该在入冬前用草席裹上，就完美了。下一个冬天，你要么用草席裹，要么单单在根部铺上草席，会完全不一样。把枯萎的树枝砍掉，旁边就会出芽，再过一阵，把多余的树枝砍掉，就会长高。在这么冷的地方，很少结梅子。不知道会不会开花结果。

北邻的买主又买了一块地，成钩形连到我们的西边。说是把我们的西边一起买了，那块地形就成了"坤××"，特别好。说是他家很讲究兆头，所以才那样买。

关井说，要不要把附近小溪边的白桦树移到院子里。树不用钱。只付人工费就行。现在是移栽的季节，你们同意的话马上就移栽。

我去看了小溪那儿的白桦树，定下移到院子的中央。

黄油用完了，去管理处买，又遇见关井。管理处外面放着一块整板，像一张大桌面，我说想要，关井说，等有了好的木头，做给你。这样的整板，都是按一石两石买，然后让人拖回来。

四点左右，狗叫个不停。外川来了。外川拿了一塑料袋西太公鱼给我们。他说现在的西太公鱼还小，挑了大的来。他是从湖畔大石聚居地再过去，他太太的哥哥拖的渔网那里买来的。我备了做天妇罗的料。外川啜饮着啤酒，吃着西太公鱼，抒发感想："湖畔的樱花，就在今天或明天盛开。东京的上野或飞鸟山的樱花没什么了不起。东京的樱花，花的颜色怪怪的。"昨晚他下山后，消防员有场聚会，吃了马肉烧烤。从盛冈来的特级马肉，一百克八十五元，买了六千克，刷了油，把马肉放上去烤，然后蘸烧烤酱吃。二十人的聚会。"马肉不管是做刺身还是烧烤，不管怎么做，我都喜欢。"他说道，仿佛在回忆肉的滋味。外川吃天妇罗的方式是把差不多五条鱼泡在蘸汁里，使劲按几下，过一会儿一次吃掉。

外川今天讲的其他事：

〇捕鸟的方法。下雪的时候捕雀儿，用捕鼠器。最有意思的做法是把阿多鲁姆[1]之类的安眠药放进茶杯，用水融了，在里面浸泡小米或米粒，然后撒在地上。鸟在下雪的时候没有食物，马上就会来吃，不久便脚步蹒跚，拍打翅膀也飞不起来。就可以把飞不动的鸟抓住。也有人不用阿多鲁姆，用日本酒或烧酒浸饵，但鸟不醉。鸟似乎是不会醉酒的。

---

1 盐野制药在 1946 年发售的环巴比妥安眠药，后来引发了滥用药物的问题，且不少人用该药物自杀，1973 年中止销售。

○这边二百五十元能买一只鸡。把鸡毛拔了，切成四块，做成炸鸡，好吃。有个来做石匠活儿的女工，来你们家干活时也很爱讲话的那个，她以前养过鸡，拔毛特别快和利落，一个小时能拔十只。拔毛要先用热水浸再拔。

○钓鱼，钓鲤鱼，用虫蛹，或者用水泡发的玉米粒钓。

○想让在东京租房住的儿子偶尔回家呼吸一下新鲜空气，要不要买辆车给他呢。觉得可以用月供买一辆二十万的车。

到了五点，外川说同伴们还等在工地，慌忙起身回去。天妇罗没吃完，丈夫说："你带回去吧，或者让大伙儿来这里吃。"但他像是不想让大伙儿吃自己带来的西太公鱼，直接走了。

天气从傍晚开始转阴。晚上，收音机说，明天天气会变糟，有些地方明天下雨。

黄油一百九十元。

吃了一堆天妇罗，困得很。

五月一日（星期日）晴，无风，有时多云

八点，把花子送到学校的寄宿舍，直接往山里开。

至于为什么忽然今天早上来，是因为丈夫说："我惦记着樱花开了没有，想去看看。也可以去了马上回来，今天去看吧。"我也有种感觉，好像去年没能在富士樱的季节来。明治屋[1]昨天因为春季罢工临时关门，所以只带了家里的食材。

书，二十册东洋文库，还有易拉罐啤酒。

今天有劳动节的游行，电视上播放了封路的位置，但我在做早饭，没看到。我就随便把车开出去，神宫外苑和千驮谷都没有交通管制，只在代代木附近有一处。今年劳动节的会场在奥运村。

我在立教女学院[2]门口让花子下车，开上甲州街道。

在国立[3]附近，车流的速度变慢了，载着一叠《红旗》[4]星期日版的自行车上竖着红旗，连续超了好几辆汽车。在府中路口遇见劳动节的游行队伍，一直延伸到多摩川的桥那儿。从高尾山的火车站门口一直到登山口的路上，两边都是参加劳动节文娱活动的家庭和年轻男女，人们列队走着。在"肚脐包子"买了一盒肚脐包子。我去了店里的厕

---

1 创立于1885年的食材店，也是日本最早卖可口可乐的公司。武田家常去的可能是六本木的店。

2 1966年4月，武田花从立教女学院中学毕业，升入该校的高中。

3 东京都多摩地区的町，1942年改为市。

4 由日本共产党中央委员会发行的报纸，创刊于1928年，起初不定期发行，1935年停刊，1945年复刊，后来改为日报，1997年改名为《新闻红旗》。

所，三个男的，看起来像是刚从乡下出来的店员，他们一边上厕所，一边讲下流话。有个年轻姑娘听了难受，往下走到位置低一截的旧厕所那边。"肚脐包子"除了卖肚脐包子，还卖杜鹃、枫树、小叶黄杨和松树的植株，小的二百元。我开过来的道路两边，杜鹃花正在盛开。

在大月左转，来到谷村，有好几个交警。商店街上正在举行劳动节游行。因为没有交通管制，来去的车与游行队伍叠成三股，一会儿这边停下等，一会儿那边停下等，人们看看对方的表情，自行判断。游行带有郡内[1]色彩，有"河口湖精密"和"富士急"的旗帜。队尾有三四个都留文科大学的学生，之后是警察的车。警察只是跟着队伍走。所有商店都贴着"第三十七次欢迎劳动节"的传单。

人们一遍遍唱着"听！万国的劳动者"，歌声轻而安静。

驶入昴公路，两边的赤松林里开满了紫红色的杜鹃花，一直延续到高尔夫球场入口。高原上的富士樱也在盛开。到了山上，邻居门口的樱花盛开。下车进到院子，我们家的每一棵，每一棵樱花都在盛开。风吹来，樱花飘啊飘地散落。树枝挂到头发，樱花又飘啊飘地散落。

树莺的叫声变得纯熟。

1　山梨县都留郡一带。

午　米饭，黄油烤鲑鱼，黄油炒荷兰豆，味噌汤，海苔，海胆。

之前撒下的花种出芽了。堇菜在院子里开了许多花，堇菜也有某种气味。我把面包撕碎，撒在院子里。波可把我撒下的面包从熔岩与枯萎的羊齿间一块块地叼出来，钻到露台底下，埋进土里。它自己不吃，忙着一块块地叼了埋起来，连眼眶都沾满了泥。它不想让鸟吃。

晚　什锦烧。我吃了炒面。

一小盒肚脐包子一百五十元，过路费二百元。"花开了之后，就知道有几棵樱树了。大的二十棵。算上小的，我们家有四十棵樱树。"丈夫像是今天数过，喝着啤酒说道。

从厨房望见的高个子樱树像喝了酒似的通红。看起来红，是因为花心格外红，开出这样的花的樱树，连树干也泛着红色。

傍晚的樱花最美。无论多少次我都会看。这全是我的。

五月二日（星期一）雨，早上有雾

今天早上仔细一看地面，我撒下的花种之外，各种草都发芽了。上午，雾变浓了，开始下雨。一下雨，樱花就冲着下方绽放。雨不大的时候，鸟若无其事地来喝水，衔走面包屑。长得像日本绣眼鸟的小鸟钻进樱花吃花心。没有风，雨静静地下着，沁入万物。收音机里在放《四季之眺》，琴声很衬从厨房窗口望见的两株红樱。树莺在雨中仍在鸣叫。可能因为樱花绽放，虽然下着雨，却有种奇异的明亮。

黄昏起了风，雨变大了。

收音机里说，山岳地带今晚暴风雨，登山的人要小心。进入黄金周后，山梨县的交通事故一下子变多了，要小心。收音机里还说，现在各处公路休息站在举办庆祝活动。

晚　鸡蛋粥，黄油烤鲑鱼，腌菜，牛肉大和煮 [1]（这个是百合子吃）。

十点过后，把狗放到院子里。外面风大，雨倒是停了，云不断飞过。天空晴了三分之二，有星星。月光也照下来。风暖乎乎的，感觉外面比家里还暖和。今天，浴室的瓷砖墙湿漉漉的。

五月三日（星期二）晴，风大

昨晚，风吹了一整夜。昨晚卧室的门开了好几次，放着不管，又被风吹得关上，关门声让我惊醒过来。就这样反反复复一直到四点左右，我感觉晚上只睡了一会儿。

1　此处没有写明，但应该是罐头。

十点半下山。丈夫用昨天放在外面打湿了的纸箱装了空啤酒瓶，往上搬。结果到了大门附近，箱底破了，打碎了十个瓶子。今天的富士山仿佛洗过一般，色泽分明。雪少了许多，大泽崩附近留着一处积雪，像鸟的形状。说不定那就是叫作"农鸟"[1] 的。在火车站前的邮筒给花子寄了明信片。

绕河口湖一周，大石的樱树行道树新叶婆娑。去西湖的路在施工。在西湖庄吃午饭，丈夫吃了西太公鱼天妇罗盖饭，我吃了牛奶和烤吐司。西太公鱼天妇罗盖饭里面有西太公鱼、香菇、蕨菜和小虾天妇罗，做得很用心，看起来很美味。我们进店后，来了两桌人，都是两个男的，全部点了拉面。西湖上，风呼啸着吹过，浪又白又高。湖岸的路况糟糕，不过路比去年拓宽，变得好开了。我们在鱼眠庄前的湖湾停车，望着湖水休息。水很清，有大量的西太公鱼在水里游。水边漂着死去的西太公鱼。有个男的撒了像是糠的东西，让鱼群聚集过来，然后垂钓，但他好像一条也没钓到。在即将进入树海的位置，根场聚居地的外围，桑林之间有桃树林，桃花正在盛开。仿佛有仙人伫立

1　四月底到五月中旬之间，富士山七合目、八合目的残雪像一只鸟，称作农鸟。从前看见农鸟正好插秧，如今的农时与其不符。

其中，花开得让人沉醉。

在树海里也有男男女女在走路，还有反方向来的车，今天满是人味儿。前往本栖湖的方向，车排成队，在风洞的入口还有卖棉花糖的摊子。我开到夏天游过泳的本栖湖的湾口，然后掉头。回程，在大岚入口看到两起追尾。

在酒水店。两打啤酒二千八百八十元，两只夏橙一百二十元，一块豆腐七十元，一袋煮豆三十五元，四只红薯五十元，一袋焙茶一百元。

这附近的豆腐，说买一块，店家就会给两块，每块都比东京的一块大。只要买一块，就得每天吃这个豆腐。

老板娘送了我一袋腌萝卜。

在河口湖的肉店。八十元的上等马肉四百克，八十元的上等猪肉四百克，共六百四十元。马肉是给狗吃的，想买普通的，但店家说只有上等的。

收费站往返四百元。

傍晚，把槲树低处的树枝修掉。大片的长方形紫色云彩绵延在西面的天空，形状不变，就那么一动不动。

"收音机里说，有钱的亲戚和春天的傍晚，好像会来，但一直不来。"丈夫站在露台上眺望西面，像是感慨又像是苦笑着说。

傍晚只吃了汤豆腐，晚上又吃了一顿。

晚上把冷饭蒸了做成茶泡饭。烤了鳕鱼子，开了袋装的海苔茶泡饭调料。

一个大月亮出来了。

波可从两三天前就不时呕吐。它没精打采，所以烤了马肉给它。它蔫蔫的，像是很不舒服。我给它吃了若末止泻药，它吐了，于是我又给它吃了叫"拉洛"的肠胃药。之前石匠大叔吐血的时候给他吃过这个药，很有效。过了一会儿，波可变精神了，开始吃马肉。

谷川岳[1]今天死了人。在富士小山的富士国际赛车场举办的大奖赛上，有个法政大学的学生踩错了刹车，车翻过栅栏，他全身撞伤死去了。在笼坂峠，一辆大学生驾驶的车与卡车迎面相撞，两人重伤，两人住院十天。山梨的广播，事故新闻、选举犯罪的新闻还有气象通报较多。

收音机里说，明天一早，高寒地带有霜。

五月四日（星期三）晴

早 米饭，牛肉大和煮，海苔，鸡蛋，海胆。在剩下的汤豆腐里放了番茄酱（泰淳提议，百合子反对，我是不

---

1 日本百名山之一，位于群马和新潟的县境，最高峰 1977 米。因为有攀岩路线，加上天气多变，攀登该山的死伤人数众多。根据东京绿山岳会的统计，仅 1966 年就有 38 名死者。

吃的）。

　　晴朗又明媚，没有风。脖子汗津津的。院子的斜坡上，一整天能照到太阳的地方，开着堇菜、黄色的小花、丛生龙胆。临近正午，花瓣完全展开，细细的花茎朝着天空伸得笔直。日本海棠也在盛开。我在移栽的白桦树的根部种了月见草。

　　关井来谈白桦的移植费用。

　　他说，移植费有两种。移植的白桦枯死的情况下，再找棵一样的白桦种过来——就是说把约定补偿算进去的移植费，另一种移植费只付人工费，之后枯死就算了。你们觉得哪种合适？

　　包含补偿的价格是只付人工费的两倍。我们选了只付人工。丈夫笑着说："要是枯死了，到时候，我们再出一次钱，请你们移植。"说不定不会枯死。付了六千（四个人一天的费用）。关井解释道，旁边有一棵栎树的根伸过来，所以挖树比预想的花时间。挖这种树根，大根（主根）可以切掉一些，但要把围绕主根生长的许多小根不切断挖出来。主根已经不怎么吸取养分，是从小根吸取养分。

　　丈夫说："我们北边邻居的地块，松树根被人刨了一半呢。"关井吃了一惊，说："那可是一起事件啊。最近有人开车偷松树。就在这底下的平原，有一棵枝干漂亮的松树被人挖了一个将近三米的大坑，整棵被偷走了。是在通往鸣泽的旧登山道附近的位置，去那里可以不经过管理处跟前。好像是在雪化的时候偷的。我知道犯人是谁。K入口公交车站往前一点的路上能望见一户人家。那家原本没有松树，最近忽然长了棵松树。被砍掉的松枝落在地上，我捡了收着。我们要拿着松枝去那家人家，嘴上说'打扰了，多好的松树啊'，上前去，忽然拿出松枝，和松树上的断口一比，马上就会知道是不是同一棵树。回头我们五六个人一道去。"这故事像《刑警七人》[1]。

午　鲑鱼茶泡饭。我烤了红薯。

一点半左右，我一个人开车去采蕨菜。邻居的空地上一株也没有，所以我打算去高尔夫球场那头找，找啊找，结果去了四合目的大泽崩。大泽崩跟前的树林因为前天的风，倒了许多树。今天从大泽可以望见本栖湖和田贯湖。我之前去过的开拓村一带像是正在烧山，烟雾弥漫。

哪儿都没有蕨菜，一株也没有。

三点半左右，管理处来了三个人，带了三株锦绣杜鹃，帮我种下。他们挖了洞，倒了好几桶水下去，然后栽种。他们把杜鹃植株上带着的五针松的小苗分开来，小心地种

1　TBS刑警系列剧，从1961年播放到1969年，期间还有同名的系列电影。

在熔岩的凹陷处。我端出啤酒、马肉以及放了卷心菜和樱花虾的炒面。管理处的人说，这样暖和的日子过后，要是下雨，山里会一下子降温。那样的话，撒种出芽的植物和移植后总算扎根的植物，都会完蛋。

我晒着太阳磨镰刀，丈夫来到旁边，小声说："百合子，百合子，你来一下。有个怪东西。就一会儿，你来看看。"他仿佛在讲什么秘密，匆匆忙忙地说。丈夫带我去看的是厨房门口草丛中的松树根。开着一种像是高山植物的花。叶、茎以及花瓣的外侧密密麻麻地覆盖着闪着银光的胎毛般的毛。花朵像风铃草一样朝下开着，里面是浓重的黑血一样的深胭脂色，深处有橙色的蕊。因为花朝着下方，从外面看不出胭脂色，花、叶和茎都被胎毛般的银灰色包裹着。不像花的花，不像植物的植物。是什么时候长出来开花的呢？无论是触摸，还是探头看花心，都有种极其不可思议的感觉，它就像从宇宙来到这里的动物。

晚　发糕，汤。

明天回东京。

今天有个银色的大月亮。月亮照着底下的平原。有人住进底下平原上的简易房，明晃晃地亮着灯，甚至能看到他们在家里开着电视机看电视。

五月十八日（星期三）晴

九点出东京。打算待个两三天就回，所以只带了冰箱冷藏室的食物和剩下的蔬菜，还有鸡蛋、咸牛肉、比目鱼松。

书（《井伏鳟二全集》，《秋田雨雀日记》[1]）。

洗衣店洗好的冬天的毛衣类。

树叶青青，吹着风，心情愉快。在松田的茶屋休息，把狗从后备厢放出来，让它到座位上。因为从这里往前路上就没什么车了，它不会叫唤。波可到了座位上之后，乖乖地望着外面。在茶屋吃了两人份的蟹肉可乐壳和米饭，五百元。丈夫喝了一杯生啤。四个一袋的夏橙，一百五十元。这里的蟹肉可乐壳很大，配的沙拉和卷心菜丝也很多。进店的人基本都点了蟹肉可乐壳。已经到处都是绿叶婆娑。须走口有许多穿着战斗服的自卫队员。从山中湖到吉田的松树林的路上，也有自卫队的队伍齐步走着。是军号队。

两周没来，院子彻底变了模样。长了草，树叶长大了，绿茵茵的。梅树也长出了叶子。白桦好像也扎根了，树冠变得茂盛，树下的月见草也生了根。山苹果的叶子也带了些微红色，摇曳着，闪着光。蕨菜好像已经过季了。之前

---

1 秋田雨雀（1883—1962），剧作家、诗人、童话作家、小说家、社会活动家。1949 年加入日本共产党。五卷本日记于 1965—1967 年出版。

开花的宛如动物的不可思议的草已经彻底长过头，花变成了银色长胡须模样的东西。

歇了一会儿，丈夫立即开始砍松树低处的树枝，以及叶子过于茂盛的树。就在我们家的下方，像是有人来做石头工程，传来男女的说话声。

现在是绿叶最美的时候，一切都舒展着。

我恹恹地困，早早睡了。九点半。

五月十九日（星期四）万里无云

丈夫早上出去散步，采了两把蕨菜，我醒来的时候，他正好从院子往下走。他说他三点左右起来工作，黎明时觉得冷，生起了暖炉。

早　米饭，咸牛肉，味噌汤，海苔，鸡蛋，萝卜泥。

今天的阳光耀眼，像夏天一样，感觉头都要晒秃了。我晒了被子。晒了冬天的外套，收进茶箱。蜜蜂出来了。

正午，有那么一会儿，尽是蜜蜂的嗡嗡声。

不时有如同高射炮的爆破音震得玻璃直颤，整座房子在摇晃。好像是北富士山的演习开始了。

午　精进炸（茄子、混炸红薯丝樱花虾、蕨菜），米饭。

下午我也去采蕨菜，但只采到五六根。这些天正午已经很热，走了走就一身汗。蜜蜂想要停在出汗的脖子和手腕上，一直跟着我。

做了十一页口述笔记（筑摩评论集后记[1]）。

我正在准备晚饭（炒面），外川和两名女工还有一个石匠大叔在收工回家的路上来玩。我端出啤酒、烧酒、橘子罐头加上可尔必思，把炒面装进盘子。外川不喝烧酒，只喝啤酒。其他人喝烧酒。女工们兑上葡萄糖浆喝。

石匠大叔的讲述：

○底下的平原的树丛中，有普通夜鹰筑了巢，但因为不时有人靠近，也许它不会孵蛋。普通夜鹰在夜里咕咕咕地叫。

外川仿佛不服输地讲了：

○普通夜鹰鸣叫，第二天是晴天。一定是晴天。就这些。

这一带好像还没插秧。一名女工说："我们家在节句[2]的时候插秧。"节句是六月五日。大家都称赞了我们家新

1　日记中第一次出现关于口述笔记的记述。日本的约稿和稿费都以四百格稿纸的页为单位。此处的评论集推测是筑摩书房 1966 年 6 月出版的武田泰淳著《新编人类·文学·历史》。

2　从中国传来的节日，象征季节的分界，分别是：人日（正月初七），上巳（三月三），端午（五月五），七夕（七月七），重阳（九月九）。下文说六月五日，说明节句（端午节）用了阴历。现在一般按照公历过节句。

种下的白桦树。

回去的时候，外川凑近丈夫的耳边讲了几句悄悄话，出去了。我把炒面全端出来了，于是又做了一次炒面吃。丈夫已经困了，吃了一点，就睡着了。

今晚也是壮丽的星空。凉森森的，白昼的热意像假的。而且院子里有松树的——是松脂吗，还是其他树也呼出了精气呢——院子里满满的都是那个味道。

空袭的大火将我从家里撵出来，是在五月三十日，六月初的夜晚，我把烧剩下的东西打包成行李，和弟弟一人背了一件，提着提灯，上山走向山里的房子的时候，周围满满的都是这种气味，因此我想起了当时的事。接着，那之后的许多苦楚与窘迫一股脑地向我袭来。此时我讨厌自然。

五月二十日（星期五）

昨天，外川在回去时问了两遍，明天几点回东京。我说十点左右。听丈夫讲，外川在他耳边说："明天十点之前，我做好荞麦面拿过来。我家的荞麦面可好吃了。"

九点左右，外川送来满满一食盒（去年看烟火的时候，外川向我们展示过的，据说是他从某个脑子有问题的人那里买的，当时三千元的食盒）的手擀荞麦面。我立即做了蘸汁吃面。外川坐在我们对面，他不吃，看我们吃。他问

"好吃吗"，我们说"好吃极了"。不过，面稍微有点多。外川满意地看着我俩吃面，讲了鼹鼠和狐狸的事。

○要消灭鼹鼠，土动了，你敲那个位置，但鼹鼠很快，已经钻到五六米或十米开外。土一动，要用铁锹砸五米或十米开外，就能砸死它。

我问："我把食物的残渣埋在院子里的梅树下，有动物过来刨坑吃食，弄得乱七八糟的，那是什么呢？"他说："那多半是狐狸吧。"我问："狐狸住在这附近吗？"他说："狐狸夜里能跑一百里，也会从远处来。"

十点半下山，从御殿场回。

六月八日（星期三）阴，有时晴

在坊津[1]建了梅崎春生的文学碑，所以我们去了鹿儿岛旅行，有段时间没来山里。

早上六点半出赤坂。从御殿场走。

山北的隧道又旧又窄，里面很暗，顶上一直有水啪嗒

---

1 古代繁荣的港口，现在的鹿儿岛县南萨摩市。梅崎春生的几部主要作品均以该地为舞台。

啪嗒地落下。路面坑坑洼洼，有许多大大小小的坑，看不清。我盯着前车的尾灯，每当尾灯倾斜，或者突然左右晃动，就是那个位置有坑，我留了神，踩着刹车小心地开。今天紧挨着我的车前方是一辆大卡车，所以分辨不出大坑，我没踩刹车，右轮胎"咣"地落下，随着那道冲击，我的车好像有个什么掉了，"咣啷咣啷"滚远的声音发出巨大的回响。往东京方向和反方向车道的前后都不断有翻斗车疾驰而过。没法停车，于是我在出隧道后靠边停车，只见右后轮的轮罩没了。我探头去看车底盘的情况，又转了一圈查看其他轮胎，等我注意到时，丈夫不见了。他也不跟我说一声，快步往隧道内走去。而且没走隧道边，顺着正中央走进去。"用不着那玩意儿！没有也能开！进去危险！"我喊他回来，然而大卡车连续不断地进进出出并发出巨响，他听不见。他没有回头，像是被吸进黑暗的隧道中，又像个梦游患者，被大卡车们夹在中间进了隧道。他怎么能迈着那么毫无防备的软绵绵的步子，若无其事地走进去呢？会死的。昨晚客人待到很晚，我累了，今天早上犯困，所以他才会这样。我起不来，他抚摸我的脑袋，揉我的身体，不断地哄我，把我喊起来，为此我一直怏怏的，所以他才会这样。他在车里和我说话，而我一直都没好气地回话。我的腿开始抖，嗓子眼和食管发热发胀。预想的情况发生了。隧道内传来卡车"吱——"地急刹停车的动静，驶入隧道往东京方向的车队停滞下来，里面像在堵车。传来两次司机的大骂声，好像在骂"混蛋！"。我蹲下了。很快，丈夫又从隧道的正中央慢吞吞地回来了。他的双手双脚和裤子下摆沾满泥浆，黑乎乎的。他来到我跟前，说："没找到呢。"他穿了件黄衬衫，所以没被车撞。我给他擦裤子和鞋，擦着擦着，我抓着他的裤子哭了。我一哭，就把早饭给吐了，于是我又擦了呕吐物。

在富士小山附近堵车。一起与大卡车迎面相撞的事故，连副驾驶都撞塌了，驾驶座好歹还剩一半，路上散落着玻璃，留有血痕。

在加油站请他们订一个轮罩，留了一本出版的单行本《十三妹》给大叔。

一阵子没来，草木都变得茂盛，有股夏天的气味。樱树结了圆溜溜闪着光的红得发紫的果实。地上开始点缀着蓬蘽的白花。开花的有：白花堇菜，大花杓兰，橙色杜鹃花，镰叶黄精，万寿竹。

我从午后一直熟睡到傍晚。

六月九日（星期四）雨

早上阴，后来下雨。

山斑鸠从早上就一直在叫，树莺也在叫，还有一种叫声是"托啾、啾咔啾咕"的鸟也在叫。昨晚有只鸟"咕伊咕伊咕伊咕伊"地叫了起来，安静了一会儿，又叫起来，那是普通夜鹰。大山雀来到厨房窗边的松树上，叫个不停。窗套里好像有雏鸟，鸟儿停在窗框上，然后进到窗套里，衔着小小的绿色的虫。我昨天没注意到，窗套里传来又短又轻的雏鸟式的叫声。当亲鸟来到松树上，雏鸟像是认出了亲鸟的叫声和振翅声，叫声变得热烈，等到亲鸟进去喂食又从窗套飞走，它们仍持续叫了一阵。雨下大了，但亲鸟依旧衔着饵到来，进了窗套。我踩在椅子上往窗套里看，只见有两只雏鸟从巢里掉出来，脚一抽一抽的。羽毛混合了黄、白、鼠灰与黑色。遮光窗移进去一半，所以它们正好夹在遮光窗与巢之间。我把遮光窗移出去，让窗套内变得宽敞，雏鸟突然就不叫了，用整个身体呼吸，颤啊颤。感觉可爱又可怜，让人不想去动它，又想伸手把它捞出来，就是这样的雏鸟。

雨下了一整天。

早　米饭，味噌汤（卷心菜、鸡蛋），牛肉，鱼松，海胆。

午　什锦烧，汤。

晚　米饭，烤盐腌鲑鱼，黄油炒卷心菜，茄子蛋花汤。做了赤豆年糕汤吃。

今天我一直在看窗套里面。刚开始我以为就两只，结果有四只，以为有四只，巢里还有两只。傍晚，六只都从巢里出来，等着喂食，鸣叫着。我给狗梳毛，做成一只毛球，搁在窗边，亲鸟便把它衔进窗套。晚上我去窥看，只见雏鸟分成两只和四只，分别依偎在两只毛球上。它们的眼睛好像还看不见。

六月十日（星期五）

早上七点出发。从御殿场回东京。在加油站让他们装上轮罩。我之前下了单，可是大叔找了现有的尺寸合适的，说买新的太浪费了，这个免费给你。还给轮胎加了气。一个穿长棉袍的男人来到旁边，大叔一个人不太稳当，他帮了把手。大妈给了我们两个蜂蜜冰激凌（大）和两根香蕉。

加油站好意帮我装了轮罩，结果我的轮胎又陷在山北隧道的坑里，轮罩立即又掉了。后面的卡车大概以为我不知道轮罩掉了，出隧道后大声告诉我，但因为有过前天的事，我们没有下车去捡。一路上有三处交替通行，一直到涩谷，车都排着队。我们没回家，直接去了日比谷。《日瓦戈医生》的试映会,十二点半在有乐座[1]。正好赶上。

六月十七日（星期五）晴转阴，夜雨

经由甲州街道。早上六点半出赤坂。

把青鱼干、罐头、面包、培根、蔬菜、茶叶、海苔、可尔必思、两打易拉罐啤酒、厕纸、室内晾衣支架等装上车。在大月附近，正好是学生们上学的时间。排成长队走着的女学生们换上了夏季校服。在河边的尼寺旁边稍作休息。把狗放出来。看见人力斗车和小摩托载着连枝条砍下来的桑树叶。这条道上有些地方还没插完秧。

在加油站停靠，订了三罐白煤油。他们说傍晚之前送上来。大妈又给了两个蜂蜜冰激凌（大）。说是三罐白煤油一千元就行。

窗套里的雏鸟死了四只。四只雏鸟圆乎乎地倒在那里，死掉了。仔细一看，有蛆，于是我用棍子探进去，连整个巢一起拿出来装进盒子，火葬。雏鸟们的表情滑稽又古怪，身体尚未变色。不像狗或猫的尸体那么栩栩如生。背上的羽毛变得像亲鸟的，尾翼也长长了，相对于身躯，脚爪显

1　1934 年，阪急电铁的创业者小林一三创立日比谷映画剧场，是一座电影院。翌年，在旁边开设有乐座，用于演出。1951 年，有乐座改为电影院。1984 年，日比谷映画剧场和有乐座闭馆。

得略大，已长成结实的脚爪。是不是有两只离巢，其余的被亲鸟抛弃了呢？我一点也不明白它们为什么会死。但不知怎的，有种我做了错事的感觉。我总去看它们。或许也有这种情况，仅仅因为被人类的目光注视，它们就沾了人气，变得虚弱，因此被亲鸟抛弃。

鸟巢大部分由我家的狗毛构成，三分之一是杉树上的苔藓，到处掺杂着红红黄黄的线头和格子布料的碎屑。

一点过后，管理处告诉我们，有人来过电话。说是潮出版社问能否出席二十一日的座谈会，一小时后再打电话来听取回复。临近两点，我去了管理处，等待来自潮出版社的电话，然后告诉他们："我们之前回复过二十一日出席。我们二十一日肯定回东京，所以即便要打电话，也请往东京家里打。请尽量不要给管理处打电话。"

五点左右，阿宣和一个戴眼镜的年轻人从加油站带了白煤油来，他们穿着像是制服的连体工装，上面有石油公司的名字。作为回礼，我给了他们一升烧酒和一升葡萄酒。阿宣立即抱住瓶子。他在回去的时候说："这底下的平原上长着许多蜂斗菜。我前一阵上来采了一堆，煮了差不多够吃一年的量。长在背阴处的又嫩又好。还有许多蕨菜。"他告诉我，现在山上长满了可吃的植物。他们似乎打算在回去的时候再采一些，我从院子这边望见，加油站的车下到底下的平原，四处兜了一圈。

晚　米饭，沙丁鱼罐头，海苔，海胆，菠萝罐头。

夜晚，雨下得像梅雨时节。仿佛有烟从地面升起，外面烟蒙蒙的，什么也看不见。

我今天睡了两个小时午觉。

"这一带的人经常吃荞麦面。去外川家，去锯莱特店，去建材店，只要是中午去，移门和玻璃门都关着，里面是哧溜哧溜吃荞麦面的声音。有时候三点左右去，也是那个声音。"我对丈夫说道。结果到了晚上八点左右，我俩突然想吃荞麦面，我在厨房找了一圈，没有荞麦面，于是早早睡了。

六月十八日（星期六）阴，傍晚有雨

早　什锦烧，茄子蛋花汤。

午　粥，橄榄油浸沙丁鱼，海苔，秋刀鱼罐头。

晚　米饭，羊栖菜黄豆炖油豆腐，香肠，萝卜味噌汤。

大杜鹃从早上就叫个不停。在右边叫，在左边叫，在底下的平原上叫。本想着要是放晴了就去富士山，但一整天阴着，不时下雨。昨天我们聊到，从院子能望见一处三角形屋顶的工地，是不是大冈的家，今天一早，我还在睡，丈夫去看了。结果听说那是姓梶井的人家。玉蝉花长出五个花苞，被青虫啃得乱糟糟的，我把它们掐掉了。去年从路边采来的楼斗菜，种子掉在旁边，长成大大的植株，结着花苞。雨仿佛忽然想起来似的落下来，不过，到旁边的地块干活的工人们没有停工。他们在工作期间一直在聊天。看起来他们已经相互聊腻味了，但还在聊。

我从中午开始弹吉他，一直弹到傍晚，夜里还在弹。

夜里，看得出来，底下平原的简易房来了人。灯亮了，在电视轻微又清晰的声音的间隙，传来尖锐的娇声。

六月十九日（星期日）阴，有时雨

十一点，买啤酒，顺便下山。

从御胎内到收费公路的转角设了闸口，两个男的在那儿的小屋里。还多了两间厕所，看起来是给闸口的门卫用的。这样人们就没法不花钱右转上富士山。

在河口湖的五金店跟前，丈夫一个人下车，买了一大一小两把割草镰刀。我们的割草镰刀不知什么时候搞丢了，好像是忘在院子的某处，草长高了，找不到。五金店热情的阿婆看来一个劲儿地在教我丈夫镰刀的用法，我等了很长时间。

在酒水店买了啤酒和食材。好像三田明[1]要来这里演出，有两名妇人在聊三田明。她们在聊要不要去看。酒水店的男的说他讨厌三田明。两名妇人当中的一个，个儿不高，五官端正，面色红润，让人感到她该是这一带的美人。另一名妇人和酒水店的大妈都对她表示羡慕，说她的孩子在班级里珠算特别强。

过了与静冈县衔接的县界，到开拓青年学校（？）附近，然后折回。看不见富士山，辽阔的原野变成一整片绿色，很美。我们捡了大约十块红熔岩。

到加油站停靠加油。大叔这回在"洗车免费"的旁边摆出一块"免费车检"的牌子。他进了大量的仙人球。说是从沼津运回来的。大妈很有干劲："这附近也有人种仙人球，回头要让那个人教我，要是不学会种仙人球，也没法讲给客人听。"大叔洗了车，送给我们装在座位上的枕头。我买栗子仙贝，大妈说不收钱，送给我们两盒。他们说："送了我们那么好的东西，所以不收钱。"好东西，似乎说的是书，还有让阿宣拿回来的烧酒和葡萄酒。大叔说："被全日本阅读的书上写了我的事，我很光荣。"大妈

---

1 三田明（1947—），演歌歌手，演员。二十世纪六十年代红极一时，1964—1969 年连续参加"NHK 红白歌合战"。

补了句：“还给了我们喝的。”说着，大叔去后面的主屋拿了两本书过来，“签个名吧”。我们第一次知道大叔的姓名。

上车的时候，又给了我们两个那种蜂蜜冰激凌。

午饭晚饭合在一起吃。米饭，蟹肉可乐壳，番茄，海苔佃煮，夏橙。

傍晚，去拿放在后备厢的熔岩，走到车旁，下起了雨。要形容的话，就是既非雾又非雨，沾湿眼睑，或沾湿睫毛，是一点点打湿的雨。屋顶上没有雨声，来到外面，落雨如烟。

院子里开了一整片的黄色小花，似乎叫马掌印和狐狸的牡丹 [1]。很难区分，根据图鉴，据说花瓣内侧像打了蜡一样有光泽的是马掌印。

六月二十日（星期一）阴，有时雨

早上五点半回东京。

六点半左右，抵达上野原 [2] 休息站跟前。在弯道下坡的坡底，有一辆大卡车停在那里，爆胎了在修，打着红旗。有两个人钻在车底。反方向来了两辆卡车，然后是五六辆

1　中文名是毛茛和钩柱毛茛，有些相似，都是五瓣小黄花。此处俗名有趣味性，故保留原文。

2　山梨县上野原市。

轿车，没法超过去，于是我按照男人打出的红旗停车，等着车通过，这时，伴随着一声无法形容的刺耳的巨响，有辆车从后面撞过来。一辆满载着石头的轻型卡车追尾。我扶着方向盘，踩着刹车，所以没有一头撞上前车，副驾驶的丈夫一点事也没有，但我的脑袋摇晃，肋骨咔咔作响。车的后备厢右侧被撞瘪了，车盖开了。轮胎没有异常，于是我们把车开到休息站前宽敞的空地上，开始交涉。卡车司机是个五十岁左右的男的，一个劲儿地道歉，说都是他的错。

他说，我起得早，有点打瞌睡。因为是弯道下坡，视野不好，我看到有面红旗，车停在那里，踩了刹车，但是踩晚了。我承认全是我这边的错，请你们千万不要喊警察。要是我的驾照被吊销了，我就没饭吃了，所以千万不要喊警察。我说，既然如此，我送去东京相熟的修车厂，你付现金。他说，我住在富士吉田，所以请在当地的修车厂修。修理费我会付现金，我现在没带钱。

既然不喊警察，等于是信任这个人，但又不能送去东京修，也有可能随便修一下完事，所以决定喊吉田附近的人做个见证。丈夫站在我旁边，一直不作声。我说："要等一阵，会累的，你去车里待着。"他便进了车里。

我去了休息站，有个女的像是目睹了事故经过，她立即向电话局问了号码，迅速帮我告知河口湖的加油站。大叔来接电话，说让我等一会儿，他马上让阿宣来。

事故现场附近有一处隧道工程的宿舍，不断有工人和带孩子的妇人过来，在车旁边兜一圈，看完后离去。因为是一大早，也有人穿着睡衣就来了，还有个戴墨镜、一丝不苟地穿着黑衬衫的人。墨镜说："太太，你这么一大早的，是一个人旅行之后回家吗？""不喊警察太危险了。""两个男的开车撞了一个女人的车？他们要是说什么不好听的，我帮你。""我可以帮你出面交涉。我可厉害呢。"他紧跟着我，低声说。我只当没听见，他又去了对方的车跟前，小声说了什么。来休息站上班的男女也在店里交谈，然后一个个轮流来看。他们给我忠告："你的车被撞得厉害，还是喊警察为好。"墨镜又回来了，向我告状："一个女的对两个男的没有胜算。他们坐在车里跟没事一样笑着呢。"我记得撞了我们的车上只有一个男的，心想，他从刚才起就在说些奇怪的话呢。我看向卡车的驾驶座，只见丈夫坐在副驾驶。我说："其中一个人是我丈夫。""啊？是太太的老公吗？他坐在对方的车里喝啤酒呢。"墨镜像是愕然地回了宿舍。

我走到卡车驾驶座下方，丈夫捧着易拉罐啤酒啜饮，还劝卡车司机也喝。男人惶恐地拒绝了。拒绝是当然的。

于是丈夫拿出烟，递给男人，男人拿出火柴，给丈夫还有他自己的烟点上火。"——不过，人嘛，就是这样的。"丈夫说着，和大叔一起笑了。大叔笑得像是稍许放了心。

将近十点，阿宣带着一个小伙子，开了辆布里斯卡[1]疾驰而来。电话打过去的时候，他因为工作，正在开车送工人到五合目，下山后，他立即飞速开过来。说是从河口湖过来用了四十五分钟。

不想让警察出面，车在吉田修，我们同意对方的这两项要求，相应地，让阿宣认识的当地警察的O部长非正式地做个见证，修理厂由阿宣找一家好的送修，修到我这边满意为止。车上还有行李，所以由阿宣把车开到我们在东京的家，然后开回吉田送修。——阿宣的声音又沉稳又轻，三言两语就讲定了。

阿宣边往东京开，边说："仔细一想，我们是遂了对方的要求。"

两点以前抵达东京。叫了鳗鱼饭给阿宣吃。

阿宣说，我得今天六点以前把车送去吉田的修理厂，检查有哪些地方要修，今天就把事情谈妥。万一跟对方谈不拢，事故发生二十四小时之内都可以报给警察，那之后

1　日野的一款轻型卡车。

就无效，所以要在今天修理厂还开着的时候到吉田。他一吃完就起身。

晚上七点半左右，从河口湖打来电话。那边说："现在，那辆车的大叔也来到电话跟前。大概一个小时前送到修理厂，也谈妥了。星期六之前会修好，开到东京。"

补记（六月三十日记）

事故当时没什么问题，但过了差不多三天，我的脖子像是僵住了，没法往两边转。在镜子里一看，脖子变粗了。拍了片子，医生说没有异常，我去了名仓堂，原来颈椎和脊椎有两处错位。请名仓堂给我做了拉伸，在肿起来的脖子上贴了膏药。名仓堂的人说，这一类事故，后遗症才可怕。

星期六，K（事故的另一方）在傍晚七点过后把修好的车开来了。他把两打啤酒放在玄关的角落，说"是我的一点心意"。他今天穿了件新买的淡蓝色衬衫。看到我的脖子上缠着绷带，他说是给医生的诊费，从皱巴巴的钱包里拿出一张千元钞，在膝盖上仔细地展平了，递给我。

我拒绝道："不用了。既然那时候已经谈妥了。我的脖子肿起来是在三天后。你不用担心。"他说："我心里过不去。"于是我接了。

他说他要搭伙伴八点从新宿发车的卡车，马上就走，我便把晚上的菜焖饭装了两人份在饭盒里给他，让他们在卡车里吃。

六月三十日（星期四）阴，有时转晴

早上五点半出发。

把剩下的五目寿司和蔬菜等装上车。

昨天，中込电器行说借给我们半导体电视机和汽车天线试用，把设备送过来。

因为之前有过追尾事故，每次踩刹车，我都条件反射地关注后面的车。每当后面是轻型卡车，我就想那辆车会不会刹车也不灵光，让它超过去。另一方面，是因为脖子上的绷带还没拿掉。脖子周围还很滞重。可能因为脖子的关系，我困得要命，从吉田到河口湖的路上，不时地忽然就有些昏沉。我一会儿脱掉鞋子，一会儿揉大腿。

在加油站停靠，道谢。

大叔说，车修得很好。选了这一带技术最好的几家店，板材在这家，喷漆在这家，轮流做的。如果在东京要花十万，因为是我们这边，五万不到就修好了。K之前运送偷来的石头（指熔岩），上了报纸。他刚分期付完罚款，在上个节句去神社消了灾。他来加油站讲了他的经历，说："这回我运的石头是干净的（不是偷来的），但要是上

了报纸，人们又会拿我说事，也没脸见村里人，所以我不想被通报给警察。"阿宣解释道，熔岩是看体积定价，一车多少钱，所以他们都是竖着斜着堆放，堆得乱七八糟，尽量让货看起来体积大一些，就是为了卖的时候看着多。要是踩急刹车停车，熔岩一动，空隙堵住了，体积就小了，所以卖熔岩的车都尽量不踩刹车送到买主那边。当时他一定是出于习惯，不想踩刹车。不过，你们对他和善，挺好的。我去了Ｋ的家，就算把整个家倒过来摇，也倒不出钱。要是有个什么事，他们家说不定会全家自杀。

大冈家新建了明蓝色的屋顶。从院子只露出一个屋顶，在树木之间闪闪发光。

高原上，白色野蔷薇正在盛开，流淌着香水味儿。院子里也充满了野蔷薇的香气。蓟和楼斗菜开始开花。

带来的电视机很清晰。

睡了三个小时午觉。

晚上睡觉的时候，我按照名仓堂教的，用啤酒瓶代替枕头枕在脖颈的凹陷处，这样颈椎不会错位。晚上痛，把瓶子拿开了。做了五个梦。

七月一日（星期五）阴，有时有阳光

九点半早饭 米饭，海苔，味噌汤，鸡蛋。

上午，想去看大冈家，把车开出去，轮胎在半路上陷进坑里。用了千斤顶，但没能移出来。过了一会儿，有辆卡车经过，两个男人下来帮我把车推回去。他们说，因为之前的台风，这边的路坏了不少。他们的卡车也正要去鸣泽道修路。

　　大冈家门口支着两只帐篷，放着小燃气罐，摆着各种烹饪用具，一个男的坐在跟前，正准备切卷心菜。屋外，一名少年在搅拌墙土，屋里有三个人。丈夫问，房子什么时候修好？少年答道，不清楚。

　　午　放了培根的可乐壳，米饭，卷心菜。

　　我打算做蟹肉可乐壳，向丈夫宣称："今天中午吃蟹肉可乐壳！"之后我把储物间和厨房找了一圈都没有蟹肉罐头，所以做了培根的。"咦？这是螃蟹吗？"丈夫一脸怀疑地吃着。我抱歉地答道："我以为有十个蟹肉罐头，可是找了找，一个都没有。我这是做了有十个蟹肉罐头的梦。"

　　下午，把院子里长得太茂盛而交错在一起的树枝给砍了。砍了漆藤，结果嘴角肿起来一些。桃色野蔷薇爬在石阶上，没砍它。麻叶绣线菊和玉簪在开花，齿叶溲疏也在开花。

　　夜晚下起了雨，还刮起了风。电视上在放披头士公演[1]，我一直在看。

今天是开山日[2]。

每年从今晚起，富士山上的山小屋[3]都会一齐亮起灯，登山者的灯也一闪一闪地绵延着移动。今年有暴风，什么也看不见。

七月二日（星期六）早上有强风，之后晴

夜里，风急雨骤。卧室门开关了三四次，发出声响。

醒来时，眼前是阳光。风很大，万里无云。电视上早上的天气预报说，富士五湖地区有雨，然后转阴有时有雨。转眼间，西方的天空薄薄地覆盖了一层黑云，升起了雾。我想这跟预报一致呢，然后天马上放晴了，一直到傍晚，都万里无云。

十一点半左右，下山。富士山也极为晴朗。山顶残留着雪，仿佛一抹白油漆。泛着红色的夏天的富士山。

在酒水店。一打啤酒一千三百八十元，两打易拉罐啤酒

1　1966 年 6 月 30 日—7 月 2 日，披头士乐队在日本武道馆举办公演。7 月 1 日白天的演出录像于当晚在日本电视台播放。
2　山梨县的富士山登山道在 7 月 1 日开放，静冈县的在 7 月 10 日开放，开放时间为两个月左右。实际上开放期间以外也可攀登富士山，区别在于，开放期间山小屋营业，厕所开放。
3　让登山客住宿、休息或避难的设施。

一千九百二十元，二十包和平烟八百元，三个夏橙，面粉，味噌腌蜂斗菜，煮豆，一袋四季豆，一块豆腐，一条盐腌青花鱼，一升烧酒，黄油，奶酪，共一千三百九十五元。

在肉店。六百克猪肉四百五十元，两块猪排二百元。

开到前往丰茂[1]的路上，在树海中捡了差不多三十块红熔岩。

在加油站停靠，放下猪肉和烧酒，作为修车的回礼。大妈给了三瓶啤酒。

鸣泽道也进入了夏天。周围的山呈现清晰的蓝黑色，菜地闪着光。

晚饭前吃了冷豆腐。

晚饭　米饭，炸猪排（我），鳕鱼子（丈夫），沙拉。

把夏天的衣物从茶箱里拿出来，把冬天的收起来。

七月三日（星期日）阴，有时晴

早　米饭，用昨晚的炸猪排做了猪排盖饭（丈夫）。

多雾。雾气像小雨一样落下来，很冷。将院子里修下来的枝叶和割下来的草收拾干净。在门前的马路上燃起火堆。一辆淡蓝色小轿车开到紧挨着篝火的位置停下，狗冲

1　富士丰茂，位于河口湖町西南面。

到车的前面狂吠。外川每次来都开不同的车。十一点左右。

我端出啤酒和剩下的炸猪排。外川立即掰开一次性筷子吃了起来。他说，御坂峠那边一座御影石的石山亏了两百万，就当是赌输了。他一个劲儿地用手搓脸，似乎是因为赔钱而不快。外川说他付了石匠们的工伤保险和失业保险，另外就只付了 NHK 的电视费。他不解地说："税金嘛，我不太懂。"据他说，他手下的石匠们因此能拿到失业保障金，整个冬天都不干活，每个星期去领钱。

喝完啤酒，他问："要不要去看树莺的巢？"丈夫和我坐上外川的车，从旧登山道下山。下车，从村有地进到落叶松林中。底下的树枝修剪掉许多。"这附近是长蕨菜的地方，我来采蕨菜，找到不少。"进到树林深处，外川把声音放得很轻。

有一片软软地凹下去的洼地草丛，一棵灌木的树枝长长地向侧面伸出去，在灌木的中段，挂着一只像是把稻草团起来的巢。

"树莺这东西气性大，只要被人看到它的巢，它就会搬到别的地方。要是碰了它的蛋，沾了人味儿，它就不再靠近鸟巢。所以，树莺的巢是很少见的。"外川低声说着，手已经探进鸟巢。比大山雀的巢更加随意的巢，仅仅是用稻草团成一团。树莺看来讨厌沾了其他动物气息的东西——衣服的碎布、狗毛、线头等——这一类动物性的东西。我们呼吸的时候尽量不让气息沾到巢上，三个人的呼吸声反而更加清晰。外川有高血压，因此吐气吸气的声音最响，咻咻地。

有五枚蛋。与巧克力蛋一模一样。外川说，其中一只蛋叫作枕蛋，是不孵的，另外四只蛋按理会孵，可我最近来看了好几次，都不见亲鸟，所以它知道被人看见了，不孵了。

我摸了摸蛋，暖乎乎的。已经拿在手里，就算放回去也没用了，外川说"给你们"，于是我收下了。

外川送我们来到大门口，说："其实，这个鸟巢，我是和做石工的女工们一起发现的。女工们说：'不许拿。不许拿。让它静静地待着。'我答应了，所以别对她们讲。"他又叮嘱道："要是女工们说'谁拿走了'，你就说'不知道，我什么也不知道'。"他讲了后续的事，还学了女工和我的声音。

把蛋放在桌上仔细打量，有两个带着裂纹。是软壳，碰一下就渗出血色的蛋黄。我把破裂的蛋埋在土里。剩下的蛋一个个用纸包起来，放进巢中，然后把巢搁在火柴的大盒子里，因为想给花子看。看着被拿到日光下的鸟巢和蛋，感到悲哀。只是看，都感觉像是做了坏事。

午　米饭，烤盐腌青花鱼（丈夫），盐腌鲑鱼（我）。

把那只好用的炉子扫干净，收起来，外面只留了在山下城区买的炉子。感觉还会有寒冷的日子。

去看树莺巢的时候，雾也像雨一样落下来，冷。

外川说他的车"坐上去就嘎嘎地响"，的确嘎嘎响。他为了修嘎嘎声，打算从工地到山下的城区买零部件，在我们家门口看到我俩正在烧篝火，忍不住来了我们家，喝了啤酒吃了炸猪排，忍不住泄露了树莺巢的秘密，把鸟巢给了我们。傍晚，我们在院子里生篝火，把割下的草烧掉。

晚　手工饼干和玉米浓汤。

新闻里说，有人从八合目的登山道跌落三十米，重伤。

七月十四日（星期四）阴，有时小雨

车载行李。两打易拉罐啤酒，卷心菜，土豆，洋葱，一只葡萄柚，三盒中元节罐头[1]，一盒中元节的可尔必思和味之素混合礼盒。

丈夫和我还有朝日的森田以及摄影师一起去了北海道旅行，那些日子，波可在小松医院打了线虫的针（去北海

1　道教的中元节传到日本，在江户时代成为赠礼答谢的节日，延续至今。

道旅行是为了写《舞台重访》[？]之类的报道[1]，丈夫去就行了，不过森田说，我一直帮《十三妹》的稿子寄火车邮件，辛苦了，于是让我作为添头混进他们中间，带我去）。

在松田的餐厅吃了蟹肉可乐壳饭。小山一带起了雾，在须走，视野不到十米。

昨晚 E 太太来商量离婚的事，和她喝酒喝到将近十二点，所以我很困。在忍野附近，睡意终于袭来，我便拿出巧克力放入口中。

院子里蓟花盛开。

花子的房间的窗户底下有个小小的物体。狗过来闻了闻，没有叼就走了。把行李搬进家里的时候，我仔细一看，是一只雏鸟，仰面躺着，脚爪不时抽动，像是从鸟巢掉下来的。羽毛掉光了，身体赤裸，皮薄而透，能看到内脏。每当它呼吸，内脏就使劲动一下。它闭着眼，也没有张嘴，像是很痛苦。翅膀折断了，断口有少许的血，聚着蚂蚁。离它五十厘米的位置落着一堆柔软的羽毛，它的整副身体剐蹭得红通通的。我挖了个浅坑，铺上柔软的叶片，把它挪进去，让它趴着，它挪动着相对身体显大的、像成鸟一样

1　小说的背景地重访。1953 年，武田泰淳在北海道旅行了一个月，其后创作中篇《光藓》和长篇《森林与湖的节日》。

结实的脚爪，神思恍惚地想要行走。它的背部也剐蹭得红红的，脑袋上也没有毛。脚好像也骨折了。渗出了浆液模样的东西。我久久地凝视它，然后盖上土埋好，用脚踩实。

晚　带来的饭团，青椒炒卷心菜。

蟹肉可乐壳两人份四百元，啤酒二百元，在松田的餐厅。

管理处的推土机往冬季冻结开裂的位置填入泥巴，正在碾平道路。

七月十五日（星期五）阴，有时晴

早上十一点　烤吐司和汤。

午　手工饼干和汤，咸牛肉。

晚　咸粥加蛋，烤盐腌鲑鱼。

傍晚，有许许多多的黑东西飘然飞落，落到野苹果树下的饮水池边，我以为是蝴蝶，结果是鸟群。其中还混杂着像是今年刚孵化的小鸟。小鸟们的身体小小的，拼命地扇动着泛黄的翅膀，但显得羸弱，完全就像刚从蛹羽化而成的蝴蝶或蜻蜓刚开始飞的飞法。它们飘飘忽忽地飞落下来，喝了水，战战兢兢地洗了个澡，然后飞上去，又等着轮到自己。

七月十六日（星期六）阴，有时晴

昨晚不时下小雨。

十一点半左右下山。在河口湖站吃了荞麦汤面。站前广场上，往五合目去的公交车站排着长队。六角形的登山杖[1]也开始卖了，上面系着桃色或绿色的缎带和铃铛。今年以来最热闹的一天。

绕本栖湖开半圈，在开拓青年学校门口折返。驶入前往丰茂的路，捡了红熔岩，装满后备厢，箱盖几乎盖不上，稍微减掉几块。丈夫很高兴。

在加油站停靠，加油，请他们给轴承上油和更换机油，整备到将近五点。丈夫看着电视上的相扑等着。大妈开了两罐啤酒，还拿出零食。相扑开始的时候，大叔从后面的主屋过来，和丈夫并排坐在椅子上，一动不动地看电视，但大妈没有给他零食。她让其他人吃，可就是略过了大叔。比赛快结束的时候，她给他倒了一杯茶。

我们的车正在上油，旁边来了一辆丰田宝贝[2]，等千斤顶空出来。车被两根千斤顶支起来，阿宣仰面钻在车下工

1　又名金刚杖，木制，横截面为六边形。登山者可在沿途的山小屋烙字印（收费），以证明抵达了富士山的某个高度。

2　Toyopet，丰田早期的品牌名，曾有一系列车型的前缀为丰田宝贝，二十世纪六十年代开始逐渐转为现在的"丰田"（TOYOTA）。

作，开丰田宝贝的男人和我并排观望，说："好危险啊。就在那边的修车厂，只用千斤顶把车架起来，正在修，车往下落，哎呀，压在底下。"他并非对着我或阿宣说的这话。阿宣大概是听了这话想起什么，从车下只探出个脑袋，和开丰田宝贝的男人你一言我一语地说："外川最近没去太太家那边吧？他最近有点事。""外川的石山，石头塌下来，有个工人被压在底下死了。""死者是我的邻居。""他得四处奔走，免得停业。"他们把石山事件讲给我听。

回家做了汤豆腐，之后吃了茶泡饭。在汤豆腐里放了培根。

打算明早回东京。

今天用的钱。

在酒水店，一块豆腐六十元，四个水蜜桃一百二十元，森永奶精三百元，奶酪，煮豆，二级酒四合瓶[1]，两个番茄。总共合计一千四百二十元。

在加油站，汽油一千一百二十五元，轴承上油一百五十元，换油（机油一千零五十元，空气滤清器九百六十元，达夫尼高级机油一千零五十元，STP 燃油添加剂九百元，机油滤清器滤芯四百元，车前灯灯泡七十元），合计

---

1 一合为 180 毫升。四合瓶是 720 毫升的标准瓶。

五千七百零五元。还是在加油站，明信片六百元，滑菇茶泡饭调料二百元。

七月二十四日（星期日）阴转晴

四点起床。昨晚把花子和我的三只行李箱和背包装进车里。花子从寄宿舍回来，开始过暑假。把夏天要用的东西——装着蔬菜和其他剩下的食物的筐、电视机、吉他、丈夫的手提包——放在座位上。车顶也放了装食物的箱子（里面有玉木屋佃煮、盐海带、两罐海苔、味噌、薤头、四根羊羹、奶酪、腌菜用的米糠桶等）和床垫。还装了要给加油站大妈和关井的中元节礼物，两件单衣和服的面料。

五点出发。从涩谷大桥到二子玉川的路上有白摩托。自从上回被追尾，我的车就动力不足，不断被人超车。不知道是不是车有些变形，车门还发出像是有缝隙的古怪声响。

在野鸟园前休息，把狗放出来。不断有上山下山两个方向的旅游大巴驶进广场。下山的大巴坐的是山梨的小学生，上山的是坐了大妈们的旅游大巴。放暑假了，人人都一直在笑。驶下笼坂峠。男男女女从树林中的别墅和宿舍出来，穿着短裤或泳衣，趿拉着拖鞋，络绎不绝地下坡朝着湖边走去，他们也一直在笑。湖上有船，因为是早上，没有人游泳。

加油站的对面原本是一户住家，那家把冰箱搬到院子里，迅速变成一间果汁店。冰箱好像就是把厨房里的搬出来用，电线长长地从窗户拖出来。

九点抵达。大门前的月见草在开花。

吃了今天早上出门前做的烤饭团，然后我一个人睡了。我蒙蒙眬眬地醒来时，传来啪啦啪啦踩着沙砾的声响，狗在叫。大冈来了。

"太太在午睡？别喊她。"他对丈夫说。我总是在午睡呢。我端出啤酒、腌菜和咸牛肉。大冈送了我们白马威士忌。

三点左右，用车送大冈一家，我和丈夫顺便去看了大冈的宅子。在他家的大门口，外川手下的两个女工正在搅拌水泥。石匠大叔在砌院子和玄关之间用来遮蔽视线的装饰石墙，把薄板状的熔岩叠起来。很早以前，关井说过，这种薄板状的熔岩是熔岩当中最贵的。

大冈他们给我们开了啤酒。刚坐了一会儿，丈夫就说"哎，走了"，于是我们回去了，尽管我还想再待会儿。

在管理处停靠，让他们从明天起送两瓶牛奶和《朝日新闻》，顺便买了卷心菜、鸡蛋、喜力烟，共二百元。

晚　米饭，味噌汤（红薯和葱），炸鱼糕，沙丁鱼罐头，黄油炒卷心菜。

十点入睡。

七月二十五日（星期一）晴朗无云

早　米饭，佃煮，油浸金枪鱼，沙拉。

和花子下山买东西。旧路的路况比去年糟糕。有辆卡车超过我们，提醒道，车顶的行李架掉下来一半。酷暑，富士山周围烟气朦胧，遮蔽了整座山。高原也烟蒙蒙的。

把行李架寄放在加油站。加油站扯了一根长长的管子，水龙头一直开着，每当有旅游大巴停车，就从水管往杯子里注水，把倒得几乎溢出来的杯子从车窗递过去，免费供水。这项服务是大叔在做。大叔赤着脚。我把衣料递给大妈。大妈拿去主屋，回来说："我以为你买了腰带，结果里面是单衣和服面料，感觉太浪费了。"那是因为买东西的店名以变体假名[1]写在包装纸上，"赤坂小岛工艺"。

他们看起来太忙了，于是我问，以前在这里的女员工辞职了吗？那边答，今年一月二日，她的车在三之峠入口的街上撞了一个小学五年级的孩子，所以辞职了。大叔讲了经过："下来一百万保险，加油站出了三十万，那姑娘

1　江户时代的假名草书，进入明治时代后不再使用，不过仍有些商家招牌沿用。

家出了三十万，一共付了一百六十万。死掉的孩子有癫痫病，因为有那孩子，那家可穷了，拿了一百六十万，拿钱的第二天就买了新碗，给隔扇换了新纸。家长和村里人都说：'不好大声讲，但那孩子真是孝顺。在合适的时候死了，还有钱进来。'一开始，带了一百六十万去，那边说要两百万，但是亲眼瞧见现金，就同意一百六十万。"

晚　米饭，火腿，中式炒茄子。

电视上说，富士山五合目夜里的气温为4度，和隆冬时节一样。有人穿凉鞋来爬山，且没有经验，有不少人因为高反倒下了。星期天的八合目的路上都是人，比东京的热闹场所的人还多。

把被炉收起来。

临近晚上十一点，月亮出来了。月亮挂在大室山往东一些的树林上空，是半个月亮，烟蒙蒙的橙色。

七月二十六日（星期二）晴

早　米饭，炒杂蔬，玉子烧，味噌汤（土豆）。

午　烤吐司，黄油，果酱，咸牛肉，汤。

晚　米饭，精进炸（茄子、红薯、青椒、混炸樱花虾、南瓜），佃煮。

波可没有食欲。只吃了草和墨鱼干。

紫斑风铃草开花了。院子里的月见草的花蕾长大了。丈夫在割草的时候把紫斑风铃草也割掉了。他说讨厌这草，说一点都不漂亮，阴沉沉的。

电视上在放甲府市内暴雨灾害的特别节目。叫作积翠寺的地方，国有森林被滥伐，使得地基松弛，造成山崩，树木随水流下，河流（相川）泛滥。今天，路总算通了。今天富士五湖有好几起溺亡事件。

本栖湖有名自卫队员在作业过程中（洗水桶）掉进湖里，休克死亡。真笨啊。

七月二十七日（星期三）晴

今天割了一天草。

早　米饭，味噌汤，海苔，鸡蛋，番茄。

午　发糕，花生酱，红茶。

晚　蟹肉炒饭，汤（洋葱）。

七月二十八日（星期四）晴

富士山今天也热得冒烟。

临近十二点的时候，花子和我两个人下山。从鸣泽道下。途中的树林变成了房产中心所有的土地。

在农协，一打啤酒一千三百八十元，两顶草帽四百元，凉鞋三百元，五双棉工作手套，两双胶面工作手套，三百四十元，合计二千四百二十元。

给朝日的森田用快信寄了稿子，一百三十元。

去山中湖。花子在旭之丘码头游泳。有人在湖上玩滑水、游船和摩托艇。正值盛夏，遇见去年那批修道院的修女们。游了差不多四十分钟回去。

在吉田的面包店，白吐司三十五元，红豆面包六十元，三个巧克力面包一百五十元。

在吉田的蔬果店，五根黄瓜，五只茄子，一袋红薯二百五十元，五只番茄五十元，纳豆，萝卜，葱，胡萝卜，合计五百八十元。

在肉店，十条鸡胸肉，六片猪肉，共四百五十元。

在鞋店，两双运动鞋七百元，凉鞋二百五十元。

汽油一千四百四十元。

三点到家。我们外出的时候，大冈夫妻来了，说今晚招待我们吃晚饭。

丈夫说波可冲着客人叫个不停，让人困扰。

七点，我们仨一起去大冈家。

啤酒，火腿，奶酪，醋浸竹荚鱼，炖茄子，黄油炒牛肉，番茄，黄瓜。

炖茄子、牛肉还有竹荚鱼都好吃，番茄和黄瓜也好吃。

大月的城区有家虎屋（？）的牛肉是松阪牛，说是虽然是松阪牛，只要一百七十元，美味。大冈找到的。

不过，今天的牛肉是大冈从东京站的三轮特意买来请我们吃的。

七月二十九日（星期五）早上多云，转晴

早　羊栖菜炖油豆腐，米饭，洋葱炒肉，沙拉。

午　咖喱饭（丈夫一个人）。

晚　米饭，裹面包糠炸鱼（银鳕鱼），配菜是茄子和土豆，卷心菜丝。裹面包糠炸鸡胸肉（把明天吃的也炸了）。

上午洗东西。昨晚，让波可看家，我们仨去了大冈家。二楼的房门开着，于是波可进到丈夫的卧室，在被子上尿了一大泡尿，报了看家的仇。我洗了被套，晾晒被子。

一点左右，我们仨去本栖湖。在鸣泽邮局，用挂号快信寄出鲁迅选集的稿子。在邮局对面的杂货店买了两罐图钉四十元、透明胶布十元、两盒火柴十元、洗衣粉（蓝钻）一百元、龟甲万酱油。

车能够一直开到岸边。在隧道对面的露营地，我们仨都游了泳。来露营的人在钓鱼，西太公鱼游到了岸边，还有许多小小的西太公鱼的鱼苗在游。水很清，深藏青色。三点左右回家。

在胜山村的店，三块鱼（银鳕鱼）一百五十元，四只水蜜桃一百元，五串团子五十元，蚊香一百二十元。

晚上做裹面包糠炸鱼的时候教花子做。

晚上十点，月亮明晃晃地照下来。那家冬天被风掀掉屋顶的人家亮着灯。他家装了纱门，能分明地看见青幽幽的室内，像一只虫笼。

现在院子里开花的有：月见草，瞿麦，紫斑风铃草，虎尾兰，秋英，打碗花。

七月三十日（星期六）阴，有时晴

早　米饭，裹面包糠炸鸡，纳豆，炖羊栖菜，佃煮。

午　米饭，蟹肉炒蛋，沙拉，蒸红薯。

上午，把家里整个擦了一遍。去管理处拿牛奶和报纸，从东京转寄的第一批邮件来了，就一封来自《读卖新闻》的。虽然多云，但是热，于是我和花子去本栖湖游泳。镰仓往返路上，大巴和轿车排着队。红叶台入口的公交车站也站着十五名男女。过了风穴[1]，塞车。发生了交通事故，来了三辆警察的吉普车，禁止通行。长长的长长的车队。

1　富士山熔岩在青木原树海产生的溶洞中最大的一个，全长 201 米，在里面可以走 15 分钟。

我前面和后面的车里的人下了车，边蹲着吸烟边说："啊，这里的警察可真是慢悠悠的。这种程度的事故，要是在东京，会让车交替通行，很快就过去了。"没多久，路上改成交替通行。事故现场有三辆小型车，双重追尾，撞得一塌糊涂。有一台撞得瘪下去，飞进了树海的熔岩中。

我们去昨天的地方游泳。一对西方夫妻带着两个孩子过来，在车旁边铺了草席，丈夫在晒日光浴，太太套着游泳圈漂在湖里。等太太从水里来到岸上，她给丈夫的背涂上白色的药膏。出水一看，太太是个小个子，体格犹如少年。

我们在车里换上游泳衣出来，四五个来露营的年轻男人躺着谈论我的车。"好脏的车啊，之后得洗一下。"我问："是吗，脏吗？这车。"他们说："好脏，不像女人的车。""是吗……"我说着，下到水里。我游到远处，爬上一处像岬角般伸在水里的地方，玩了一阵回来，车洗好了。我想道谢，四下一看，年轻人们不见了，于是我朝着露营地的方向深深地鞠了一躬，把车开走了。

返程，过了精进湖的转角停着一辆大巴，乘客们下了车，坐在草丛中和石头上。像是撞了一辆摩托车，被撞瘪的摩托车倒在地上，留着血被擦拭过的痕迹。

阴天，像要下雨，我原本打算买肉糜，直接从鸣泽道上山回家。

傍晚，我正在准备晚饭，看见两位年轻漂亮的小姐[1]穿着短裤，从院子走下来。是大冈让她们来送鱼。说是昨天太晚了，所以今天拿来。给了我们三条又肥又大的梭鱼，是大矶[2]的渔网捕的。我改了晚上吃面包的安排。开心极了，做了米饭和烤鱼。

　　晚　米饭，梭鱼，萝卜泥，醋浸黄瓜章鱼。

　　昨天买的水蜜桃不好吃，跟面包一个味道。

　　我注意到，傍晚来洗澡的一群赤胸鸫，总在同样的时间来。七点左右，可以说是卡着点准时到来。赤胸鸫腹部的颜色是橙色和黄绿色的中间色，晕开到背部，背部是浓厚的浅墨色。我想，要是大冈太太穿这个颜色的外褂与和服，该很合适。

　　晚上有雾。

　　今年游泳的时候戴了草帽。因为去年秋冬雀斑变多了，所以严格防护。

　　五只土豆六十元，黄油一百九十元，喜力烟七十元，零食一百元，五个鸡蛋八十五元，共五百零五元。在管理处。

1　其中一人可能是大冈升平的女儿大冈鞠绘（1941—），此时15岁。鞠绘婚后改姓长田，在35岁出版童话《磨磨蹭蹭饼干》，成为童话作家。

2　神奈川县湘南地区西部的町，大冈家住在那里。

七月三十一日（星期日）阴，有时晴

土用[1]过半的秋风。早上，凉凉的风吹过来。

昨晚十点左右，传来啪啦啪啦的响声，然后是风的声音，"轰——"地响起。我打开卧室的小窗一看，我们把松枝和树枝堆放在之前点过篝火的地方，树枝被篝火的余热烘干了，看来是在入夜后起了火，蹿起比松树还要高的粗粗的火柱，火星四散。我害怕起来，出去泼水。

早　烤吐司，培根炒蛋，牛肉汤。

午　米饭，海苔，海胆，味噌炖青花鱼。

一点过后，下山去山中湖游泳。御胎内好像从今年夏天开始变成由旅行社管理，屋顶变多了，还建了休息站，前天，在昂公路的入口给每辆车发广告单。

去富士山酒店的游泳池。付了儿童四百元，大人八百元，游了差不多一个小时。丈夫说："我讨厌在池子里游泳，游泳池的角落漂着鼻涕，好烦。"在游泳池的更衣处，我也总是感到糟心，湿漉漉，温乎乎，有股尿骚味儿。更衣处的寄存柜里还有别人落下的项链和发夹，也让人糟心。墙上，正好在我的脸的高度，粘着一大块鼻屎，也让人糟心。

1　立夏、立秋、立冬、立春前约 18 日。通常说"土用"，指的是立秋之前的土用。日本有在土用丑日(每年不一样，多在 7 月下旬)吃鳗鱼的风俗。

四点过后回家。酒店分割转让的位于小山半山腰的别墅地像是有了买家。有块地竖着名牌，有人支起帐篷，在那里露营。买了地，没钱了（这里很贵），所以努力露营来着。还晾晒着洗好的衣物。

　　在吉田的鱼店，四条秋刀鱼五十元。

　　在河口湖的肉店，一块牛肉小里脊（一百九十克）二百二十五元，三百克猪肉糜一百九十五元，二百克马肉一百四十元。

　　在路边的摊子，卷心菜三十元，三根黄瓜三十元，一袋四季豆三十元，一根萝卜二十元。摊主说给我新摘的卷心菜，走进后面的菜地，割了一颗过来。摊主说，番茄再过一阵就可以收了，说是今年雨水多，番茄长得慢。还说，四季豆和黄瓜都是今天早上刚摘的。

　　在昴公路入口，次数券二千元。

　　我去事务所买次数券，一个穿夏威夷衫的年轻男人飘然进来，问工作人员："在入口撕下来的券怎么处理啊？烧掉吗？"工作人员回答："留着。"男人又问："留着也没用吧，烧掉吗？是不是？"工作人员答道："要等很久以后，差不多过个三年才烧。"男人好像还想问什么，环顾四周，飘然走了。好像是骑摩托车来的。工作人员当中有两个在翻来覆去地数钞票。钞票是成捆的，好几捆。

晚　米饭，秋刀鱼（丈夫和我），牛排（花子），土豆炒四季豆，黄瓜番茄卷心菜沙拉。

肉店推荐了冷冻牛肉小里脊，所以试着买了，但水滋滋的，味道不好。不过花子因为之前过的是寄宿舍生活，感动地吃了。

快吃完饭的时候，出现了壮烈的漫天夕照。"神说……"仿佛听到一个巨大的声音这样说着，耶和华从胸部以上浮现在云的彼端，便是那样的漫天夕照。我一直震惊地注视着，直到它逐渐变化，天黑下来。

八月一日（星期一）阴，有时晴

早上凉爽。

早　米饭，萝卜味噌汤，中式炸肉圆，沙拉。用电锅烤了红薯。

十一点，我们仨一起开车下山去本栖湖。当我们下到外川的石山附近，三岔路口禁止通行。栅栏的开口仅能容一辆车通行，我不管，开了过去，到了鸣泽的公交车站，在铺路，彻底禁止通行。修路的人告诉我另一条去本栖湖的路，我回到三岔路，右转，一直开一直开，始终在树林里。车的底盘低，被石头蹭着。树林中有一小片草原，有五六头牛。路渐渐变得难走，越来越窄，总也出不了树林，于是我折回去，开下昴公路，到河口湖站。他们告诉我的路不是车道，是人和牛走的路。

车站满是登山和露营的男女。我们在车站吃荞麦面，两个在检票口内侧站着吃面的徒步旅行的姑娘不付钱就打算往月台那边走。荞麦面馆的老爷子气坏了，他的怒火过于炽烈，丈夫和花子吓了一跳。

三碗荞麦面二百一十元。

在河口湖鞋店，胶底鞋（丈夫）一千二百元，拖鞋一百五十元。

在酒水店，易拉罐啤酒一千九百二十元，煮豆一百元，零食六十元，奶酪一百七十元，三块炸豆腐[1]三十五元，易拉罐啤酒八十元（在店里站着喝了），两罐炼乳二百四十元，合计二千五百八十五元。

焙茶一百五十元。

在本栖湖游了半个小时。阳光变强了，吹着凉风，很舒服。一个胖乎乎的姑娘穿着轻飘飘的粉色比基尼泳衣，用一块橙色的布盖住脸，为了晒黑，仰面躺着。那个人躺着的地方——就在她旁边，有几个男的在扔球玩，他们为了接球跨过她的脑袋，球从她肉墩墩鼓起来的肚子旁边飞

1　将整块豆腐油炸的豆制品。表皮是油豆腐质地，内里是豆腐。

过，他们在紧挨着她的位置将球接住——是个古怪的地方。一辆摩托车开过来，车在紧贴着她的位置掉头，扬起尘土，即便全身沐浴在车的烟尘中，她依旧泰然自若，盖着橙色的布，横着金枪鱼般的身体，一动不动。丈夫说："就像倒在路边死掉的人。会被白昼的恶魔[1]袭击的。"

在河口湖的路边，三根黄瓜三十元，一袋土豆八十元。据说都是刚摘的。给我装了四根黄瓜。阿姨讲了黄瓜的情况，说是因为吹风，尽管是早上摘的，也很快软了。在高尔夫球场附近，大冈家下山的车迎面驶过。

三点蒸了土豆，抹上黄油吃了。

晚　米饭，精进炸，佃煮，黄瓜。

冷，于是拿出袜子穿上。

八月二日（星期二）阴，有时晴

早上凉爽。去西湖。在西湖庄午饭。天妇罗盖饭（丈夫），蛋包饭（我和花子），天妇罗盖饭的材料有虹鳟鱼天妇罗和菊叶天妇罗。

1　1957年，因抢劫未遂在牢狱中度过三年多的桂正义被释放，不久后在关东各地连续作案三十余起，强暴、盗窃和杀人（实际上，三年前他还有四起案件未被立案）。被逮捕归案后，于1958年被判处死刑。基于这一连串恶性事件，武田泰淳于1960年创作短篇小说《白昼的恶魔》。1966年被大岛渚改编为同名电影。

在西湖庄的小卖部买了五个蘑菇形状的杯子，还买了腌菜。丈夫说，蘑菇形状的杯子"想要送给大冈"。我反对道："这杯子我觉得大冈会讨厌来着。"他说"才不会讨厌"，买了。说是再买些腌菜一起送过去。我也反对买腌菜，说："我觉得大冈不会吃这个腌菜。"可他买了。这个腌菜之前买过，我知道不好吃。

在根场村附近一处被混凝土围起来的水湾游泳。水暖乎乎的，但是比本栖湖浑浊。还有人带了柯利牧羊犬让它游泳。

在酒水店，一块豆腐，十个鸡蛋一百四十元，西瓜三百五十元，口香糖，面包，一升烧酒，一升葡萄酒，一瓶莱朋洗洁精，合计二千一百三十元。

到加油站加油，最近动力不足，让他们检查。换了四个火花塞，和电容器接触的部位烧黑了，让他们用磨条打磨。依旧动力不足。丈夫在车上，为了免得他焦躁，我约好明天下山让他们检查半个小时。

在加油站，三十升汽油一千五百元，四个火花塞六百四十元，口香糖四十元。

在西湖庄，天妇罗盖饭（忘了多少钱），蛋包饭一百八十元，送大冈的五个蘑菇杯二百五十元，腌菜二百元。

晚　米饭，汤豆腐，盐腌鳟鱼，沙拉。

八月三日（星期三）阴，有时小雨

在药店（药店有油漆在售），油漆，木漆，刷子，香蕉水，清漆，合计二千五百九十元。

在河口湖的路边，五只王子蜜瓜二百元。

在杂货店，帽子六百七十元，棕刷，竹刷，丝瓜瓤二百五十元。

花子的漫画书一百七十元。

在食材店，四团拉面一百元，三块炸鱼糕，纳豆，袋装砂糖一百五十元，一袋炒米糠，一块生姜，一袋片栗粉[1]，两根黄瓜三十元，卷心菜四十元，仙贝五十元。

在肉店，三片猪肉二百五十元，六块鸡胸肉二百元，二百克猪肉糜一百四十元，两袋饺子皮四十元。

毛毛雨。十一点去拿报纸，把手信（蘑菇杯和腌菜）送给大冈。大冈的房子正在给车库铺石头。

因为下雨，没去游泳，我一个人下山去检修车。我把车放在加油站，在河口湖的城区买东西。买得多了，药店的大叔开车帮忙送到加油站。

我的车由阿宣送去吉田的修车厂了，听说正好那边午

1　猪牙花的根茎制成的淀粉。因猪牙花不足以大量生产，现在一般以土豆等薯类为原料。

休，一直没好。大叔帮我打了电话，我等了一会儿。加油站现在竖起白桦的柱子，顶上装了竹帘，做成休息处。药店的大叔大概没事做，和我一起等着。这人说他是当地的教育委员，还是小学新建好的气派的五十米泳池的委员。加油站大叔觉得我们去湖里游泳危险，想让花子去学校泳池，恳求道："多一个其他学校的人也没事吧。"但他坚决不肯答应，说："这问题复杂，不是我一个人能定的。"

阿宣把我的车开回来了。他叫上一辆加油站的车，开到御胎内的坡上，看有没有修好。还是动力不足。他说傍晚之前重新去修一次，把我和物品送到我们家大门口，又把车开走了。

晚　饺子。很久没做饺子，大家吃的时候都觉得新鲜。

八点半，阿宣把我的车开过来，后面跟了辆他回程要坐的车，车上载着我忘在加油站的油漆类。他说在途中的上坡试了好几次爬坡。在昴公路也上上下下试了六次，还是稍微有些动力不足。他说，不过，开了三万多公里的国产车，稍微有些动力不足，也是没办法的。载着油漆的车坐了三个暑假在加油站打工的学生，我拿出水果罐头招待他们。

阿宣在回去的时候提醒道："太太开车粗糙，油门也踩得厉害，车带上了习惯。"我说，那我从明天起小心翼翼地珍惜地开。

八月四日（星期四）阴转晴

今天也从早上就很凉爽。

早　米饭，洋葱炒肉，黄油炒鸡胸肉，腌菜拼盘，味噌汤。

十点左右，外川用报纸包着新鲜荞麦面来了。他说，今天的是在山下买的。

外川说，石山上死了人，我忙着善后。警察的调查报告和劳动局的调查报告不一致，这就有问题了。我打算让他们证明，警察的调查报告是在事故刚发生之后做的，当时我的精神状态不稳定，所以有差错。工伤保险是按年给的，寡妇只要活着，一天能拿到七百元，所以她那边我不担心。因为我的管理不充分，要缴罚款，还不知道要缴多少。

他起初看着郁郁不乐，聊着聊着聊到马肉的话题，他渐渐来了精神。不管怎么说，最好是做成烧烤。要是盛冈的一百二十元的马肉，那就好极了，他说着，做出动手烤肉的姿势，开始笑眯眯的。他主动说起："你们打算怎么过湖上祭？今年也让我来订位吧。K园的座位是消防员的伙伴在管，也许能订到。"

他带劲地说："看烟火还是要砰的一声然后看天空，接着看见烟火。在每次烟火中间喝啤酒。要是远远地看，听不到声音，牵挂着什么时候放什么时候放，得一直看着天空。喝不了啤酒，脖子也累。砰地来了，然后看天空，接着看见烟火，在每次烟火中间喝啤酒，这才是烟火的乐趣。"丈夫之前说今年我们不去了，现在改口道："那么，不用包间，如果能给我们订一张餐厅的小桌子就好。"外川整张脸都乐开了花："这样的话，我这就下去讲一声。傍晚我再过来通知你们结果。"说着，他猛地站起来，差点打翻了椅子。

午　把外川给的荞麦面做成凉面吃了。

一点半，去富士山酒店游泳池游泳。在加油站停靠，把三得利角瓶放下作为谢礼。又给了我们两个蜂蜜冰激凌。车的状况比之前好，用二挡上了富士山酒店的山坡。

游泳池的水很冷，花子游了二十分钟就上来了。

在富士吉田的家具店看沙发。这里最好的要三万元。昨天加油站大叔说，他和厂商打声招呼，两万元的沙发一万四千，免运费。打算托加油站买。

放在露台的地毯八百九十元，厨房用的橡胶地垫九百元。

在家具店隔壁的鱼店，四条秋刀鱼五十元，两条鳕鱼的鱼子一百三十元。

店里有旗鱼，我说能不能切块卖，店家说这是做生鱼片的，不能切。还有白烧鳗鱼。昨天我进了河口湖的鱼店，整只的墨鱼全臭了，堆在那里，旁边摆着一堆变成红黄色的竹荚鱼，再旁边是一箱长霉的鳕鱼子，若无其事地摆在店里，所以我什么都没买就走了，这里的鱼店在卖正常的鱼。

我在加油站停靠，订了沙发。结果我们又被塞了两个蜂蜜冰激凌在手里。刚坐上车，他们从窗户递进来袋装的花生和墨鱼干。今天给了我们四个蜂蜜冰激凌。

在路边，三根黄瓜三十元，一根萝卜三十元，八个小小的番茄三十元，四季豆三十元。农家的妇人像是有些寂寥地说："今年冷，玉米还没长穗子。番茄也长得不好。都是因为冷，菜的收成不好。今天也凉。夏天的高峰已经过去了，夏天也过完了。"我说："你别卖菜，卖袋装的熔岩点心好了。那个没想到还挺畅销的。"

通过昴公路的收费站时，收费站的人说："阿宣昨天开着太太的车，在这里来回试了好几趟，车修好了吗？"我说还是有点动力不足，对方说："那样的车，就扔在那边的林子里，买辆新的吧。"又说："昨天阿宣在昴公路的上坡试开了好几次，车的声音很响，他每次都免费开过收费站，所以太太你这辆车的故障在收费站出名了。"

大冈穿着白上衣和白裤子（很衬他，像个著名电影演员），拿了萝卜、土豆和卷心菜来。

大冈和丈夫喝啤酒。我也坐在旁边喝。

过了一会儿，外川从院子跑下来。说是在 K 园烧烤订了位。约好明天六点去外川家。外川说，车停在上面，两名女工在等着，马上就走。虽然这么说，但他喝着啤酒，变得兴高采烈。女工按响停在大门口的外川的车喇叭，我去对她们说："外川在喝啤酒聊天，你们也来家里一起喝吧。"那边说："昨天也很晚，孩子们在等，所以今天想早点回。你这么转告老板。"我下坡回来，把她们的话对外川说了，他说了句"什么嘛"，其间他几次想要回去，又开始讲话，一副喜滋滋的模样。他聊到泥鳅和鳗鱼，自个儿就乐了，说，鳗鱼，难的是用扇子呼啦呼啦地扇着烤的时候。鳗鱼在成长过程中吃下有它自己的体格四倍那么多的竹荚鱼，所以才贵。他开始谈他的看法，关于泥鳅和鳗鱼的比较，时间越来越晚，喇叭开始响个不停，于是外川这才起身。

我从车窗给两名女工各递了一大罐菠萝罐头，说是给孩子，年轻的那个说"不要"。"不好意思，我不要。我不要这种东西。"她用含着怒气的声音说着，将车门半开，把罐头从地上滚过来还给我。我默默地看着罐头滚开，外川说"那就给我吧"，抱起罐头上车。另一名女工笑着向我打招呼，年轻的女工则一脸漠然。他们昨天被大冈家喊去干活，回家晚了，对有孩子的女工来说，现在这样也是理所当然的。我应该早些开车把女工们送到山下的村里，是我疏忽了。罐头被扔在昏暗的地面滚过来还给我，那罐头久久地留在我的眼底，我的心情犹如吞了墨汁。

晚　米饭，火腿罐头，海苔，高汤浸菜，味噌汤。

将近八点半，有个白色的东西横穿过厨房窗口，我打开厨房门，只见刚才闹别扭的女工站在那里，仍穿着工装。我问"怎么了"，她一口气说道："今天无论如何想要早些回家，刚才太着急了，不管不顾地生了气，还把您给的东西一撂。外川狠狠骂了我一顿。我做了不恰当的事。觉得对不住太太，来道歉。"说完，她整个人蔫了。我说："你为了这种事特意又上山来了？是我没考虑周全，我应该开车送你们，是我不好。"她说："不，是我不好。外川说我了，他说：'你们是为了什么在妇人会学什么花道茶道？搞花道和茶道那些东西，就是为了把自己培养成不会做出那种事的人！'"昏暗的院子里，外川像飞一样下来了，站在女工旁边说："你对我生气是当然的，可是不许对太太生气！把太太特意送的东西还回去，给人气受，我说什么也不干。人要有礼仪、常识和义理人情，我讨厌没有这些的人。"他说得过于认真，喉咙像是干了，咕嘟咕嘟喝了一大杯水。我拿着灯送他们上去。女工还有些不知所措。女工和外川坐上小卡车的前座，我对他们说："我都了解了。谢谢。"他们这才安心地回去。

丈夫在工作间，还没睡，他说："怎么了？刚才一阵嘈杂。"我把始末讲了。丈夫阴着脸。

一直到入睡，滚过的罐头，还有女工和外川的话，一直在我的胸中不肯消散。我还是像吞了墨汁似的。

八月五日（星期五）晴

早上凉爽。十点左右开始变热。过了十二点，我打算带花子去本栖湖游泳，开车出去，正在管理处拿报纸和牛奶，就遇见中央公论的近藤 [1]。他搭出租车上来，刚到，正在管理处问我们家怎么走。我载上近藤回家。他去了穗高的野间宏家，在甲府住了一晚，坐大巴翻过御坂峠过来。我端出威士忌、啤酒、早上做的炸猪排、炸鸡排、腌菜、鲑鱼罐头和火腿等，把家里有的都乱糟糟地拿出来。

五点左右，我们下山去约好的湖上祭。顺路送近藤去火车站。近藤兜到大冈家，打了声招呼。

火车站前已经有白摩托和警察。我在车站放下近藤，回到加油站存车。在酒水店买了给外川的手信，一瓶月桂冠九百八十元，西瓜四百五十元。

1　近藤信行（1931—2022），编辑，评论家（作品多与登山有关）。曾在《中央公论》《妇人公论》等杂志担任编辑，1969 年为中央公论社创刊文艺杂志《海》，并担任主编。

外川家有七八个孩子在廊子和玄关进进出出。我们一到，外川马上说："我来做一个鲤鱼的水洗生鱼片。"一大群孩子当中的一个小心翼翼地用双手将鲤鱼捧在胸前过来。不清楚谁和谁是外川家的孩子，但因为孩子多，我又去了一次车站大街的蔬果店，买来西瓜（五百五十元）。

菜肴有生鱼片、火腿、啤酒、果汁、炒素面[1]、水洗鲤鱼生鱼片、毛豆。

孩子们不时凑到外川的耳边，说些什么。外川一丝笑容也没有，拿出一张百元钞，说"拿去"。孩子们发出一声欢呼，围着那个孩子，去外面买吃的。太太凑近外川，慢悠悠地说："小〇〇说想喝果汁。"外川一丝笑容也没有，说"拿去"，从怀里抽出一张钞票递过去，又说："大家一起喝，找零要拿回来。"孩子们买了几瓶果汁回来。那个孩子把果汁筐一撂，立即往廊子那儿一趴，手握成拳藏在胸口，满脸通红地使着劲儿。"哎，把找零给我。爸爸说了要把找零拿来。哎，给我呀。"太太仍然是慢悠悠的口吻，摇晃着孩子的肩膀，孩子吃吃笑着，紧握着拳头，不给。"孩子他爸，这孩子不给找零。"太太说道，外川紧接

---

1 面粉加盐和水揉过，抹油拉长，然后干燥而成。一般做成凉面，口感接近朝鲜冷面。

着说了一句"不管他",又跟我丈夫聊天。没多久,太太又为了别的孩子过来,以悠长的口吻恳求道:"小××说想要钱。"外川说"拿去",抽了张钞票递给她。太太在吃饭过程中说:"番茄撒点调味盐[1]吧。"她摩挲着调味盐的瓶子,专程拿过来款待我们。

天色暗下来,响起烟火的响声。于是外川从橱柜拿出两张印在淡蓝色纸上的湖上祭节目单,发给我和丈夫。淡蓝色纸上大致是以下的内容。

第五十一届湖上祭节目单,主要活动

八月四日(星期四)

(1)河口湖水难供养;(2)湖上祭前夜烟火大会(计划从晚上七点开始,盛大燃放前夜祭的烟火,用两百发烟火装点夜空)

八月五日(星期五)

白天 (1)凌晨四点 用二十三厘米烟火弹燃放三发礼炮 河口湖湖上庆典;(2)河口湖环湖接力竞

---

1 味之素的产品,盐和味精的混合。

走（上午十点，举行全县中学绕湖畔一周约二十三公里接力赛）

夜晚　（1）游船照明竞赛；（2）烟火（根据天气与风向等情况，有时次序会有更改）

夜晚的烟火开始的信号　二十三厘米烟火弹

晚七点整　祝湖上祭　河口湖旅游协会赞助

晚七点五分　山梨丰田　丰田汽车赞助

晚七点十分　购物就在冈岛　KK冈岛赞助

晚七点十五分　连发两管　快速燃放一百发

晚七点二十分　三菱石油　登坂加油站赞助

晚七点二十三分　富士急乐园　富士急KK赞助

晚七点二十五分　日通石油　下之水石油赞助

晚七点二十六分　连发一管　快速燃放五十发

晚七点二十六分　富岳通运　富岳通运赞助

晚七点三十三分　出光石油　出光石油赞助

晚七点三十五分　西铁城　河口湖精密赞助

晚七点三十八分　普利司通轮胎　普利司通轮胎赞助

晚七点四十分　连发两管　燃放一百发

晚七点五十分　山梨日产　山梨日产赞助

晚七点五十一分　竞赛信号

晚七点五十二分　烟火竞赛二十三厘米烟火弹、三十三厘米六组（三十六发）

晚七点五十七分　连发一管　燃放五十发

晚八点十分　朝日生命　朝日生命赞助

晚八点十一分　连发一管　快速燃放一百发

晚八点十五分　太洋九　河口湖汽船赞助

晚八点二十分　山梨日野　山梨日野赞助

晚八点二十三分　王子　王子汽车赞助

晚八点二十六分　川崎航空　川崎航空赞助

晚八点三十分　祝文化会馆　山梨放送赞助

晚八点三十一分　连发一管　快速燃放一百发

晚八点四十分　中立电器　中立电器赞助

晚八点四十三分　帝国汽车　帝国汽车赞助

晚八点四十六分　静甲五十铃　静甲五十铃赞助

晚八点五十分　连发一管　快速燃放一百一十发

晚九点整　谢幕烟火　连发、瀑布、快速燃放

本年度因河口湖涨水，燃放场所有变化，因此节目预定时间可能有延迟　完。

以上就是节目单的烟火次序。赞助广告商的名字用烟

火呈现。每年，与 L 酒店相连的岬角都会装设烟火的舞台。将会在那个舞台上燃放"山梨日产""祝出光石油"等字样的烟火。去年燃放了一只金鸡蚊香的巨大的鸡，那个最好看。赞助商的公司职员和店员们坐在能望见 L 酒店燃放烟火的餐厅或露天席，每当自家公司名的文字燃烧出现，他们就发出传统的吆喝声："久等了！""日本第一！"

外川在我们看节目单的时候换上了消防员的服装，带我们去 K 园。K 园建在靠近东岸岬角的高处，走过去的路上，外川在聊天的间隙探头看丈夫的脸，翻来覆去地说："老师，你真的来了。""你真的愿意来呢。"我们到了烧烤的餐位，那里能望见整个湖，并能从正面看见文字烟火，外川去了卖餐券的地方，又打算给我们买吃的喝的，于是我去对他说："这里我们来付。"他非常用力地往我的胸前一推，把我推开，堵在卖餐券的位置跟前。没办法，我回了餐桌。

外川买了两大杯生啤、三碟炸猪排、两杯橙汁的券，放在桌上，鞠了个躬，走了。吃不完，我把两块炸猪排用纸包起来，带着出了 K 园，在 K 园底下的岬角蹲下，看了一会儿烟火。

摆出了许多摊子。关东煮，烤玉米，炒栗子，棉花糖，什锦烧，面具，假花，水中花[1]，胸针戒指，钓气球，捞金鱼。

还有临时餐厅，铺了席子让人喝啤酒。店主烤玉米，煮关东煮，把啤酒浸在冰水桶里，给坐在席子上的客人。啤酒看起来好喝极了。我买了两瓶水中花，三百元。

回去的路上，人多到几乎挪不动步。

我回到寄存车的加油站，我们的车后面停了一辆大众，所以我们等着车主拿钥匙过来。其间，大叔说这里看烟火最好，而且凉快，他把椅子搬到车库顶上的平台，开了一盏光秃秃的灯泡。我们刚在椅子落座，他们拿来一盘自家做的寿司、易拉罐啤酒和咖啡口味牛奶。给丈夫一根和平烟，还帮他点上了。"要不是烟火的日子，我家里人都让我别上来。"他劝我们吃喝，但我们已经吃得太饱，吃不下了。我和花子两个人硬是一人吃了一大块海苔卷，酸酸的，好吃。又端来冷豆腐。

九点半过后，烟火的声响停了，我们回家。

从中午就一直在喝啤酒，所以丈夫晕乎乎的，一回到家就倒下睡了。呼噜响亮。

我感觉自己的嘴巴仿佛一直张着，手脚也仿佛因为啤酒流过来而变得胖胖的。花子帮忙把白天的桌子收拾了，

---

1 装满水的瓶子，内有假花。

我俩入睡的时候将近十二点。

八月六日（星期六）晴朗无云

久违的晴朗无云。从早上起，视线所及，空气因为炎热而模糊。

早　丈夫吃猪排盖饭（昨天拿回来的烧烤店的炸猪排），花子和我吃纳豆、海苔、腌菜。

午　烤吐司，汤，油浸沙丁鱼，香肠，番茄和黄瓜沙拉。

晚　饺子，蔬菜配菜（四季豆、番茄、芦笋）。

特别晴朗，所以我洗了一堆衣服。

一点，带花子去富士山酒店游泳池。在加油站停靠加油，汽油二十六点六升。山中湖今天起了一点浪。从富士山酒店的小丘看去，底下一片因炎夏而烟蒙蒙的。花子独自游了一个小时左右。三点回家。游泳四百元。

在酒水店，三箱啤酒二千八百八十元，两箱易拉罐啤酒三千八百四十元，三块油豆腐二十四元，乳酪一百元，西瓜四百五十元，和平烟一千元，番茄八十元，六瓶芬达二百元，喜力烟七十元，共八千七百四十四元。

过路费二百元。

在河口湖的肉店，三百克猪肉糜一百七十元，饺子皮四十元，三块猪排二百五十元，共四百六十元。

看了看昨天外川给的湖上祭的节目单，发现最后的反面画着游艇的画，还有三首与河口湖有关的歌。每首歌都有三段，作为纪念，我把第一段记下来。上面没有作词和作曲者的名字。

○湖上祭之夜

一　那个梦这个梦　装点夜空

　　湖上祭的　五色的烟火

　　望着你　如同做梦

　　夏天的河口湖　啊，狂欢节

○河口湖华尔兹

一　富士闪耀　晴朗

　　像年轻人的未来

　　我想要配上杜鹃花，用彩色胶卷

　　拍摄你，留作回忆

　　啊，浪漫的　河口湖

○河口湖之舞

一　呵，心情舒畅

　　哟依秀括拉朵　括挪萨侬

　　朝霞的富士山　天空的富士山

　　映照着山影　啊嗦呜将嗦将呢

映照着山影　啊嗟依托萨　河口湖

树莺的爱之歌响彻山谷

富士的河口湖爱之町

八月七日（星期日）晴朗无云

今天也会很热。上午洗衣服。今天不去游泳。

早　米饭，薤头，油浸沙丁鱼，味噌汤，醋浸裙带菜，萝卜泥。

午　自己做的手工饼干，汤，番茄，黄瓜。

晚　米饭，盐腌鳟鱼（丈夫和我），米饭，烤肉（花子），黄油炒卷心菜四季豆洋葱。

下午去拿报纸，管理处前面那户人家的捷豹停在那里，车头瘪了，车前灯也坏了，车身卡在轮胎上，轮胎动不了。石墙塌了一块，和车身同宽。车从管理处开下来，直接撞在自己家的石墙上。

晚上的电视报道，今天这个星期日，有着最高的高温、最多的外出人数、最多的事故致死。在山中湖，有人为了给家人拍照，对焦的时候往后退，被车撞到屁股，死了。

八月八日（星期一）晴朗无云

晴朗酷暑。洗了床单、枕套和其他。让人目眩的炎热，强烈的炎热，反而心情舒畅。

临近十二点，我做了饭团，去本栖湖。丈夫也去了。湖边的山上的树木热得蔫巴巴的，天空也热得模糊。

坐上出租船，到了湖湾，游了将近一个小时。花子的脚被熔岩划破了。水温乎乎的，是迄今为止最好游的。能看见水底的岩石。坐在湖湾的熔岩上吃了饭团，喝了茶，还吃了番茄。

两点半回家。开到红叶台，东边的天空暗下来，开始有大滴的雨落在车上。到家的时候，雨正式下了起来，一直下到夜里，雨停之后起了雾。

租船一小时二百元，过路费二百元。

波可什么也不吃，光吃了爱表斯[1]。它这是苦夏。

电视上说，今天是最热的一天。据说炎热还要持续一周左右。

八月九日（星期二）晴朗无云，强风

风大，凉快。

早　黄油炒土豆，黄油炒卷心菜，咖啡，番茄。

午　饭团。

1　Ebios，促进消化的啤酒酵母片，由朝日集团生产。

晚　米饭，咸牛肉，佃煮，洋葱裙带菜沙拉。

今天也去本栖湖游泳。

我在加油站停靠，换了发动机冷却管。因为热，管子裂了，马上就要不行了。付了之前的检修费。

给菅谷修理厂一千元，给加油站发动机冷却盖三百元，发动机冷却管一百八十元，点火触点八十元，点火触点臂一百元，合计一千六百六十元。

我把不要的周刊放在加油站。大妈给了我两篮葡萄。

本栖湖刮大风，所以游泳的人少。我们在湖湾游了一个小时，三点回家。昂公路过路费二百元。

明天一早回东京。

晚上，下了几滴雨。

八月十六日（星期二）稍微多云，有时雨

早上五点半起床，把行李装上车。六点半出东京。

八月九日返东京，花子十日返校，从十二日到十五日的晚上，她在轻井泽的旅馆集训。十三日，丈夫出席中央公论谷崎奖[1]评委会。今天终于能进山了。波可的左后腿

1　1961年第二届谷崎润一郎奖，获奖作品是远藤周作的《沉默》。评委有：丹羽文雄、舟桥圣一、伊藤整、圆地文子、大冈升平、武田泰淳和三岛由纪夫。

瘸了，还没医好，八月下半有不少客人要来，所以在十五日的夜里将它寄放到小松兽医院。在小松医院的玄关，我和医生谈妥之前，波可一动不动地望着我的脸，像在思考会发生什么，我把它寄放好回家的时候，它悲伤地叫了三声。它的脚掌好像有问题。

这次带的行李。

十七日招待大冈夫妻吃晚饭的食材。熏制鳕鱼，鲑鱼子（预先在冷冻室冻好带来），两袋半生的熏制鲑鱼，五个皮蛋，味噌腌牛肉，羊羹，木耳。

此外，还带了金枪鱼罐头、茶叶、秋刀鱼罐头、月饼（十三日来玩的小林弥生[1]带的南京町[2]手信）、仙贝、柠檬、卷心菜、黄瓜、生姜、茗荷、土豆和其他剩下的全部食物。

厕纸，两张床单，被套。

大约十本朝日新闻社出版的中国古典丛书（？）。我带了一条新连衣裙。要在大冈家来吃晚餐时穿。

开上乃木坂的时候，我想起忘了带花子的游泳衣，折回公寓。丈夫一脸烦躁。

---

1 （铃木）百合子在神奈川县立横滨第二高等女学校的同学，与其他几名同学一起，从三年级到五年级（14岁到17岁）期间，共同制作同人杂志《贝壳》。百合子在《贝壳》上发表了若干诗歌。毕业后，老同学失联，再见面是在1953年，百合子已婚，从铃木改姓武田。
2 位于神户的中华街。

在上野原一带，天空转晴，不过很快又转为多云。没有带狗，便很安静。花子在座位上睡得很沉。

九点半，在加油站停靠。我想着要是订的沙发来了，就让他们运上山。大叔带我们到摆放着鹰标本的水泥地房间，取下盖着的白布，展示沙发。特别定做的大型茶色沙发床，一万八千五百元，说是市价二万二千元左右。我付了钱。大叔说："等天晴了，马上搬上去。"

阿宣说"你来一下"，把我带到后面，指着一辆黄色大众，让我开开看。客人觉得车旧了坏了，扔在这里走了，阿宣稍微整了整引擎，很快修好了。他说，你要是愿意，就给你开。我不想要独角仙形状的车，没开。

经过高尔夫球场旁边的时候，虽然在下雨，却有人带着球童在打球。像神经病一样。

院子里，败酱、桔梗、蓝盆草和突节老鹳草在开花，芒草的穗子刚长出来，闪着胭脂色的光。在东京期间，盂兰盆节过去了，院子一下子变成秋天的模样。腌菜的糠没有坏，海带腌得很好。在管理处拿了三包我们不在的时候来的邮件。

我正在睡午觉，沙发来了。傍晚，雨停了，西面出了晚霞，于是他们赶紧帮忙运来。

一名戴眼镜的高个儿少年和两个打工的大学生一起运

来，把沙发放在餐厅，用螺丝固定住，让沙发不挪动。特别大，所以不用变成床，沙发都够睡了。我开了水果宾治罐头端出来，代替运费，给了五百元谢礼。又让他们拿一升烧酒给大叔。

这张沙发放进家里，意外地感觉比在加油站的房间看到的要大，餐厅感觉成了以前的上野站的候车室。就好像把马弄进了房间。花子觉得新奇，在上面睡到早上。

过路费二百元，运费五百元，沙发椅一万八千五百元。

八月十七日 晴

早　米饭，味噌汤，汉堡肉饼，佃煮，沙拉，秋刀鱼罐头。

九点半，我去通知大冈家，今晚六点开饭。

下山，买了七百克鸡肉，又买了两打易拉罐啤酒。加了二十一升汽油。

两点左右开始做饭，全部准备好之后，五点左右去管理处拿牛奶，正好《群像》[1] 的德岛 [2] 打来电话。他说，接下

1　讲谈社文艺月刊。1946 年 10 月创刊。该杂志从 1958 年设立群像新人文学奖，村上龙、村上春树、村田沙耶香等作家均从此奖项出道。

2　德岛高义（1934—2020），文学编辑。1958 年入职讲谈社，担任《群像》编辑十五年(1971—1973 年任主编)，后转到出版部门。晚年任常务董事。著有《小小的证言——难忘的作家们》(红书房，2010)。

来从东京出发，去您家，估计晚上将近九点到。

五点过后，和花子一起做了开胃小点[1]，摆放在餐桌上。

今天的菜单。

醋浸木耳葱，奶酪，熏制（鳕鱼），皮蛋，奶酪苏打饼干。

炸鸡块，味噌腌牛肉，油浸洋葱熏鲑鱼。

开胃小点（鳕鱼子、香肠、肝酱、金枪鱼、鸡蛋、洋葱）。

"大冈好像喜欢开胃小点，做上。"因为丈夫发了话，也做了开胃小点。其他的食物怎样呢？他们会喜欢吗？口味会不会太重？六点准点，那两位来了，喝啤酒吃菜。九点半，德岛来了，一起喝。

德岛说："《群像》编辑部比其他文学杂志的人少，所以很累。我打了维生素（？）和红蝮蛇源（？）的针，一直在努力，但好累。"大冈和丈夫听着，都说了声"哦"，仿佛在同情他，但丈夫好像一直没有为他们写稿。

十一点，大冈一家回去了。德岛原本预约了高尔夫球场的小屋，改成住我们家，所以我去那边取消。我在屋里喝醉了，一个人来到外面，周围过于昏暗，我的心头一震。

---

1 法语 canapé，切成一口大的吐司、苏打饼干或切片法棍，上面放鱼、肉、奶酪和蔬菜等。

醉了，又是深夜，在山里开快车，真痛快。没有警察，也没有白摩托，我试着松开双手驾驶。德岛住在二楼。我收拾到一点。

汽油一千八百元，鸡肉五百六十元，易拉罐啤酒一千九百二十元，收费站次数券二千元。

大冈太太喜欢醋浸木耳。

八月十八日 晴

醒来时，听到德岛和丈夫的声音。阳光照耀。凉爽如晴朗的秋日。

早　昨晚剩下的开胃小点，汤，番茄等。

十点左右，送德岛去大冈家。在大冈家，丈夫、大冈和德岛聊天定下来，德岛坐河口湖站三点半发车的火车之前，在我们家试一下做口述笔记，接着，一回到我们家，他们马上开始做口述笔记。做到一点左右，稍作休息。又开始。告一段落后，我做了饭团端出来，作为午饭。然后又开始。

两点四十分，把车开出去。

今天山下的城区在过节，正在挂注连绳。我把德岛送到车站，马上折返。

晚　米饭（蟹肉豌豆焖饭），鲑鱼子，佃煮，蔬菜沙拉，清汤 [1]。

今天，丈夫和德岛为了做口述笔记面对面坐着的时候，飞来好几只赤胸鸫，不停地洗澡。

八月十九日 雨

远处有台风。突然哗地下起了雨，然后西面的天空晴了一块，紧接着，周围起了雾，变成了云，接着雾不知何时变成小雨。仿佛是秋天。

早　剩下的蟹肉饭，鲑鱼子也还有剩，吃了。红薯味噌汤，萝卜泥，鸡蛋。

午　素面，沙拉。

上午，大冈和新潮社的坂本来了。坂本给我们带了河豚鱼干（这鱼干好吃极了。肉厚，吃起来绵绵的）。

两点左右，我们去买啤酒，顺便去看望花子来山中湖的朋友。

山中湖的水涨到了路边，水面上荡漾着细碎的波浪，周围的山在毛毛雨中烟蒙蒙的。水像是暖和的，码头那儿有五六个人在游泳。富士山酒店的前台说，I 一家出门了。想着来都来了，要么玩一会儿小钢珠再回去，我们在游戏

1　日式高汤用盐和酱油调味，也可添加少量蔬菜。

室玩了二十分钟左右，I一家回来了。我等着花子和I玩结束，五点半离开。等的时候，我不得不和I太太聊天，我用了礼貌的语言，说了些言不由衷的话，累得像是燃气中毒一样。I太太看着我的脸，像是好笑地说："我们回来的时候，前台说：'刚才有客人找。是一位大眼睛的女士带着孩子。'"回去的车上，花子说："前台说的不是大眼睛，其实是'有一双大眼珠子的人'。I告诉我的。"让人不快。

在加油站，让他们更换雨刮器，修理松掉的风扇皮带。两根雨刮器八百元。车的吱吱声修好了。

加油站大叔给了三个冰激凌。我说我们两个人，两个就好了，他说："拿去给老师。对喝啤酒的人来说，这个冰激凌可好了。"是他们一直给的蜂蜜冰激凌。

湖和周围的山，路两边的菜地，加油站，无论哪里，秋天仿佛都轰然到来，有些寂寥。今天连御胎内也紧闭着门。我开到大门口，兔子从门的一侧跳出，穿过马路，奔向对面的小溪。

晚　饭团，煮蔬菜。

洗面奶六百元，啤酒一千三百八十元，花子和我打小钢珠五百元。

村民税通知来了。

晚　我注意到，虫声包围了整座屋子。

八月二十日（星期六）晴

　　早　米饭，炒土豆，青椒，腌菜，豆腐味噌汤。

　　午　乌冬汤面。

　　晚　米饭，纳豆，鸡蛋，海苔，萝卜泥。

　　十一点，下山去给《群像》寄稿子，给德岛发了电报。今天河口湖城区的店全部休息。去吉田买东西。把车停在月江寺的停车场，买了蔬菜和生乌冬面。去了肉店，想要他们帮忙绞一些上等肉，店家说绞肉机没做清洁，拒绝了。感觉会有肉毒杆菌，于是我没有强求。去了真善美缝纫机店，看了缝纫机。等买了缝纫机，夏天的衣服我就全部自己缝。

　　有风，晴朗。不去游泳感觉就亏了的日子。

　　我在加油站停靠，让他们再修一次发出声响的风扇皮带。我发现加油站主屋的葡萄架上挂着许多青葡萄。阿宣说他昨天和同学一道去了石和的温泉，泡温泉然后喝酒，然后再泡温泉，过了一天。御坂峠的隧道再往前的路很糟糕，但石和的温泉水又热又好。他一边修风扇皮带，一边用沉静的低低的声音仿佛并不带劲地把这些事讲给我听。

　　我刚到家，丈夫就说："刚才，大冈太太来问火车邮件的事。说是大冈肚子疼，吃了粥，稿子写不出来。百合子，你去看看情况，也把火车邮件的情况详细讲给他们听。"我买回来的生乌冬面是真正的手擀乌冬面，说不定对肚子有好处，所以我拿了一团面条去，他们家给了我两个葡萄柚。我赚了。大冈手里拿着药瓶，穿着睡袍，来到玄关，他走路的模样像是突然变成了老人家，又像是盲人按摩师。他说，等稿子写好了，就回大矶验大便，是因为这里的水的问题。太太小声说："他这是喝酒喝多了。"

傍晚，我用管理处的电话打给河口湖站，询问火车邮件的时刻表，顺便去告知大冈家。上午两趟，下午一趟。

我躺着，到了做晚饭的时候猛地起身，头晕目眩，于是我又躺下了，这次闭着眼，慢慢地起来。好像是追尾的后遗症，感觉像是脑袋里塞满了锯木屑，我像个稻草人。

满天星斗。院子里，秋天的草花在盛开，夜晚也能看见。

深夜，有两次地震。

蔬菜，水果，纳豆，四百五十元。

快信和电报二百八十元。

八月二十一日（星期天）雨一整天下下停停

十四号和十五号台风在南方的海上。今天忽而下雨，忽而阳光照耀。阳光炽烈地照下来，于是我把衣服晾出去，撑开露台伞，这时下方的平原被雾裹住了，又开始啪啦啪啦地下雨。入夜，变成淅淅沥沥的雨。

正在吃早饭，大冈太太来了。说是她正在去寄火车邮件的路上。我也想一道去，她说没必要两个人去，她帮我们寄。她说，大冈没有回大矶，打算用处方笺开药，吃药以后看看情况，反正配药也得去山下的城区。我把药店的位置告诉她，托她帮忙寄火车邮件和发电报。

午　丈夫吃米饭、加拿大培根、青椒、洋葱。花子和我喝牛奶。

下午，丈夫和花子看高中棒球赛。我昨天不时从头顶到脚尖一阵麻，意识变得朦胧，所以感觉不舒服，大概因为昨晚注意睡觉姿势的缘故，今天完全没事了。不过，当我弹起吉他，还是感到手指不利索，脖子沉重。

晚　米饭，玉子烧，萝卜泥，味噌炒茄子，清汤。

一下雨，我就在想波可怎么样了。以前每当下雨，不知为什么，波可总在藤椅上睡觉。

中央公论的近藤发来快信。将在二十四日一早登富士山。是关于登山准备的指示。

雨停了，新月出现在靠近大室山的东侧。九点半。

在电视上看到有人弹吉他，弗拉门戈索里亚，想见深泽一面呢。

今天一分钱也没用。

八月二十二日（星期一）雨，刮风下雨

十四号台风到来。

为了赶上十点五十七分的火车邮件，我一个人下山。大雾，五米开外就看不见。下到昂公路，视野变得清晰。我进车站去寄火车邮件，来登山的人们上不了山，车站满是人。回去的时候，我给《群像》和《展望》[1]发了电报。给《群像》的电报说稿子已发，给《展望》的是，"稿子再稍等 武田"。到肉店，买了肉糜、小里脊和饺子皮。风急雨骤，外面一个行人都没有。我在加油站停靠，给筑摩书房打了电话。跟冈山约好，在最终截稿日二十四日上午用火车邮件（八点五十七分）交稿。

加油站已经燃起煤油炉，剥了玉米在烤。我吃了一根。他们又送了五根让我带走。

大叔说，昨天第一次掰了田里的玉米，很好吃，今后也会陆续送你们。

暴雨像浇下来似的，不停地落在空荡荡的加油站停车场和那头的公路上，我隔着玻璃看雨，坐在暖炉旁仔细地啃着玉米，强烈地感到，今年的夏天过完了。

开到御胎内，有人朝我挥手。关井和四五个男的穿着

1　筑摩书房的综合杂志。

雨衣，在修路。我在管理处买了卷心菜和鸡蛋。

看高中棒球赛。台风在下午三点左右穿过静冈、爱知，朝日本海去了。傍晚，稍微晴了一会儿，晚上又下了一些雨。

早　米饭，秋刀鱼罐头。

午　饺子，汤。

晚　米饭，汉堡肉饼，土豆，沙拉（花子、我），粥，臭鱼干[1]，用刀削下来的柴鱼花，佃煮，梅干（丈夫）。

丈夫的牙快要掉了，那个位置肿了起来，他说脑袋沉，也没有食欲。晚上，我揉了一会儿他的背，他睡着了。

晚上七点左右，德岛发来带回复费用的电报。他问，没有标题，标题怎么取？我把回复告诉电报员："请写成直到看到烟火[2]"。我给了电报员两袋仙贝。今晚尤其暗，像把墨化开一般，一片漆黑，电报员好像是摸索着走下院子的。

八月二十二日 续

☆由于十四号台风的影响，今天从早上就一直下雨，我一步也没出门。

1　伊豆特产，把竹叶巴浪等鲜鱼用类似鱼露的"臭鱼液"浸泡，然后风干。
2　《直到看到烟火》，刊于《群像》1966 年 10 月号。

下午一直在看高中棒球赛。半决赛。中京和松山进了决赛。

晚饭是汉堡肉饼。中午是我喜欢的煎饺。

爸爸吃得少，我感到担心。妈妈说："他得了跟大冈叔叔一样的病。"

深夜，妈妈把缝纫机从车里背下来。在雨中，用手电筒照着路下来。

——花记

八月二十三日 强风暴雨

上午十一点左右，两个《东京新闻》的人在雨中来了。要做"星期六访问"的采访。

我端出啤酒、培根、鸡肉、墨鱼、腌菜。

雨刚停，又下起来，一直没法拍照。三点左右，想着去外面拍照，顺便送他们去车站，我把车开出去。丈夫看家。两个人都带着双肩包，说是打算完工后去看风穴和冰穴，玩一天，但不巧刮风下雨。他们太可怜了，于是我没有下昴公路，从右边转上去，往五合目开。越往上，风雨越大，在暴风雨中开到四合目的大泽崩，折返。

我的介绍变成边开车边说："这里是二合目。本来能看见冷杉和铁杉树林，不过今天看不见。""这边是三合目，本来这里能看到一整片青木原的树海，不过今天看不见。""这左边的林子深处有圣母玛利亚的像，不过今天去不了。"两位朝左右看向完全看不见的树林和树海，朝我点头，我感觉想哭。我们在车站告别。

在河口湖的城区买富士山登山的干粮。白吐司三十五元，葱，香蕉，葡萄，梨，油豆腐，红薯，两件塑料雨衣三百元，香烟一千元，两只水壶六百八十元，鸡蛋一百八十元。

晚上八点半左右，中央公论社的近藤出现在厨房门口。我为不知道能不能去的登山做了准备。十点左右，天气渐渐转晴，有两三颗星。

近藤看了电视上的天气预报。然后他在像是地图的东西上画了线，点着头。我望着他的表情，像是没问题。十五号台风似乎朝着朝鲜的方向偏离，明天能登富士山。

九个饭团（放了梅干，裹了海苔），蒸红薯，月饼，羊羹，三个柠檬，三只水壶。

衣服的准备（我的）。

（穿短袖毛衣。带上长袖毛衣和外套。穿薄袜子，在上面套上厚袜子，穿二趾胶底鞋。穿色织布束脚劳动裤。先顶块毛巾，再戴上草帽，用毛巾裹住脸颊。）

近藤在餐厅的沙发上睡。

八月二十四日 晴

雾气变得晴朗，出现了朝霞。凌晨四点半。背上双肩包，出门来到大门口的路上。丈夫拉肚子，留下看家。他和狗一起来送别。最初说起登富士山，真正的目的是让丈夫登山，我和花子本来是顺便一道。等近藤来了，丈夫说因为拉肚子所以留下看家，变成近藤带着添头登山。丈夫出来送别，怀着对近藤感到抱歉的心情。牙齿掉了的丈夫说"慢走"，可爱地挥着手。五点十分出发。富士山彻底晴了，显露身影。深红色的富士。

我把车停在五合目。在建有餐厅的位置背后的角落，近藤看着地图，一座座地指着山，他指的方式像是抚过山的轮廓，细致地告诉我们："那是某某山。""那边是某某连峰。"我往那个方向的山看去，可是当近藤指向下一座山，我已经忘了之前的山名，只能呆呆地望着山那边。花子生来就搞不清这种事，望着完全不同的方向。

往六合目走的时候，能望见整个山中湖和吉田町。

后天的火祭要封山，所以马匹的左右两边驮着夏季期间住客们借用的被子，从八合目以及其他地方的小屋慢吞吞地往下走，大红色的被里烙印在眼底。上山驮行李的空鞍的马，同样慢吞吞地往上走。黑色火山碎石的道路蜿蜒如蛇，毫无遮蔽，因此，那些马匹大幅度地甩着尾巴低头走去的模样，或近或远，清晰可见。

刚开始爬五合目的时候，传来热闹的说话声，五个男的边打闹边往上跑，相互追逐。这群人看着像是小混混，穿西装打领带，皮鞋，拎着手提包，打扮得像是要去喝花酒。他们说："想找个好玩的地方玩一下。从千叶笔直地开，一路开过来，就到了富士山的五合目。来都来了，就试试登顶呗。"

在七合目，可以望见相模湖、箱根、三浦半岛。刚才跑上山的混混们当中的两个人伸着腿坐着，看起来像是不舒服。

在八合五勺的御来迎馆[1]，吃了赤豆年糕汤。一碗七十元，近藤请我们吃的。混混一伙有两个人到了这里。还有一个据说高反发作，在下面一点的路边躺着。他们都带了提包，但包里没有水壶，没法喝水。小屋的水贵，他们好像因此感到不快，说："还想再喝一杯，不过算了。"其中一人穿着茶色拼白色的皮鞋，鞋头尖尖的，说是意大利产的。"爬到这里，鞋子磨损了。"他一味地在意鞋子，擦拭着。他朝躺在下方道路的同伴喊："喂，你好了吗？"躺着的人没精打采地说："这地方真要命。不该来玩的。我

1　作者笔误，应为"御来光馆"，离富士山顶最近的山小屋，位于富士山八合目过半的高度。

难受死了。"说完，他又用手帕盖住脸。上面的两个人好不容易爬上来，似乎也不想再下去帮他，就那么坐在长凳上，继续聊天。其中一个像是在乳品店工作，他一个劲儿地讲那家乳品店有多小气。说是那家店卖的冰激凌一次也没给过他。当我们从水壶喝水，谈话自然而然地停了，他们望着我们，像是想喝，我没给他们水。近藤也没给。

临近十二点半，到了山顶。阳光明朗、天气平稳的山顶。有个男的提着一只大收音机，看来是听着高中棒球赛一路爬上来的，到了山顶，他把音量调得特别大。正好决出了冠军。周围的人都凑过去，想听是哪个队赢了。

我们在喷火口（？）旁吃了饭。近藤记得很清楚，说："太太，我记得你装了月饼是吧？"我说"对的对的"，把月饼从背包里拿出来，大家一起吃了。我在近藤没注意的时候，把山顶的熔岩（比人脸稍微大一些的）装进变空的背包里背着。

两个护身符四百元，两个幸运小锤二百元，两把勺子四百元，两枚徽章二百六十元，在山顶。

下山时，从砂走[1]一口气冲下去，到了六合目。身上湿

1　富士山的下山路有若干条，其中须走路线从七合目往下是砂走，也就是铺着厚厚的火山砂的斜坡。御殿场路路线被称作大砂走，约6公里火山砂路。

了，不知是雾还是雨。火山气体往上喷，我们仿佛朝着巨大的井底走去。回程两个小时五十分钟，五点过后到家。我把山顶的熔岩作为礼物送给丈夫，丈夫把它放在红熔岩院子的正当中。来不及烧水泡澡，近藤用凉水洗了澡，换了衣服，一齐干杯。稍作休息后，大伙儿去大冈家。近藤催他写《中央公论》的稿子。七点半回到家，近藤要搭乘八点半的火车，我开车送他。

近藤身体真好。还有，用收音机听着高中棒球赛登顶的男人，身体好。

我打算早睡，结果反而比平时晚。十二点半就寝。

八月二十五日 晴

双脚的脚踝疼，唯独鼻子晒得通红。花子也一样。早上起来下楼，膝盖打不了弯，所以横着爬下去。即便走在笔直平坦的地方也像螃蟹爬。

下山给《展望》发电报。

严重腹泻无法写稿 抱歉

肉糜三百克，培根，五百六十元。两打易拉罐啤酒一千九百二十元，五个苹果七十五元，一瓶钻石烧酒，白吐司三十五元，两根黄瓜，一包喜力烟，五个鸡蛋二百八十元。今天热。加油站送给我两颗卷心菜。把登山的东西收拾完，洗了衣服，就到傍晚了。关井来给铁门报价。

早　蒲烧秋刀鱼，纳豆，米饭。

午　米饭，西式蛋饼（丈夫），加肉糜的鸡蛋盖饭（我、花子）。

晚　手工饼干，洋葱汤，沙拉，香蕉。

把昨天的日记也一道记了。

八月二十六日　晴，微云，傍晚有雨

早　米饭，纳豆，油豆腐，海苔，海胆。

午　烤吐司，汤（番茄、洋葱），煎味噌腌肉（取了和田金的味噌腌牛肉的味噌，腌了小里脊）。

晚　米饭，金枪鱼可乐壳，卷心菜，番茄。

与邻居之间的分界有株高高的松树，山葡萄一直缠绕到树顶，在吃饭的时候一直能望见，山葡萄大片的心形叶一天天渐渐变红。月见草的花变小了。胡枝子盛开，桔梗盛开。蜜蜂来到胡枝子上。虻飞进屋里。大蚂蚁络绎不绝地爬出来。苍蝇飞不动了，在餐桌上滑步走。每下一场雨，便往秋天走一程，仿佛一下子上了年纪。现在开花的是败酱、突节老鹳草、桔梗、胡枝子、紫斑风铃草、地榆、月见草。芒草的穗子长全了，变成银色。别忘了给梅树施肥。

白天，刚把洗的衣服晒完，下起雨来。

转为雷雨，一直下。十六号台风来到伊豆。是小型台风。

在管理处，两盒肥皂二百元，五个番茄八十元，面包四十元。

本来要去吉田的火祭，算了。在电视上看了雨中燃着大火把的寂寥火祭。

换了燃气罐。

丈夫的牙好像有问题。我问他情况，他心情不佳，没回答。他得空就睡，也没什么食欲。难得他拿了串葡萄，独自揪着吃。

八月二十七日 微云，有时晴

早　米饭，味噌汤，鸡蛋，可乐壳。

午　烤吐司，牛奶，水果罐头。

晚　番茄酱鸡肉炒饭，沙拉，芦笋。

上午，打扫二楼和浴室，洗床单。一点左右，去拿报纸回来，在坡上的公交车站跟前，三名青年朝我挥手。他们说，朋友因交通事故在底下的 A 医院住院，今天出院，要去接，如果你去底下的村子，能否捎我们一程。在电视剧中，要是让这样的人搭车，基本都是坏人，会袭击我，或者打我一顿抢走钱包，所以我有些怀疑，让他们把情况讲得具体一些。他们说，我们参加 R 大学夏威夷乐队的集训，借了管理处旁边的熟人的别墅。其中一人星期三在高尔夫球场的停车场无照练车，把车撞得一塌糊涂，他本人一头扎在方向盘上，受了伤，被送到 A 医院。撞坏的车是租的，需要付十六万，为了筹钱和善后，我们开来的另一辆车去了东京，所以没车了。今天早上，我们坐管理处的卡车下去了一趟，可是卡车晃得厉害，感觉刚出院的人没法坐。我们会叫辆出租车让出院的人坐回去，就只是去程，要是顺便，能否让我们搭车？

反正我本来就打算下山买东西，于是只让其中两个人上了车。我说，你们要是愿意等一会儿，等我买完东西，回程我也载你们，出租车可贵了。他们听了高兴坏了，说等着就是，想要搭车回来。我把他们送到 A 医院门口，在附近的食材店买了啤酒和其他东西，又让等在路边的三个人上车。伤患的鼻子上贴了好几张纱布，用创可贴固定住。脑袋上顶着冰袋，绑在头上。我在加油站停靠，那边给了玉米和冰激凌。看到车里有三个人，也给了他们。

"我刚才到了门口，第一次往里看了看，A 医院真脏啊。简直像德川时代。感觉要是住久了，伤会加重。还好你早早出院了。回东京之后，让其他医生看看吧。"我边开车边叮嘱道，贴着创可贴的男孩含含糊糊地说："饭菜也难吃。"他整个人晕乎乎的，于是我把他们一直送到集训的房子，从里面出来四五个人，说"请喝杯茶再走"，我拒绝了，回家。都是些十八九岁的大学生。

晚上，我正在缝衣服，传来许多人的脚步声，除了白天的青年们，又来了两个，一连串地来到厨房门口。带来三个二十世纪梨[1]。他们说："明天前辈们会上来致谢，我们先来了。"我和花子各吃了一个半梨。

把小里脊用味噌腌上。

八月二十八日（星期天）晴朗无云

晴朗得仿佛夏天又回来了。晾晒洗好的衣服的时候，有一阵阵的热意，舒服。晒了家里的被子。晒了浴室的防滑木垫。

早　味噌汤，米饭，玉子烧，黄油炒瑶柱，腌菜，醋浸裙带菜。

把椅子拿到露台，给丈夫剪头发。

我去拿了报纸回来，想要摘花，走在房子后面的路上，碰见外川。我们坐在路边的石头上聊了一会儿。他说背后这块地的石基打好了。我摘了地榆、败酱、桔梗、北萱草、蓝盆花。外川也帮我摘花。

1　鸟取特产，个头大，表皮青色。

午　什锦烧（樱花虾、培根、葱），汤。

午后，我和花子带着西瓜，去山中湖。阿克和阿敬[侄子]来了东京大学宿舍，我把西瓜带给阿克。他让我们坐了东大的船，但因为三点有比赛，不好意思多坐，很快下船。花子一个人在有游艇码头的东大专用的湖湾游泳，游到三点。阿敬也来了，游了一会儿。湖涨水了，从岸边过去很远都是浅水，风平浪静。水也清。这里禁止东大以外的人员入内，还有存放船的小屋，不时有三五个学生过来，把船拿出来，或是游泳，然后离开。东大生无论在划船的时候还是游泳的时候都戴着眼镜。船上写着"安妮""小百合"等让人腻烦的名字。

在河口湖的肉店，五个鸡翅，三百克猪肉糜，两袋饺子皮，合计六百三十元。

番茄一百一十元，香烟七十元。

我把看完的周刊送到加油站，他们给了我三根烤玉米。回到家，发现在我出门的时候，花在篮子里插好了。插着的北萱草正好开了。

晚　饺子，汤，炒蔬菜。

晚上八点左右，我去管理处打电话，门锁着。我和修[我弟弟]约好了，八点左右往他们住的富士山酒店打电话，所以我直接下山开去加油站，借用电话。约好明天十点去富士山酒店接他们。

在加油站，大叔和阿宣以及另一个大叔，他们的亲戚，在喝烧酒，吃豆腐和南瓜的小菜。亲戚大叔对我说："等你们有时间，去富士山采松茸吧。"这时来了一辆外国人开的车，亲戚大叔出去加油，因为找零发生了争执。阿宣出去看，外国人对他说："这个大叔喝醉了，不行啊。"之后又说"请给一张免费地图"，阿宣给了地图。外国人甚至能看懂招牌上的日文汉字。

加油站大叔的讲述：

〇我在四十二岁厄年[1]的时候去登富士山，采松茸，看到一个天保小判[2]（？）。捡起来擦了擦，亮闪闪的。底下还有小判（？）。拿起来，还有。拿到了一堆，但因为是厄年，心里发毛，分给了邻居们。据说从前参加富士讲登山的人出于信仰埋下钱，出来的就是那个钱。就这些。

---

1 日本的民间信仰，认为男性虚岁 25、42、61 岁是厄年，女性虚岁 19、33、37 和 61 岁是厄年。

2 天保八年（1837 年）铸造的金币，椭圆形，小判为一两。此处加了问号，是对金币表示疑问。根据后文，捡到的其实是天保钱。

大叔说："人们把笨蛋叫作天保钱[1]，所以没什么价值吧。"阿宣说："现在一枚能卖一千吧。"

电视上说，今天气温升到 28 度，山小屋关了，但有不少人登富士山。镜头拍摄了山中湖畔芒草的旁边，有一大群穿泳装的人，主播说"消逝的夏天"。

今天，在东大宿舍的湖湾，有个小学生模样的男孩穿着泳裤坐在底朝天漂着的船上，因为水位涨了，高高的芒草位于水中，他拨开芒草，从湖中上岸，看到那一幕，我想的也是"消逝的夏天"。

最近，花子赶作业很吃力。

打开电视机，主播说"作业做了吗？"，表情像在安慰人，又像在吓唬人。在湖里游泳的时候，花子好像也不时想起作业的事。登富士山的时候，从五合目到山顶，我和花子就讲了一两句话，之后就一直默默地登山。我不说话，是因为一旦开口就可能会说："太累了，别爬了。"花子说，她默默地一直爬到山顶，一直在想自己的作业没做完。

1　外椭圆内方孔的铜钱，形似小判。一枚 100 文，但作为 80 文流通，伪币多，导致经济混乱。

八月二十九日（星期一）晴朗无云

九点下山。去富士山酒店接修一家。酒店大堂里，修、他太太和久美收拾好了行李，等在那里。我让他们上车，马上往家开。我送久美一顶登山用的小斗笠，她立即戴上了。我吃了一惊。

他们送了一盒精养轩的玛德莲蛋糕。

午　裹面包糠炸鸡翅，面包，沙拉，三杯醋浸墨鱼和黄瓜。

稍作休息，两点左右，带他们去本栖湖。丈夫留下看家。本栖湖已经没什么人，也没看到游泳的人。开到船坞再往前一些的湖湾，有两三个人在游泳。我们把车停在那里，花子游了泳。我帮久美穿泳衣，她紧张地答道："久美游泳，是！"她和修下了水。我买了一只小鬼Q太郎的气球给她。一百二十元。她拿着气球，在浅水里游了几下，开始发抖，就上岸了。我们进了风穴前的茶屋，喝果汁。修关切地说："姐，你吃荞麦面吗？我请客。"我说不要，他自己叫了荞麦面吃。

回去的时候，在酒水店购物。

一箱啤酒一千三百八十元，两打易拉罐啤酒一千九百二十元，四条秋刀鱼五十元，一千克葡萄，红薯六十元，两罐咸牛肉四百元，十个茄子，三根黄瓜，白吐司三十五元，香蕉一百八十元，莱朋洗洁精九十元，一块豆腐六十元，总共合计四千八百五十元。三次过路费六百元。

酒水店的大妈给了我们每人一个冰激凌。

在河口湖站停靠，问了傍晚的列车，好像非常满。我说："你们住一晚好了。"他们夫妻俩先去另一边商量，然后回来说："那我们就叨扰了。"我直接开去管理处，修给工作单位打了电话。夫妻俩又到另一边商量，买了管理处在卖的西瓜，拿到我跟前。修说："她要买这个，当作手信带到武田家。就只有刚才的点心，太少了。"我收下五百元的西瓜。久美和花子拿了管理处的乒乓球玩，久美玩着玩着来了劲，站着尿了尿。"妈妈，尿！！"她吃了一惊，指着自己流淌在地板上的尿，喊道。全部尿完后，她说："对不起。"修改成明天中午去公司，所以明天坐九点四十六分的车回去就行，一家人放了心，重新回到我们家。

晚　米饭，冷豆腐，精进炸，咸牛肉，沙拉，腌菜。

之后，丈夫和修喝了点酒就早早睡了。

花子让修帮忙看她不会的作业。久美在旁边用铅笔开始画"眼"。狗的眼，象的眼，猫的眼，妖怪的眼，只画眼。她似乎对眼着迷。

我让他们三个在二楼的书房睡。在地板上铺了地毯，做了一床地铺，久美的地铺用坐垫和毯子铺成。久美睡下后，修教我们玩德州扑克，我和花子还有修他们两口子一起玩。花子赢了我六百三十元，修从他太太那儿赢了一百三十元（？）。我切了西瓜，大伙儿吃了半个，十二点睡。

八月三十日（星期二）晴朗无云

六点半起床，七点半吃饭。

早　烤吐司，咸牛肉，汤，沙拉。吃了剩下的西瓜。

我给久美切了一大块西瓜，和大人的一样，放在盘子里给她，她慢慢地吃着，修很快吃完了，对她说"给我"，她一脸难过，呜呜地哭了起来，哭个不停。那种哭法，像在说，你总是这样对我，我一直在忍耐，但已经忍不下去。

八点半，载上修一家下山。买完车票后还有时间，于是我们去了湖边，租马让孩子骑了十分钟。送他们到车站后，我们去湖畔的特产店，看了花子要买的手信。

两个甲州印传的束口袋[1]一千一百元(给寄宿舍的宿管老师)，两盒贵重石头的标本六百元（一盒给花子的堂兄）。

此外，花子用她自己的零用钱给寄宿舍的朋友买了金色的铃铛等。

去政府窗口，缴纳固定资产税四千九百七十元，村民

1　甲州印传是皮具，看价格应是模仿其花纹的布袋。

税四百元（一年的份）。

从管理处给东大山中寮[1]打了电话，阿克刚跑完马拉松回来，接了电话。约好两点半或三点左右去接他。我打电话的时候，外川进了屋。我坐上车回去的时候，他来到车窗边，开玩笑说："我回头去你们家，准备点好吃的。"关井站在后面说："你别这么得意。"

午　米饭，秋刀鱼，三杯醋浸墨鱼和黄瓜，高汤浸裙带菜，大量的萝卜泥。

我正在烤秋刀鱼，外川走下院子，笑着说："我这就来了。"我端出啤酒，又端出剩下的炸牡蛎和煎味噌腌肉。丈夫说，这个好吃，吃吧。外川说："吉田有些人得了脑炎，查下来，原因基本是因为猪肉。"他不肯吃，但最后还是都吃了。

外川的讲述：

○富士山登山，最好是在九月十日后，晴天能看到浅间山的烟和伊势湾。我在九月十一日登过，喷火口挂着六尺长的冰凌，很冷。

1　前文提到的东京大学在山中湖畔的宿舍，供教师和学生团体使用（除东大外，其他公立大学的成员也可预约）。

〇关于 A 的选举。

这段话我没怎么听，不清楚。因为到了接阿克过来的时间，我和花子留下外川和丈夫两个人聊天，出门。

在河口湖的肉店，五百克肉糜，四袋饺子皮，四个鸡翅，合计六百三十元。

在吉田的面包店，零食二百七十元，面包四十元，金枪鱼罐头四十元。

在茶叶店，焙茶一百六十元。

快信五十元（寄到赤坂邮电局，解除邮政转运）。

在收费站，次数券二千元，付了单次二百元。

晚　米饭，味噌汤，沙拉，饺子（阿克二十五个，花子十个，我十个，泰淳五个）。

深夜，晾晒洗好的衣物。月亮圆圆的，煌煌地照下来，挂在山苹果树的上空。

八月三十一日（星期三）晴，时常多云

早　烤吐司，裹面包糠炸鸡翅，沙拉，味噌汤，水果。

十点半，连同阿克，四个人下山去五湖兜风。

在本栖湖吃午饭，阿克，炒饭一百七十元。花子和百合子，两碗拉面一百六十元。泰淳一瓶啤酒二百元。喜力烟七十元。

划船一小时二百元，两艘船四百元。

阿克和花子同船，我和丈夫同船。我不会划船，丈夫得意起来，由他来划，但经常撞在熔岩上。滑水者滑水的飞沫扑过来，水洒进船里，我从腰部以下湿透了，很难受，冷。滑水的人第二次兜过来的时候，我大声吼道："混蛋，去死！"丈夫厌恶地盯着我的脸。盯就盯吧。我想，要是再过来，我就再吼一次，而滑水的人就那样远去了。阿克和丈夫进到草丛里，并排尿了尿。他说今天有风，湖上起了浪，不好划。水和平时一样湛蓝，手伸进去是温的，但没有一个人游泳。

每个湖都静悄悄的，水的色泽变浓了。精进湖上有许多船，似乎是钓鱼的人。西湖的湖畔小屋全都关着，管理员像是也回去了。在小屋前的水边，一群骑自行车来露营的年轻人赤裸着上半身，呆呆地望着湖。他们像是刚游完泳，现在不是游泳的季节，一群人显得有些手足无措。

在朝雾高原跟前，一辆皇冠的新车侧翻在沟里。是刚买的车，座位上覆着塑料膜。

白线瀑布与音止瀑布，阿克和花子去看。我和丈夫嫌麻烦，没去。花子像是不情愿地带着他去了，两人很快就回来了。说是没有下到底，在台阶中途张望，看见一点，马上就回来了。我们家的人都讨厌白线瀑布。

过路费一百三十元，回程也是一百三十元。

手信。两盒曾我渍二百元，两盒糖水橘子二百六十元，一条富士年糕一百三十元，一盒糖水橘子（大）二百元。

在朝雾高原的牧场跟前停车，那儿有差不多十头小牛，花子和阿克去看它们。我之前已经看够了，所以没去。花子回来说，牛眼睛旁边停满了苍蝇。

阿克坐傍晚六点十五分从吉田发车去御殿场的大巴，让他一个人吃了早晚饭，送他去河口湖站。

回程，在加油站停靠，加油，油管老化，让他们涂了一层防护。他们还打扫了车厢。给了我玉米。二十八升汽油一千四百元。

晚　炒饭（花子、百合子），中华粥（泰淳）。

丈夫说，明天一早回东京。"一直跟不喝酒的人一块儿待着，真累啊。"说着，他拖着没精打采的背影进了工作间的被窝，早早睡了。

我整理明天的行李，洗碗收拾。烤了在车里吃的饭团。

月亮和星星很美，已经是秋夜的天空。夏天结束了，有种一年过完的感觉。

九月七日　晴

早上五点出东京。从御殿场走。

行李。洗过的夏天的被套、床单、桌布等。

罐头，芝麻油，黑面包，土豆，青椒，洋葱，红薯，葱，酒粕腌鲳鱼，鲑鱼，茗荷，鸡蛋，火腿（《群像》送的），叉烧。

在山北一带，往东京方向的卡车连绵不绝，之后车就少了。来到小山，只见富士山呈现淡淡的紫色。已经不再是夏天的富士山。

上到笼坂峠，起了雾。当我开到往山中湖的下坡，速度上来了，在一个视野不佳的弯道口，一辆自卫队的卡车越过中线，完全是右侧通行上坡驶来，错车时，我差点和那边迎面相撞。在富士吉田和东京麻布，我领教过很多次自卫队和防卫厅的人技术有多差，这次对方实在过于旁若无人，我光火了，在开过去的时候从窗户探出脑袋叫道："你怎么开的？混蛋！"结果怎么样呢？丈夫厌恶地瞥了我一眼，飞快地低声骂道："别骂人混蛋。骂人混蛋的人才是混蛋。"我吃了一惊，这回我朝着丈夫拢足了气势，回嘴道："可他就是混蛋呀！我好好地从左车道下坡。弯道看不到，又起了雾，他还满不在乎地靠右行驶开上来，就是混蛋，是疯子。自卫队可真得意。我是混蛋，我可以当混蛋。我可以当混蛋，所以我想要骂混蛋的人混蛋。我还想骂。我还想骂。我停不下来。"结果怎么样呢？丈夫提高嗓门，颤抖着发起了火："怎么可以对着男人喊混蛋！"我吃了一惊。自卫队的车差点迎面撞过来，我冲那边说一声混蛋，坐在我车里的，坐我旁边的人，竟然站在自卫队的一边，朝我发火。我的车里竟然坐了另一个敌人。他又说："你别摆出那副眼神！总之，怎么可以对着男人喊混蛋！"他这是生气了，不让人辩解。我感到很傻，又感到委屈，不断提速，飞驰过山中湖，飞驰过忍野村入口赤松林中的路，到了吉田的城区，我仍旧踩着油门飞驰。

行吧。我不骂。下次我自己一个人开车的时候才骂。什么嘛。就你自己当好人。当个特别好的人。哪怕撞到电线杆，一头扎进店里，或撞上别的车，我才不怕，我要弄出事故让警察抓，要和这个人一起死。反正是诸行无常，反正是万物流转[1]。你无所谓吧，怎样你都无所谓吧。你说人是平等的？骗子。

我的脑袋里满是恼恨，搅作一团，心想，我要开在右车道，踩急刹车过弯，路灯变红也闯过去！我从眼角瞥一眼丈夫，他像撞车实验的人偶一样，脸整个转朝一侧，紧紧地抓着座椅的边。但因为是一大早，吉田的城区，店铺关着门，没有行人，没有遇到车，也没有巡警，我一路开

1　武田泰淳作品的核心思想是诸行无常、万物流转。

到加油站。我一言不发，踩了急刹车，停进加油站。之前加过油，没什么要做的，不过总之我要向大叔还有阿宣告状。

大叔和阿宣在外面放了椅子，坐在上面。我一下车就朝大叔走去，跟他说有过这样这样的事，告状道："虽然这样，但坐在我车里的人站在对方那边，说是骂人混蛋的人才是混蛋。他还朝我发火，说怎么可以对着男人喊混蛋。怎么会有这种事啊？我心里恼恨，所以像马戏团飙车一样开车。想着和这个人一起死掉也无所谓。这个人最讨厌我开快车，所以我故意做了他讨厌的事。大叔你怎么看？"大叔说："是自卫队不好。又不是在普通的路上靠右行驶。开车的人会生气是当然的。不过，老师的……"剩下的话在嘴巴里支吾了一阵，他又说："是太太赢了。"丈夫一直没说话。我讲完了，出了气。阿宣等我讲完后，用平时的声音说："我们刚才正在聊老师，车就来了。"然后他又轻声说："老师真行啊。"

他们给我一大朵松茸。说是上到昴公路的高处采的。大妈说，采了三朵，一朵送给载他们去的那辆车的司机，一朵做成松茸饭，大伙儿吃了许多。大叔说，松茸要撕开吃才好吃。我把昨天在东京买的一块送给大叔的叉烧给他。大妈说："我们最爱吃肉了。"大松茸的个头和叉烧差不多一样，颜色也是一样的，所以感觉像是交换。

我只打扫了工作间和没铺地板的房间，马上煮了松茸饭。

午（兼早饭）松茸饭（用了半朵松茸），蛋花汤（加了茗荷），烤西京味噌腌鲳鱼。

松茸一点也没有被虫咬过，硬而有弹力。不过，香气淡。尽管如此，用刀切用手撕的时候，还是有股香气。好吃，我吃了四碗饭。我正在吃第四碗饭，丈夫使劲盯着我看，笑了起来："牛魔王吃了松茸，风暴平息。"

收拾完，慢悠悠地睡了个午觉。今天好像有点热，睡着后出了一身汗。

晚　裹面包糠炸松茸，黑面包，洋葱汤，精进炸（红薯、樱花虾、青椒）。

电视上说，今天东京超过 30 度，看来职业棒球选手很辛苦。我们看职棒比赛的时候，节目上这么说的。王[1]的肋骨裂了，但直到赛季结束，他一直上场不休息，并打出了全垒打。对于伤痛，有的选手强，有的选手弱，王是

1　王贞治（1940—），高中毕业后进入巨人队，日本职业棒球历史上第三次和第四次获得三冠王（打击率、得分、全垒打数均称冠）称号的选手，1980 年退役，担任巨人队、软银队教练。离开教练岗位后担任软银球队特别顾问。

强者。这些都是转播过程中说的。职棒选手的名字，我只知道长岛[1]与王，但来到山里，只能收到 NHK、教育台还有山梨台，没办法，有时候半看不看地看职棒比赛。

给狗脚爪受伤的地方涂了药。傍晚降温，换上毛衣和束脚裤。

九月八日 阴

据说十九号台风来到九州南边的海上。上午打扫二楼。去管理处拿了夏天转寄过来的剩下的邮件。《每日新闻》的桑原在八月末（九月一日？）我们不在家的时候来过，放了一罐海苔在管理处，我也拿了。转寄费一百六十五元。

一点半左右，关井带着帮我们做大门的铁匠来了。来了一个穿红毛衣、茶色裤子的老板娘模样的胖女人，和一个皮肤黝黑、眼睛虽小却闪着光的小个子铁匠。他们用轻型卡车运来了做好的铁门。除了门，车上还载着焊接用的工具和两只气罐。铁匠穿着白色连体工装，背后写着"水谷的自行车"，戴着淡蓝色棒球帽。帽子上用白字写着"中村氧气"。连体工装背后的文字洗旧了，色泽浅淡，不过

1　长岛茂雄（1936—），和王贞治同时期活跃于巨人队。1974 年退役，担任巨人队教练，晚年因病辞去教练职务，任名誉教练。

工装是雪白的。铁匠拿出用火筷粗细的钢筋弯成的奇妙装饰，说"最好务必装上"，把它装在铁门支柱的顶端。他说，这是我设计的，免费赠送。石墙砌得有点弧度，所以门没法严丝合缝地装上，管理处也来了两个人，把石墙切割成垂直的，用水平器（这也是铁匠拿来的）量，再切割。切割石头花的时间比预想的要久，六点左右，浇灌混凝土，把门装上。铁匠用电焊把粗钢筋烧得通红，把钢筋头锤圆，灵巧地做了门锁的门闩。我看着看着，想吃。丈夫匆匆拿出昭森社几十周年纪念的时候森谷［均］[1]给我和丈夫的两个青铜女子头像镇纸，问能不能装在两道铁门的顶上。铁匠把镇纸拿在手上，一脸怀疑地打量，看起来像是不太中意，不过他给了意见，说十二日之前回来刷黑油漆，那时再装比较好。现在是只刷了防锈漆的红门。大门是这样的构造：把它完全关上，院子、仿佛沉在底下的我们的家，还有对面的高原和西面的森林与山，都彻底看不见了，一打开，整幅景色就唰地展开来。

今天丈夫没有食欲，他陆续随便吃了一点东西，我也像他那样吃。

1　森谷均（1897—1969），出版人。1935 年创立昭森社，出版大量诗歌，并发行杂志《诗与批评》《书的手帖》。

晚　米饭，萝卜味噌汤，柴鱼花，海苔，梅干，秋刀鱼罐头，炒蛋。

今天的下午茶做了炒面，与铁匠他们一起吃了。

铁匠说："我昨天在吉田的酒吧喝到半夜两点。"他说他喜欢在酒吧喝酒。他还说："不过我不去河口湖的酒吧，去吉田。说到原因，要是不小心去了河口湖的酒吧，出来陪酒的要么是小学同学，要么是同学的妹妹。觉得这人我见过，结果基本都是沾亲带故的。像在亲戚的法事或者青年会喝酒似的，不舒服，而且感觉亏了。"

其他人聊到的：

〇外川自从石山的事故之后就变得懈怠，今天也休息。在石山工作的人们也因为发生过事故，不怎么敢往深处去，效率不高。因此，外川没有精神。进到深处，是指进到差不多三米深的地方切割石头。据说之前死掉的人，是个老实的不讲废话的好人。他有时说不过女工们，就默默地工作。上次的事故是石头上有细小的裂缝，突然掉落下来。据说，如果出现大的裂缝，石头在三天前就会发出啸叫声，所以人们能够发现，细小裂缝会突然坠石，所以可怕。

九月九日 雨，有时晴，阳光照射

十九号台风接近九州。

早　丈夫，红薯粥和梅干。

早起的丈夫说，今天早上四点左右开始下雨。狗即便下雨也要出门，所以每次它回来，都给它脚上的伤口涂药。

十一点半，去下面的事务所付电费，顺便购物。丈夫说："下雨无聊，我和你一起去。"但我告诉他，今天要付电费，然后要去各个地方买东西，等在车里的时间多，于是他说不去了。

一打啤酒，一箱易拉罐啤酒，三条秋刀鱼五十元，六块奶酪一百五十元，半块豆腐三十元，面包糠五十元，五个梨二百元，一袋香菇一百元，烧酒，一瓶酱油二百二十元，六个鸡蛋，砂糖。以上是在酒水店买的，总计四千八百八十五元。

四百克猪肉糜，三百六十五克里脊肉排，两袋饺子皮，鸡翅，以上是肉店，八百八十五元。

蔬果店，六个茄子十五元。

在事务所，电费，三月一百六十五元，四月一百六十五元，五月三百八十三元，六月一千七百四十八元，七月二千四百九十九元，八月四千七百二十九元，共九千六百八十九元。罐装燃气费四千五百元，洗脸池维修费一千五百元，总计一万五千六百八十九元。

在事务所等发票等了很久，这时有人喊我。外川一脸笑容地站在那儿。他问："你要去哪儿吗？"我说："不去哪里，我在付钱。"他说："来我家吧。"我问："你昨天休息？"他说有事去了沼津，回来都夜里十一点了。"今天下雨，不上班，有场葬礼，我刚出门回来，"他又开心地笑着说，"来我家嘛。"他的模样和昨天人们讲的闲话有些不一样。他穿着霜降[1]面料的一整套西装西裤，衣服好像有点紧，他不时转动脖子，晃肩膀。外川穿西装的模样，我是第二次见，之前是回东京的时候，用车载着他去涩谷。他身上的西装布料仿佛是明治时代的，边缘泛着变旧的茶色，倒是很适合他。穿上西装，他的脸看起来更健旺了。而且他非常可爱地眯细了眼笑着。也许他喜欢葬礼之类的聚会。又或者，他是因为穿西装碰面而开心。

我把读过的杂志放在加油站。今天加油站像是很空。

午　煮土豆（丈夫），黄油，炒蔬菜，番茄汤。我没吃午饭。

三点左右，做了汤豆腐，两个人都吃了。

太阳有时猛地照下来，热。我一会儿穿毛衣，一会儿

1　双色线混织。此处既然是葬礼服装，可能是泛灰的黑色。

穿棉布连衣裙。

晚　米饭，盐烤秋刀鱼，蛋花汤，萝卜泥。

丈夫说想吃秋刀鱼，所以烤了，但他剩了半碗米饭，秋刀鱼也只吃了半条。

晚饭后，丈夫一句接一句地说，我脑袋后面胀乎乎的。经常试着晃晃脑袋，这下感觉"嗖"地缩了起来。吃了点晚饭，就没了食欲，肚子马上饱饱的，然后有种贫血的感觉。不想开口说话。有声响也觉得烦，连狗叫声都嫌吵。我现在整个人就这样。我没怎么跟百合子说话，并不是在生气，所以你也不用担心我的身体来问我。我要早点睡。可能是烟抽多了，还有说不定我也出现了追尾的后遗症。说完，他上到二楼的卧室。

八点左右，我来到屋外，天空的北半边是美丽的星空，南半边则是黑色的天空，只有那片漆黑的天空底下在下雨。星星清晰可见，却在下雨，所以我一开始以为是远处的村子和山头上的灯光。奇妙的天空。之后开始正式下起雨来，风停了，只下雨，连续下了一整夜。

九月十日　早上刮风下雨，像台风，午后变弱

丈夫关心天气，看了早上的天气预报，说是"山梨阴，有时转晴"，结果是强风暴雨。云刚露出一条缝，又变成哗地落下来的大雨。丈夫透过玻璃望着大风大雨中的高原，笑道："这是阴有时转晴吗？"此地虽然是山梨，却是气象预报不能作数的区域外的山岳地带。丈夫昨天早睡，脑袋恢复了。要给《每日新闻》的桑原寄稿子，十点半，风雨突然停歇，之后下一阵停一阵，我瞅准雨停的间隙，跑上坡穿过院子，坐上车，为了赶上十点五十七分的火车，飞一样开车下山。

火车邮件一百四十元。说是两点十四分到新宿。因为是星期六，虽然有种台风天的劲儿，河口湖站仍然满是登山客，还有五六个西方人。我在加油站停靠，给《每日新闻》打了电话。桑原还没到社里，我让接电话的人转告他火车邮件的事。

电话费（六分钟）一百零八元。加油站很空，大叔在看电视。换了油管，四十元，这次是塑胶管，能看到里面，也就能清楚地知道空气进管子的情况。

在收费站，次数券二千元。

午　饺子，丈夫（八个），我（十个）。汤（鹌鹑蛋和葱），水果罐头。

晚　面包，炸肉串，味噌汤，醋腌卷心菜。

肉买多了。变质就糟了，所以全做了。我把炸肉串、炸鸡块、饺子和炸薯块放进箱子，等丈夫睡了，拿到加油站。夜深了，收费站没收钱。

加油站被玻璃围住的店内没有客人，静悄悄的，大叔和阿宣在喝钻石烧酒。桌上有浅腌黄瓜。大叔高兴坏了，让阿宣拿盘子和筷子，"叫上孩子妈"。大妈像是已经睡了，她走出来，嘴里说"像在做梦"，把她喝的葡萄酒（一升瓶）倒进碗里，开始吃菜。大叔像是爱吃炸鸡块，还不停地劝大妈："你吃中间这个肉。"正吃着，在五合目工作的年轻人们下来，吃了两串肉，喝了烧酒，作为谢礼，他们走的时候留下三根香蕉。大叔家的两个女儿从某地回来，也吃了肉，我回去之前一直在店里与他们聊天。

十点半回家。箱子变空了，大叔往里面放了两颗卷心菜、胡萝卜、十个鸡蛋和一个南瓜。

九月十一日（星期日）微云，有时晴

富士山被云遮蔽，看不到。

早　米饭，炒蛋，肉圆，味噌汤。

十一点，去野鸟园。两张成人票二百元。园内的野鸟笼门票，两张成人票一百元。丈夫久违地坐车下山。

据说野鸟过冬的季节近了。赤胸鸫要迁徙去温暖的地方，差不多快离开了。山斑鸠（雉斑鸠[1]）在树丛间孵蛋。就算人站在近旁抬头久久地盯着看，它也不看人，纹丝不动。我觉得它可怜。我心里牵挂它，走远之后又看了好几眼。可怜极了。它一动不动，一副认命的眼神。

我们还去了叫作花圃的地方，没什么意思。有一处刻意建造的水车小屋，刚走到那里，突然传来水声，水车动了起来。"像小孩装大人。"我对丈夫说着，坐在长椅上吃了带来的饭团。两点左右回家。

汽油二十九升，一千四百一十元。

等加油的时候，加油站给了我们两根玉米。在加油站工作的人们忙坏了，满脸通红。大叔走路的样子也是整个人往前冲。虽然不断有钱进来，但他累坏了，像喝醉了一样。

晚　米饭，精进炸（混炸胡萝卜丝樱花虾、红薯、茄子、南瓜），清汤。

丈夫早早睡了。

前面忘记写，今天上午铁匠来了。"铁匠今天会来吗？星期天他们是不是休息啊？"吃完早饭，我正说着，狗叫了，我们从厨房窗口望见铁匠的脸。铁匠带来一个大个子年轻男人。我出门一看，他带来的大个子在从院子往下走

1　在日语里，山斑鸠和雉斑鸠是一种。中文没有雉斑鸠。

的路上已经摘了三颗酸留（日本海棠的果实），攒在手里。而且他还想摘，正四处看呢，丈夫和我轮番说道："院子里的果子是我们特意留在那儿的，熟了也不能采。"他点点头，但那两人还是有些想要采摘，一直四处看。从院子跑下来的路上就摘了，那速度让我目瞪口呆。

他们来给大门刷油漆，想把之前那对女子头像的镇纸装在门上，螺栓的长度不够，铁匠说他回去再看看镇纸，重新琢磨一下。他们好不容易上了山，于是我端出啤酒，切了火腿。大个子叫铁匠"老板"。他说："我们关系很好，像朋友一样投缘，不过相应地，我的月薪很少。"铁匠老板一本正经地说："什么事都得谈，我不会经常给你涨薪。"他环顾屋内，于是我说起，挂在墙上的农具和用品，都是从当地人那里花一千元左右买的，他向我确认："我也可以拿来。都是一千吧。"我讲了在笼坂岭差点撞上自卫队的车，大个子说："看到戴墨镜开车的女的，就会这样。会有种'Yeah!'的心情。"接着，他想了很久，然后发表意见："在我看来，加入自卫队的人，首先是不适用于社会的人。就是从常识来看，人们当铁匠、农民，开修车店或者面包店赚钱，而他们做战争游戏的练习，拿工资。"大个子的背心太小了，后背中间有一点布料，其他地方都裸露着。大个子要开车回去，所以只喝了一杯啤酒，也没碰火腿。只有老板在喝。

九月十二日 阴，有时刮风下雨

早　米饭，土豆味噌汤，鸡蛋，煮南瓜，海苔，炒卷心菜。

午　炒饭（火腿和鸡蛋），汤。

晚　米饭，做成鲑鱼茶泡饭。

下午，去大冈家。他家有客人，所以我们到大门口就走了。

预定明天早上回东京。夜晚，星空。站在大门口，河口湖和鸣泽一带村子的灯火闪闪发光。

车旁边有股浓重的汽油味儿，我想是不是漏油了，便尝试开到昴公路，上到三合目又开下来，没遇到一辆车。静悄悄的，让人以为是隆冬的夜晚。将近十点。

九月十九日（星期一）雨下下停停

东京发了风雨灾害预报，我打算取消出发，但一想，剩下的食材全都装上车了，就去吧，于是在暴雨中出门。十二点半。半道上，雨开始下下停停。

今天装了这些东西。

万能锅（兼作烤箱、平底锅、蒸锅），肥料，剩下的蔬菜，鳕鱼子，酒粕腌鱼，银鱼，洗好的东西，床单，床罩等。

路上，雨刮器就算关掉也还在动。我在八王子跟前停车，丈夫用手按住动个不停的雨刮器，让它停下，结果好像保险丝断掉了，就算打开开关，雨刮器也不动。汽油计和热度计也不动了。我说："咦，都不动了。孩子他爸，是你弄坏的呀。只要你一碰，照相机也好打火机也好，马上就坏掉了。要是继续就这样开，车说不定会爆炸。"丈夫听了，没精打采地坐在副驾驶。在加油站装了保险丝，不过他们说开关修不了。我买了一大盒保险丝。只要下雨，就装上保险丝，让雨刮器动起来，雨一停，就卸掉保险丝，让雨刮器停下。因为雨一直下下停停，所以我们一路上重复着这些动作。

吉田的城区在举行小室浅间神社的庆典（坡下方的神社）。迎面遇上一匹打扮好出发的流镝马[1]。街道两边摆着路边摊，很热闹，还有行人拿着白羽箭。

昴公路边的芒草很显眼，其他的草变黄了。

晚上，往面包上抹了黄油，喝了汤。

---

1 在奔马上射箭，原为武士的骑射，现在用于神社庆典。

九月二十日（星期二）早上晴朗，有时多云

晴朗。我八点起床。波可还瘸着，好烦啊，一点也没好转。

早　米饭。

午　蒸了土豆，抹了黄油。炸鱼糕。

三点，做了小锅乌冬面，好吃极了。丈夫说我吃乌冬面的样子像妖猫。

晚　米饭，酒粕腌鲳鱼，煮豆，黄油炒四季豆，味噌汤，煮高野豆腐[1]（我一个人吃煮高野豆腐。丈夫不爱吃，他说没有意义。他只要讨厌什么，就说没有意义。）

十一点半，下山。二十日，山下的店铺全部休息。只有酒水店开着。我在加油站让他们修雨刮器。他们搞不清楚，喊了电器行。电器行的人带了全套工具箱，还带了一套气派的照相机，他架起三脚架，不停地拍昴公路的景色。他开了自动快门，奔过去，把自己和富士山一起拍进去。

在加油站，他们请我吃了在旁边的田里采摘的葡萄，有股葡萄酒味儿。

雨刮器修好后，我去了吉田，买了乌冬面和肉等。在S农场的田买了番茄和四季豆等。农民似乎到了秋天有些

1　将豆腐冷冻，经过低温熟成后脱水干燥，变成海绵状。食用时先用水泡发。

寂寥，服务特别周到。还说，欧芹的地要翻耕，可以摘一些好的去。

入夜后很冷。我给家里的煤油炉都灌满煤油，点了一只。

九月二十一日 晴转阴

上午，做《展望》的口述笔记。做到三分之二中止，剩下的明天做。下山把做完的部分寄火车邮件，丈夫同车。

在河口湖站，丈夫一个人吃了荞麦面。

荞麦面七十元，火车邮件一百四十元。

送上火车，大月十八点三十八分发车，到新宿二十点三十九分。我每次问车站工作人员，火车邮件的时间都不一样，所以每次都确认。

进入秋天之后——

上午两趟。河口湖发车 10:57，大月 11:59，到新宿 13:25。

河口湖发车 8:54，大月 10:08，到新宿 11:54。

下午一趟。河口湖发车 17:17，大月 18:38，到新宿 20:39。

去本栖湖的路上，在鸣泽邮局给《展望》发了电报。电报费一百五十元。

在鸣泽邮局，有三家带着孩子的农妇来取钱。我在电报单上写字的时候，她们死盯着看，等我拿出钱包，她们又往钱包里看。所以我也看她们在做什么。其中一个取了两万元。平时邮局只有一个职员，今天有三个，像是一家人。

我们开到朝雾高原，下车闲逛。阳光明亮，牛被放牧在草原上。我想走到牛跟前，草原上拦着铁丝网，没法从路上进入。因为过于辽阔，而阳光过于明亮，所以看不清铁丝。

回程，丈夫捡了十块熔岩。在加油站停靠，还了凳子。他们从车窗递给我们冰激凌（加了蜂蜜）。

傍晚，给梅树苗施肥。

早　茄子，四季豆，红烧炸鱼糕，米饭，油浸鲑鱼洋葱。

三点左右午饭　炸鸡排，黄油炒四季豆，盐揉卷心菜黄瓜。

晚　米饭，丈夫喜欢早上的油浸鲑鱼洋葱，又吃了些。我没有吃，我吃了盐饭团。

九月二十二日（星期四）阴，夜晚大雨

上午，做《展望》稿子的口述笔记。

把邮件送上大月 11:59 发车 13:25 到新宿的火车。

丈夫在车站吃荞麦面。火车邮件一百四十元。荞麦面七十元。

慢慢兜了一圈河口湖。秋天来临。安静。大石附近的稻田一片金色。

在加油站给《展望》打了电话。电话费五十四元。

大叔讲了他当面料行商的事。

○战后不久，有人把化纤说成是纯毛面料卖，现在都是清一色的纯毛。现在人们做买卖的方式，和小说或电影里的甲州商人完全相反。卖西装面料的人多，进货是在爱知。也有人靠做行商盖起了房子，但还有人因为做行商，亏了钱，不得不把田地卖掉。并不是口才好的人就能赚钱。有的人口才好到能参加选举，但是完全卖不动，有的人口才不好，让人意外的是他却有熟客。现在那人开着车做买卖。

行商之所以能卖货，靠的是把货品留下，一年两次去收账，先卖后收钱。不像百货商场后付的时候要写字据，就只是卖家写在自己的账本上，买家则只是记在脑子里，所以受人欢迎。因为是先卖后收钱，也不能卖假货。就这些。

午　汉堡肉饼，青椒，白吐司，汤，热可可。

晚　用电锅烤了红薯。牛奶。

在收费站，次数券二千元。

在酒水店，四合味淋，四合二级酒，六只青椒，一袋红薯，牛奶。合计五百五十元。

　　早早地给浴缸烧了水，两个人都泡过澡之后洗衣服。入夜后大雨。似乎二十四号台风在靠近。

　　每下一场雨，院子的茶色就多几分，像生病了一样。富士樱开始有红叶。

　　现在还在开的花。桔梗，蓝盆花，蓟。

　　电视上。

　　柏户输给了玉之岛。输了也没关系，反正我讨厌相扑[1]。

　　山梨台的新闻尽是这些事：县政府的官员渎职，做了什么调查或检查之后发现细菌，卖的东西缺斤少两。

　　在电视上。

　　NHK 一档叫作《故乡歌会》（？）的节目，今晚做了山梨特辑。

　　葡萄园的大妈聊了"馎饦"[2]。御胎内的茶屋的玻璃门上写着"山家馎饦"，加油站的人们也一直说想让我们吃一回"馎饦"。还有，加油站大叔不知道饺子皮怎么吃，说是搁进"馎饦"里好吃。"馎饦"好像是杂炖乌冬面。

1　武田百合子对相扑的观感随着时间改变，1992 年出版的《日日杂记》（中文版：北京日报出版社，2022）记述了她和花还有朋友们去看相扑现场的经历。

2　手擀宽面，山梨特产，读作 hou-tou。

今晚的大妈讲了"赤豆馎饦"。煮赤豆，放糖，等豆子变软的时候揉面，做乌冬面然后下锅吃。此外好像还有叫作"南瓜馎饦"的东西。不管什么都往里放乌冬面。

聊完"馎饦"，她唱了叫作《缘故调》的歌。石材店的女工们在宴会上唱过，所以我知道这歌。是一首唱"有缘相聚，有缘相聚……"的歌。她还唱了修堤坝时唱的《黏土调》，是深泽的《甲州摇篮曲》中那首"黏土的阿高……"[1]

九月二十三日 阴，有时雨

早　米饭，海苔，放了纳豆的味噌汤，鸡蛋，锦松梅，醋腌卷心菜。

午　汉堡肉饼，小锅乌冬面。

临近中午，去吉田买东西。明天就要回去了，没什么要买的，但因为是彼岸的中日，想吃糯米团子或胡枝子饼[2]。

吉田城区的店虽然开着，来去的卡车少，静悄悄的。因为是休息日，工厂职工和女白领三五成群地走在路上，穿着外出的西装衣裤或西服裙。点心店和面包店都摆着胡

1　歌词中出现的美女阿高给干活的人鼓劲，是传说中的人物。

2　糯米饭蒸熟，捣成团，可残留若干米粒形状，表面裹豆沙。春分吃的叫牡丹饼，秋分吃的叫胡枝子饼。

枝子饼。我进的那家店，能看到老板在厨房里捏豆沙胡枝子饼。在乌冬面馆，一个腿脚有些不灵便的爷爷在揉面团。

经过旧货店门口，便进去看。没有想要的。有旧铝饭盒，还有变得扁平和硬邦邦的黑色皮革旧钱包。还挂着著名的狩野芳崖[1]（？）的《悲母观音》的仿品的挂轴，与其说那是仿造、临摹，其实是独创性的东西。有着极为绚烂的色彩，像是地狱、极乐故事或日光东照宫。我喜欢极为绚烂的色彩，所以并未吃惊。我一直以为，《悲母观音》是这样一幅画：观音笔直地站着，其形象混合了威严与慈悲，即将托生下界的婴儿在一个肥皂泡般的东西里，观音正往婴儿身上浇珍贵的像是水的东西。而这间店的挂轴上的观音，脸上的神情与姿态不统一，显然画家觉得无所谓，脸相对身体过于小了，观音冷淡地不理会下方的婴儿，以无所谓的态度像尿尿一样把水浇下去，婴儿倒霉地淋了水，他的表情和姿态是冷得吃了一惊，又哭又叫。他的双手五指大大地张开，双腿僵直，嘴巴大张着，哭喊着。嘴巴里面涂得通红。那张脸比漫画还有趣。画得极为认真和仔细。是因为拼命临摹，所以最终成了那样一张脸，还是因为觉

1　狩野芳崖（1828—1888），狩野派画家，被称作日本近代画之父。明治维新后一度生活困苦，与来自美国的东亚美术史学者恩内斯特·费诺罗萨的邂逅为其创作带来转机，后期绘画加入西洋绘画的写实与空间表现。

得原画就是那样临摹而成的？我一个人笑了起来，笑个不停。我是个女学生的时候，在教育课上，老师给我们看了好几回名作《悲母观音》的画。当时我不知怎的有种仿佛色情又仿佛荒诞的古怪心情，我想问一下别人，你们是不是也有这种感觉。我有时对丈夫说，看那幅画时我有种色眯眯的猥亵的心情，他就会骂我，然而这幅山梨版《悲母观音》，猥亵的心情、说不清的色情又诡异的心情，都被抹得一干二净，让我大吃一惊。我想让什么人看看这幅卷轴。我觉得，无论多么阴暗和忧郁的人，看到这幅画，都会变得愉快。

在加油站停靠，请他们给部件上机油，给车加汽油。他们给了两根玉米，又给了一瓶可乐。正好是午饭时间，大妈说："有米饭，我去买××的牡蛎当小菜，你吃个饭吧。"牡蛎说的是裹面包糠炸牡蛎吧。

晚　放了吞拿鱼的可乐壳，没有米饭，汤。

把剩下的食材全放进去做了，好像做多了一点，打算带回东京。

晚上，唰啦啦下起大雨。好像是二十四号和二十五号台风来了。

今天上午去了趟大冈家。大冈夫妻回了大矶，阿贞[1]套了件睡袍走出来，跟大冈一模一样。

装狗的篮子放在露台上没收进来，于是我燃起壁炉，烘干被雨打湿的篮子。波可的毛因为雨和雾湿漉漉的，变臭了。

电视上说，虽然是彼岸，山梨的寺院参拜的人少，升仙峡以及石和的葡萄园有许多的人。

电视上说，二十四号台风刺激了冷暖空气交汇形成的静止锋，因此，从今晚到明晨，有许多地方下大雨。平地上降雨量一百毫米，山岳地带二百毫米，还发布了河川泛滥的警报。二十五号台风从太平洋上空通过。之后，二十六号和二十七号台风将陆续到来。

今天用的钱。

在吉田。

停车费一百元。在金达摩（店名），三个胡枝子饼，三个大福，五串辣团子，共一百六十元。在蔬果店，一袋栗子三百八十元，（六团）乌冬面六十元。羽毛牌剃须刀片一百元。香烟一千元。两个洗碗钢丝球六十元。

在加油站，汽油费一千一百七十五元，上机油二百元。

1　大冈贞一（1943—），大冈升平之子，建筑家。

在 S 农场，一千克葡萄一百五十元，一千克山药二百五十元，一袋山药一百五十元。

九月二十四日（星期六）

一早回东京。从夜晚到早上一直是暴风雨，因为二十六号台风，船津大雨。西湖的根场村和西湖村因为泥石流以及山间突然涨水，受灾严重。上九一色村的路也断了。

二十五日（星期天）在东京记

报纸上全是足和田村[1]（根场、西湖）的报道。

二十六日 在东京记

管理处来电话。说是山庄附近的树木折断，道路裂开，路况变差，但我们家没有受灾。管理处有一个从根场来的人死了。

1　现在的富士河口湖町。1966 年 9 月 25 日，因暴雨带来的泥石流，导致94 人死亡和下落不明。

山麓的正月

武田泰淳

　　我们一家三口写的山间小屋的日记，没几篇文章说富士山特别好。

　　在山麓小屋度过圣诞节、大年夜和正月初一，的确愉快。

　　有一种父母与孩子真正相互依靠、相互扶持着生活的感觉，心情不坏。

　　山梨县南都留郡鸣泽村字富士山。并非出于喜爱特意选了这样一处连番地也没有的土地。这么说是因为我对高山或名山全无憧憬，无论是富士山还是日本阿尔卑斯。仅仅是不知不觉间在那里住下而已。

　　共同日记的分量，老婆写下的最多。而且，写买东西的部分最多。

　　例如，昭和三十九年（1964 年）十二月三十日——

上午十一点半，下山去河口湖。前往鸣泽的林间路，雪几乎化光了，从鸣泽往河口湖的路，看起来像没下过雪。[1]

在河口湖。

一袋黑豆（塑料袋），六十元，五百克白芸豆金团，一百五十元，一袋海带卷，六十元。伊达卷，鱼糕，两根竹轮。三块炸鱼糕。腌白菜，千枚渍。一条开片青花鱼。三条冷冻秋刀鱼。葱等。

在富士吉田。

长雨靴（百合子），九百八十元，防寒赫本鞋，一百八十元。四百克猪肉（靠近腿部的小里脊），三百六十元，两个鸡翅膀。六块油甘鱼，三百六十元。六块鳟鱼，一百八十元。此外还有面包、零食、土豆、鸭儿芹。发油，曼秀雷敦。电炉，三千七百元。一支手电筒等。

购物抽签全都是六等奖。

我也很喜欢正月悠闲的氛围，而在忙碌的年底的街道（并且是湖畔小小的城区）购物，或观望其他人家购物的情形，是很有意思的。日本的男男女女聚集在百货商场的大食堂里和岁末的商店门口，他们的表情和举动有种打动

1　引用与日记略有不同。

人的东西。

同年十二月三十一日，孩子的日记写道——

期盼已久的大年夜放晴了，真好。城区的家家户户挂了注连绳，就连汽车和铁匠的机器上都挂了。

想给我们家也挂上，去买，结果卖完了。所以挂了一个我做的古怪的注连绳应景。波可瘸了，右后腿动不了。给它涂了金冠和消百痛，也看不出有没有效果。爸爸说没事，可我担心极了。刚才，爸爸第一个去泡了澡，出来了。他看起来心情好极了。

大年夜的快乐在于看电视，遗憾的是没有电视看。不过，可以听收音机。有许多零食。要是波可没事，会迎来更加愉快的大年夜吧。（花）

然后在昭和四十年（1965 年）的一月一日，根据老婆的记录：

一早小雪，转多云，午后转晴。七点半，起床。微微下着雪。感觉不加防滑链也能去新年参拜。

用葡萄酒庆祝新年。年糕汤，每个人的放了三块年糕，各吃了两碗。

波可还瘸着。

十点，下山。开始有阳光。山脚下烧炭的和石山都停了工。加油站和药店基本开着。

去富士吉田浅间神社。

捐功德三十元。买了护符，分别是木板、熊手和祈祷交通安全的，每个一百，三百元。

发现神社的旁边建了大前辈某某翁（据说曾登了一百五十次富士山）的像，一开始我以为是只猴子的塑像，结果是人，太拙劣了，我感到震惊。

沿着河口湖畔往富士豪景酒店的方向开，从西湖入口回鸣泽。途中，买了两盒金冠。二百二十元。

绕到精进湖，水量大减，黑乎乎的。没有氛围。我们没下车，直接开到本栖湖。

请加油站的人把车载天线弄出来，能听到收音机广播了。三点左右到家。

晚饭 米饭，炸猪排，萝卜味噌汤。

晚上彻底晴了，星星仿佛滴滴答答地往下落。降温了。

这个"降温了"的感觉是极其强烈的，如果不妥善安排四只煤油炉，感觉脸都会冻歪。夜里如果不关上水龙头的总阀，水管就会裂。

就没有称赞富士山之美的记录吗？我找了找，在一月二日孩子的日记里找到了。

今天下午去了西湖。风吹得呼呼的。妈妈给车做清洁，爸爸自己去散步。我在车里听收音机。西湖的水非常清澈，扔一颗白石头进去，看它沉在哪里，就知道有多深。开车上红叶台。坡陡得让人害怕。拐弯很险。妈妈后来说"吓死我了"。车到不了山顶，开到半道上。从半道上步行，不断往上爬。除了我们，没几个人。妈妈穿着她开车的鞋，打滑，不好爬。爸爸在我们后面慢慢爬上来。终于到了山顶。

左边是西湖，右边是富士山，富士山的各个角落都清晰可见，几乎不可思议。西湖特别细长。爸爸说："就像用毛笔画出来的。"

富士山的右边有三个瘤子，脑袋上顶着大大的白帽子，看不见脚，像个端坐在那里的人。我莫名地这样想着，觉得富士山可爱。底下有个机场。非常小。我想再去红叶台。下次想去今天爬的山旁边那座山。

今天非常愉快。晚饭是意面、肉圆和面包。

现在正好九点五十分。妈妈在弹吉他。爸爸在睡。爸爸喜欢的名叫"波波"的煤油炉正在劲头十足地发出

"波——波——波咯波咯"的声响。（花）

　　孩子的日记是配画的，画了有着像是女孩子的可爱面孔的富士山，向前伸出双手，笑着。

　　我迄今为止不曾觉得富士山可爱。不过我羡慕能有这种感觉的人。

　　我喜欢的是这座山无限的变化。面貌的变化，姿态的变化，看不清真相的复杂，我们的共同日记能在多大程度上捕捉这些呢，我心里完全没底。

原载于 一九六八年一月五日

《朝日新闻 别集 PR 版》